El carrer de l'Embut

Les ales esteses, 329

RBA LA MAGRANA

Pilar Rahola

EL CARRER DE L'EMBUT

RBA

Avinguda Diagonal, 189 - Barcelona 08018
rballibres.com

Primera edició: març de 2013.

RBA LA MAGRANA
REF.: OMAC326
ISBN: 978-84-8264-629-9
FOTOCOMPOSICIÓ: VÍCTOR IGUAL, S.L.
DIPÒSIT LEGAL: B-4.306-2013

AL MEU ESTIMAT AVI MANEL RAHOLA I ALBERT,
PROTAGONISTA DELS FETS DEL CARRER DE L'EMBUT.

I A LLUÍS TASIS I PARNAU,
MESTRE DEL MEU PARE, EN HOMENATGE ALS GRANS MESTRES
DE LA REPÚBLICA.

LES BRUIXES

Ningú no sabia quants segles feia que, en aquell poble sacsejat pel vent i l'atzar, li deien «es carrer de s'Embut», però era cert que era un embut. El carrer s'anava fent estret i al final era gairebé tancat, com si no tingués sortida. De dia era un embut, però de nit semblava un cul-de-sac que no duia enlloc. I en aquella nit fosca en què el perseguia gent forana per tal de matar-lo, l'embut li podria salvar la vida. Exhaust, ferit a la cama i amb una por que el tenallava i li feia bategar el cor com si hagués embogit, només girar el carrer va caure mig desmaiat. El seu cervell era com una boira espessa que li enterbolia les idees i el feia navegar en una mena de somni. Tanmateix, hi veia estranyament clar. Com si estigués en un llagut al mig del mar, en una nit negra d'aquelles de gola de llop, però hi hagués un far que el guiés. L'instint de supervivència. Així havia aconseguit escapolir-se dels seus captors i començar a córrer esperitat, com si realment els esperits el perseguissin. Havia sentit els trets darrere seu, la bala a la cama que el clivellava, els crits dels pobres amics que ja no tindrien esperança, però ell només tenia un instint, córrer, córrer, córrer. I en passar l'embut, les forces l'abandonaren. Encara va tenir temps de trucar a una porta, però les portes dels pobles de pescadors, les nits en què cavalquen les bruixes, no s'obren a ningú. I es va quedar tirat a terra com un gos, ferit i espantat, convençut que havia arribat la seva hora.

ACTE PRIMER

(Catorze anys abans dels fets del carrer de l'Embut)

CAPITANIA GENERAL DE LA 4A REGIÓ
13 de setembre de 1923

Como un solo hombre y con una verdadera disciplina, ¡ésta sí que es disciplina!, la del amor a la Patria, la que bucea en la conciencia hasta encontrar el verdadero deber para sacrificárselo todo: vida, aureola, paz familiar... habéis respondido a la orden que os di cuando estuve cierto de que como pueblo y como ejército sentíais el ansia de socorrer a la madre España... Dios y la Patria os lo pagarán...

No admito ni por un momento la hipótesis de que el que fue gobierno (pues ya no lo es para nosotros) pretenda lanzar en defensa de sus puestos, aunque quiera cohonestarlo con la defensa de la dignidad del poder público (la dignidad para ejercerla), fuerzas de otras regiones contra nosotros: ni ellas vendrían, ni si vinieran tendrían la moral que nosotros tenemos para recibirlas. No hay, pues, más que esperar y resistir hasta ver logrado el bien que ansiamos y caiga sobre el gobierno la responsabilidad de lo que traiga su tenacidad por defender lo indefendible.

Por mi parte, prefiero legar a mis hijos la guerrera agujereada por las balas, como don Diego de León, que una librea signo de servilismo a los que aniquilaron a mi Patria.

He de hacer por lo menos una salvedad. El ex ministro de la Guerra, teniente general don Luis Aizpuru, soldado sin miedo y sin tacha en su honor, entiende que en el puesto que ocupa su deber es el que está cumpliendo. Tengamos para este digno error, hasta en nuestros juicios, la consideración merecida.

Os saluda orgulloso y satisfecho vuestro general,

Miguel Primo de Rivera

Dicha alocución fue redactada a las cuatro de la madrugada y circulada a las seis.

MIQUEL
Port de Barcelona, 1923

Aquell paquebot pesant i amenaçador amb el qual viatjaria a Cuba era una bèstia impressionant. Va pensar que era millor que els altres que hi havia al port, i que semblaven màquines de tortura, i es va dir que havia fet bé d'embarcar-se en un dels grans vaixells del marquès de Comillas. Sens dubte era la companyia més segura. Tenia bitllet de la classe «*emigrante*», ni primera, ni segona, ni tercera... L'esperava, doncs, una incòmoda llitera perduda entre uns centenars més, situada a l'entrepont de les bodegues. El soroll seria infernal, com la pudent pesantor de l'aire. I la humitat travessaria els ossos com una daga afilada. Les dones a una banda, els homes a l'altra, i al bell mig una mena de tub de lona que arribava fins a la coberta i permetia respirar. N'hi hauria que finalment optarien per passar la travessia a la intempèrie, i no sempre arribaven tots vius. Emperò eren al 1923, i les condicions havien millorat molt des d'aquells remots anys en què la gent moria per les infeccions i la falta d'aigua i menjar. Havia estat molt sonat el cas de l'*Italie*, un vapor francès que anava al Brasil i que quan va arribar al port de Santos, el 1912, portava desenes d'emigrants morts a la bodega, i centenars estaven malalts. Hi viatjaven més de mil cinc-cents emigrants espanyols embarcats des de Gibraltar, i molts no varen aguantar les condicions infrahumanes.

L'*Italie*... Què feia ara pensant en aquell desgraciat vaixell? Li hauria anat bé una mica de tramuntana que esbaiés els mals auguris. Però... sí, també hi havia el risc dels naufragis. Ell estava avesat als naufragis, era un home de mar. La gent de Cadaqués no tenia por de la mar, eren mariners que arribaven a Itàlia o Grècia amb petits llaguts empesos per la tramuntana. Si n'hi havia una de bona, de gropada, la costa italiana es podia albirar en poques hores. L'oncle Pep va agafar una mestralada imponent i amb poc més de vint-i-quatre hores ja parlava italià. És clar que també hi havia aquella divertida anècdota d'en Vidal de la Torrenyica i en Xaiet, que van arribar a rem a Turquia... Encara el feia riure quan la recordava. S'havien perdut enmig de la boira al cap de Creus i havien remat durant hores, sense anar enlloc. Només aclarir-se, van veure un home a la costa i en Torrenyica va dir, «aquesta costa ja la conec. Això és Turquia. Mira allà a ses roques, hi ha un turc». El turc era en Barret, que portava les calces cargolades fins a sota el genoll i s'havia tret la camisa, i la duia embolicada al cap per protegir-se la calba. Tenia gravada la conversa: «Ei, senyor turc...!», que li etzibà en Torrenyica. I en Barret li va respondre, «encara me remenaries es collons!». Fou aleshores quan en Xaiet, mirant el seu company, li va dir, «poc que m'ho hagués pensat mai que a Turquia també parlaven català!»...

Històries de la seva gent... Cabòries...

No. Els naufragis a alta mar, a l'Atlàntic, no eren cosa

de riure. Hi havia hagut grans vaixells que havien naufragat. Havia sentit parlar del *Valbanera*, el «*Titanic* dels pobres», com en deia la premsa. Cinc-centes persones engolides per un cicló tropical als *cayos* de Florida, camí de l'Havana. D'això en feia només uns quatre anys. I pocs anys abans també havia naufragat el *Príncipe de Asturias*, que era el vaixell més luxós d'Espanya, però que no va poder esquivar un gran escull de corall a les costes del Brasil. Els diaris havien parlat de més de quatre-cents morts, però tothom sabia que n'hi devia haver centenars que no eren a les llistes. En deu minuts no va quedar res de les vides i les esperances d'aquella gent.

Fora via! Res de mals pensaments. Al capdavall, el seu paquebot era una altra cosa. Majestuós, imponent, res a veure amb algunes ferralles que estaven fondejades a port. No, res a veure. El seu pertanyia a la companyia de l'Antonio López, flamant marquès de Comillas, nascut a Comillas, enriquit a Cuba, casat a Barcelona amb una catalana, i a Barcelona convertit en el gran emperador de les navilieres de la península. La Compañía Transatlántica Española..., que va ser aliada militar del govern espanyol i molt important durant la guerra de Cuba. Quan hi havia els reclutaments per anar a la guerra del Rif, i hi anaven només els obrers, perquè els fills de casa bona podien pagar les dues mil pessetes que valia deslliurar-se de la guerra, la marquesa de Comillas es passejava pel port i repartia escapularis als soldats, abans d'embarcar.

Va pensar-hi un moment. Tota aquella jovenalla embarcant-se cap a la guerra d'Àfrica per protegir els interessos econòmics del comte de Romanones i dels marquesos de Comillas, i a sobre la senyora marquesa, anant a repartir escapularis!... Fes-te fotre, quins pocavergonyes! Era aquella mena de gent la que l'havia convertit en un descregut, «un jueu», que li deia la mare, perquè no creia en capellans, ni en l'església, ni en tota aquella patuleia. Ell només creia en Déu, en un Déu de veritat, que no s'enfilava pels altars plens de riquesa, ni sota les faldilles dels bisbes, sinó que estava amb la gent, amb tota aquella gent que ara restava expectant al port, a punt d'embarcar-se cap al desconegut. A més, ell pertanyia a un poble de bruixes, i les bruixes també tenien molt a dir sobre Déu.

Tanmateix, què es podia esperar d'aquelles fortunes que havien crescut gràcies a usar mà d'obra esclava? Això deien les llengües llargues, i era probable, perquè a la Cuba de la seva època totes les fortunes usaven esclaus. I, a més, Espanya va trigar molt a deixar d'usar-los. Recordava un article que li havia donat el senyor Víctor Rahola. El senyor Víctor..., quin gran senyor, amb el cap ben clar i el cervell ple de llibres. Era ell qui duia a Cadaqués tota aquella gent de Barcelona que la Lídia Sabana hostatjava, com ara en Xènius i el senyor Puig i Cadafalch, i molts altres. L'article l'havia escrit una dona, «ix, una dona bo i escrivint articles d'homos...», com es deia?, Monserdà potser, sí, Monserdà, i tot i fet per una dona, aquell article l'havia impressionat. Encara en recordava el títol, *«La abolición de la esclavitud»*, o una cosa semblant. I no tenia més de quinze anys quan l'havia llegit, però li va quedar. El senyor Víctor li deia, «és per això que cal lluitar, vailet, per fer que es homos siguin lliures»...

El vell Lluís Borrell, que havia anat a Cuba moltes vegades, sempre li explicava que havia vist com eren tractats aquells homes i que fins i tot va veure l'execució d'un jovenet que havia intentat escapar. «No era humà, allò, Miquel, no ho era. Es nens i es pares separats, fuetejades públiques, cadenes, treball de vint hores diàries. Em vaig sentir com ses bèsties vivint entre bèsties, amb aquells homos negres, que patien de valent». El vell Lluís... era un filòsof... En algun lloc havia llegit que van arribar vaixells amb esclaus fins a gairebé el 1900. Centenars de milers fins que la reina Maria Cristina ho va prohibir definitivament. Anys més tard la dimensió ingent d'aquella vergonya se sabria: només entre el 1801 i el 1865, van arribar a Cuba 612.000 africans... Però a ell no li calia conèixer amb precisió la xifra, perquè era perfectament capaç d'imaginar-se la magnitud d'aquella monstruositat.

Quina cosa, l'esclavitud! No podia ni pensar-hi, del mal que li feia. Ell tenia l'esperit indòmit dels empordanesos, gent de mar, gent lliure, esquerpa, resistent. Hauria mort com un ocellet en una gàbia, si hagués acabat com aquells pobres africans. Sort que eren al 1923, i ja no es feien aquelles salvatgies. Encara que es deia que els esclaus no havien desaparegut del tot, potser a dins l'illa, ben endins... Aquella era la seva destinació, el centre de l'illa... I si en trobava? Què faria? «No crec que ho pogués suportar», es va dir, malhumorat. Com se li acudien aquells pensaments! «Ix, tafot!, som al 1923, el món ha canviat!», i va foragitar aquelles males idees que li venien. Quin cervell més regirat que tenia aquell dia. No, fora via! No era home per a mals pensaments.

Es va fixar en uns soldats que voltaven pel port. Només feia tres setmanes que el general Primo de Rivera havia fet el cop d'estat, i la presència militar es notava més que mai. Havien destituït en Puig i Cadafalch i havien nomenat un home d'en Primo de Rivera, el general Losada, com a president. Deien que era un admirador de Mussolini. «Refot!». També ho devia ser el rei, que permetia aquell estropici. «Pobra Mancomunitat, té es dies comptats!». Ell era de la Lliga, però de la de Prat de la Riba, que era la bona. Aquell Cambó no li donava gens de confiança. A més, deien que una part de la Lliga volia el cop d'estat per posar una mica d'ordre... I tant que en posaria, aquell aprenent de dictador! De moment ja no tenien en Puig i Cadafalch, i just acabava de començar. Aquella gent feia por... Només calia llegir el discurs d'en Primo de Rivera, amb totes aquelles frases militars, parlant de Déu i la pàtria. Quin fàstic! Havia fet a bocins el retall del diari, quan va llegir aquella proclama, allà al Casino de Cadaqués, i recordava que algú va dir, «ja ens ben fotran, als catalans!». Quina gentussa, aquells salvapàtries! Sempre salvaven la pàtria dels altres, però mai la seva. D'on era ell? Era de Cadaqués, que era una pàtria sencera, una illa al món, la república del «nós amb nós» que els havia ajudat a sobreviure durant segles. Però ell també era català, i no podia ser res més que català, perquè no hi havia res més que expliqués el que era ell. Tota aquella gent de fora, manant-los sempre... Li repugnava tant tota aquella faramalla de militars i colpistes, que la idea d'anar-se'n més enllà de l'Atlàntic li va resultar, per uns instants, com si fos un bàlsam... Si més no fugiria de tot allò...

Faltava poc per pujar a les gavarres del port cap als vaixells que estaven fondejats a les dàrsenes. La gent frisava de neguit, i hi havia una olor de massa humana que traspassava el fred de la tarda d'aquell octubre especialment humit. Es va entretenir observant aquella marea de persones que s'embarcaria a les Amèriques. La majoria havien despès gairebé tots els diners que tenien en el bitllet, i intentaven que el magre restant no desaparegués en els dies de l'espera, uns dies que sempre es feien eterns.

Però no era fàcil salvar l'estalvi, perquè els carrers eren plens de caçadors de misèria que oloraven la xavalla. El retrat d'aquell sobreeiximent d'humanitat que vagarejava al port era una paleta de pintor: famílies senceres amb nens petits, homes a la recerca de fortuna, jovenalla decidida, dones soles que anaven a treballar de planxadores, de dides, de meuques.

I al seu voltant bullien els funcionaris estraperlistes, els lladregots de tot pelatge, els revenedors de bitllets, i fins i tot hi havia cuiners que feien l'agost oferint un àpat digne durant la travessia. Valia una fortuna. Un jovenot amb cara espigada se li va apropar i li va etzibar amb un somriure decidit, «em faré ric». Tal vegada... N'hi havia que s'hi feien molt, de rics, però n'hi havia que ni tan sols arribaven, perquè la deessa de la fortuna era capriciosa i alhora podia ser letal. Va pensar en el jove... Recordava el fill d'en Dionís, un nano llest com la llima. El mestre li va dir al pare que fóra bo que el noi estudiés, que servia, que ell l'ajudaria. Però en Dionís, amb la seva veu de tro i sense gaires miraments, li va etzibar, «anirà a Cuba!». I va anar a Cuba, i no va estudiar.

En menys d'un mes ell també arribaria a Cuba. Anava a la central de sucre d'Elia, a Camagüey, on l'esperava la feina de capatàs. «Si m'hagués quedat a Cadaqués no hauria fet res més que guimbardejar i hauria acabat com un palitreco. Només em fumaria ses escorrilles». A Cuba podia trobar la seva oportunitat. Tot i que potser s'havia decidit massa tard... La major part dels amics havien marxat anys abans, quan la canya de sucre estava forta als mercats i el sucre havia arribat a vendre's a preus astronòmics. Era l'època de la *«danza de los millones»*, que havia aprofitat la ruïna de la indústria del sucre de remolatxa d'Europa per culpa de la Gran Guerra. Però l'esplendor cubana ja començava a decaure, i amb ella els preus del sucre. Era l'inici del declivi, per bé que, si no anava bé el sucre, podia buscar fortuna a l'Havana. La majoria es quedaven a la capital, on li havien dit que hi havia tota mena de feines. «Tots els cambrers són catalans, i també els propietaris dels restaurants, i els comerciants», li deien els que hi havien estat, «no et faltarà feina». De moment a Camagüey, a fer de capatàs d'una central sucrera americana, i si no... ja es veuria. Si tot anava bé faria venir la dona, que s'havia quedat jove i sola al poble. Mal negoci... Sí, la faria venir a Cuba un cop estigués instal·lat.

La seva dona... Era tan petita que, quan l'abraçava, l'alçava sense voler, i els seus peuets quedaven penjats a l'aire, i ella xisclava com un animaló espantat. Ja ho deien els homes, «dona i sardina, com més petites més fines». I la seva ho era, de fina. I no era rondinaire com la Carmeta d'en Narcís, ni mig homenot com la d'en Jordi, sinó ben callada, i feinejava com ningú, i cuinava uns arrossos de cabra per llepar-se els llambrots. I en recordar-ho, la idea de fer-la venir a Cuba se li va fer més urgent.

Va pensar en el sucre. No en sabia res, però treure el suc de la canya no devia ser gaire diferent de treure l'oli de l'oliva. De fet, els molins eren semblants, tant que deien que fou un dels primers emigrants, un català anomenat

Miquel Ballester, qui va instal·lar al segle XVI el primer *trapiche* amb què s'extreia el suc de la canya. Abans l'havien extret amb una cucanya índia o amb premses amb palanca. Però Ballester va introduir el molí, i a partir d'aquell moment l'illa va començar un camí que la duria, en el futur, a ser una de les grans productores de sucre del món. Ves per on, un català ho havia començat molts segles abans... I ara, ironies de la història, milers de catalans feien el mateix camí per treballar el sucre. S'havia acabat l'era fosca de l'esclavatge negre, i ara es necessitava la mà d'obra blanca per fer girar la gran roda del mercat. Centenars de cadaquesencs com ell varen seguir la crida, tot i que no era un poble d'emigrants, sinó de navegants, gent de la mar que no li tenia por a cap ruta. Però quan va arribar la febre de fer les Amèriques, el poble va embogir. Ell no sabia quants havien marxat, però devia ser més d'un terç del poble que havia anat a fer l'indià. La majoria, però, tornarien a Cadaqués, gairebé sempre sense haver aconseguit la desitjada fortuna.

Recordava el seu cunyat, en Benici, un home una mica desquadernat i extravagant que era molt popular al poble. Un gran esperit de contradicció. Tothom repetia les seves ocurrències, com aquella màxima que sempre etzibava als coneguts, «per partits, els de Roses, i els fondos a Sa Freu». És a dir, vivia del que li pagaven del peix que subhastaven per partits a Roses, i «els fondos», com que sempre anava escurat de diners, els tenia al fons del mar. I no volia saber res d'ideologies, ni banderes, «ses banderes són draps, com ses naranges són tronjos». Estava casat amb la seva germana Carolina i allà, perdut entre tanta gent anònima, el record d'en Benici l'acompanyava divertit.

Els dies abans de salpar, avorrit a la fonda, i amb aquell cuquet literari que el rossegaria al llarg de tota la vida, va escriure quatre notes sobre en Benici. De fet, no només sobre en Benici. Va escriure moltes anècdotes, tot allò que li venia al cap de la seva gent, potser perquè era la manera de foragitar la solitud i, tal vegada, d'apaivagar l'enyor de Cadaqués. La lectura l'acompanyaria durant el viatge i seria com un miratge de companyia, com una mentida pietosa que es faria a si mateix. Trampes al solitari! Emperò, què és la vida, sinó fer-se una i altra vegada trampes al solitari? Havia escrit els gargots improvisats sobre el seu cunyat en una petita llibreta. Es va posar a rellegir-los. Hi entenia una mica de lletres i, molts anys després, les lletres el salvarien de la misèria. Ho va titular «En Benici i es gànguil»:

Als capvespres de tardor és costum anar a tirar es gànguil per agafar gamba petita. L'endemà es ven a Es Portal i és molt bona per fer arròs a sa cassola. També serveix com a esquer per anar de bon matí a pescar sa sultra. Es pesquen entre d'altres, serrans, musteles, torts i alguna escórpora, si pica. Però en Benici no suportava que fos dit que tirava es gànguil. Ell el que feia era arrossegar-lo. Un dia es va creuar amb en Dionís, que anava a batre per agafar oblades, llisses i altres peixos.

—Bona nit, Benici, que tires es gànguil?

—Els collons, que no ho veus que jo no el tiro, que l'arrossego!

I va deixar en Dionís tot desconcertat.

Malgrat ser un home independent i rebel, havia de treballar i sovint s'enrolava, a l'arribada de la primavera, amb alguna de les companyies que anaven a pescar a l'encesa. En una de les nits que els tocava pescar a la cala de Portlligat, des del llagut de foc, arribat es calador, els avisaren que calessin, atès que portaven una mata de peix. Avararen es llagut gros, deixaren un cap en terra i tot seguit calaren l'art, bo i procurant encerclar amb la bossa el llagut de foc, portador del peix, menant tot seguit l'altre cap a terra. Enllaçant l'estrop i el suret al llibant, iniciaren lentament l'arrossegament de l'art cap a terra, estirant-lo des de ses dues cames. Quan la bossa arribà a s'eixugador, els venia plena, però d'aigua. Dintre es maià, ni un escanyolit briqueti. El peix s'havia escapolit. Després d'una estona, varen recalar s'altre llagut de foc a es calador, i una altra vegada calen l'art, i quan arribaren a s'eixugador, dintre del maià, res de res. Altra vegada havien fet marso.

A en Benici cada vegada se li estira més es nas. A ell, ningú no li pren el pèl, i encara menys uns miserables peixos. Quan torna altre cop es llagut de foc amb la pretensió que calin de nou, s'aixeca i se'n va tot dient:

—Si es bisos són putes, jo encara en sóc més.

L'endemà, al matí, al baixar a Es Podritxó (vivia en es carrer de Sa Tòrtora), s'adonà que a la riba d'Es Poal es llaguts estaven plens de peix fins es bancs. N'agafaren prop de dos-cents quintars. Al veure'l, els seus companys agafaven es peixos per sa cua, cridant amb molta ironia:

—Mira, Benici, si es bisos són putes, nosaltres encara en som més.

D'acord amb les Ordinacions de la Pesquera de Cadaqués, «aquell que abandona sa pesca no té cap dret a rebre la seva part», i no va veure ni un duro. Es «mirall» va esser històric. El mal humor li durà fins que un dia es digué:

—Me'n vaig a pixar.
I se'n va anar a l'Argentina.

El murri d'en Benici!

De sobte va sentir com una mena de silenci, com si aquella marea humana s'hagués transformat en una sola i silent persona. Havia arribat l'hora d'embarcar i per uns instants el món es va deturar. Però després va ser un infern de fressa, de crits, de plors, de gent acomiadant-se i afanyant-se, tot a una, com si un garbuix d'emocions hagués fet explosió a l'interior de cadascú. Fins i tot n'hi havia que s'havien posat a pregar i alguns deixaven exvots per demanar bona fortuna a Déu. En filera, i sense que l'ordre es trenqués, varen anar pujant a les llanxes que els havien de dur als bucs fondejats port endins. Darrere seu un home plorava com una criatura, convençut que no tornaria a veure els fills, i al darrer moment una dona es va negar a pujar. «Torno a casa», va dir, presa d'una enorme frisança. Ho entenia. En aquell precís instant en què estava a punt d'embarcar-se cap a un món llunyà i ignot, va sentir la fiblada dolorosa de la nostàlgia. Hauria besat la seva Engracieta amb delit, l'hauria abraçada, li hauria dit coses boniques... I això que ell no n'era gaire, de dir coses boniques. Però en aquell instant ho hauria fet, sí, però l'Engracieta no hi era, i ell, en Miquel Escofet i Quirch, havia pres una determinació. No es faria enrere.

Mentre pujava a bord, va sentir una fiblada de dolor. «Ix, refumeti, ara em fan mal es jonells. És per culpa d'aquest estuf d'aigua que ha caigut, i que m'ha calat fins als ossos». I aleshores va pensar en la muntanya del Pení, que devia estar ben emboirada. «De segur que el Pení s'ha posat barret i es llaguts es quedaran a terra...». I, amb el Pení al cap, va iniciar el seu viatge a les Amèriques.

ENGRÀCIA
Cadaqués, 1923

Aquell dia l'Engracieta no feinejava com solia en el seu petit reialme. A la cuina es notava segura, com si la seva vida tingués més sentit en aquell espai estret i fosc on sempre ventava el foc, i fregia briqueti i feia els arrossos amb cabra acabada de pescar i cremava amb la planxa les cremes cremades dels dies de festa. No hi havia cap finestra, però tampoc no calia, perquè ella no era una tafanera d'aquelles que tot el dia estan fent xerrameca amb les veïnes. De tant en tant venia la Carmeta, i s'asseien al menjador i la feien petar, i era així com ella s'assabentava del que havia passat pel poble.

—Què no ho saps, això de la Remei? Que diuen que s'entén amb en Celestí?

—Ix, tafot! Què dius ara! Però si és casada! I no serà que es marit ja li va bé, com que sempre va ben acarenat. És ben bé un sanfasó...

—Me pensi que sí, Engracieta, me pensi que ja li va bé...

Però aquell dia estava sense esma, ni cuinava, ni volia xerrar amb la Carmeta, ni passejar per la Riba. Era com si li hagués fugit l'ànima, i ara només tenia un cos que anava vivint d'esma, sense demanar-li permís... No volia ni fer-se el menjar, perquè ella no s'havia casat per estar tota sola en aquella casa tan gran, i tenir por les nits de lluna nova, quan Cadaqués era negre com el sutge i les fetilleres cavalcaven per la vila i encomanaven gams i mals d'ull i feien embruixos amb pell de guilla als llaguts dels pescadors, i així ja no pescaven res. «Farien marso amb es sortilegi»... I si venia una gropada encesa, d'aquelles que «fumaven en pipa», les ratxes udolaven pels carrers i les portes i les finestres semblaven despertar els esperits. Alesi hores, per «sa ximenera» l'udol era terrorífic, i li venia una por que la paralitzava.

Allà estava ella, casadeta de feia poc i ben sola, amb el marit que se n'havia anat a Cuba a fer una fortuna. I ella només volia que es quedés al poble, que ja s'ho farien, que al capdavall eren el poble del «nós amb nós». Si havien sobreviscut mil anys aïllats i amb molta calistresa, què no haurien fet ells dos, que eren joves, i en Miquel era molt llest i fins i tot tenia estudis... Però s'havia capficat amb això de Cuba perquè li havien promès una bona feina, i allà estava ella, casadeta de feia poc, i ben sola.

Finalment va sortir a passejar. Era un dia boirós, i va pensar en «es ditxo» que sempre deia el pare... «Boires a Pení, plega es volantí i vés-te'n a dormir». No sortirien els pescadors, perquè amb la boira sempre es feia marso... Va flairar l'aire. Encara no regnava aquella pesantor del quitrà que bullia a les grans olles de ferro i que s'usava per calafatejar els llaguts, i va respirar fondo, com si s'amarés de l'olor de mar. Caminava silent cap a casa de sa germana Mercè, a Ses Herbes. Aquells carrers que trepitjava! No feia tant encara jugava a júlit i a l'espardenya de la cus cus i a coudinetes... Però ja era una dona casada, i aquells temps d'infància feliç havien desaparegut de pressa, com si se'ls hagués endut una gropada.

Va passar per damunt de la passarel·la que havien posat després que l'aiguat de Santa Helena s'endugués el vell pont que travessava la riera. El vell pont! L'havia fet construir un indià, en Godó, que també havia finançat el casino, però l'aiguat de Santa Helena no havia deixat res dempeus. Només unes pedres que varen aprofitar per fer el banc d'en Sinofós. Mentre caminava per damunt d'aquells màstils i aquelles fustes, va pensar en el *Llanishen*, el vapor britànic que havia naufragat a Cadaqués i d'on sortien totes aquelles romanalles. Ella tenia catorze anys quan va naufragar als Caials, en els combats de la Gran Guerra. Era un magnífic vapor d'acer que portava un gran canó i que un submarí alemany va torpedinar al mig del golf de Lleó. Sort que els mariners s'havien salvat i havien arribat a les costes de Portbou. Però el vaixell havia estat empès per un fort llebeig i, tot i que un petit vapor de cabotatge l'havia intentat remolcar, al final es va estavellar a les roques dels Caials. Deien que estava submergit a uns vuit metres, però ben a prop dels talussos que hi ha a la zona, que cauen a molta profunditat. En Constantí Kontos, que era un gran bus, no endebades era descendent dels bussos grecs que havien arribat a Cadaqués a agafar el corall, ja feia anys que intentava desballestar-lo completament, i encara no ho havia aconseguit del tot. Sempre que se'l trobava, en Kontos la saludava carinyosament. «Ix, nena, què fem?», i continuava el seu camí somrient. Li agradava aquell home, senzill, amable...

De sobte es va deturar damunt d'aquells màstils escapçats, i va tenir una successió d'idees que la varen estremir. El vell pont l'havia fet un indià, un que se n'havia anat a les Amèriques, com el seu marit, i el pont havia desaparegut amb els aiguats de Santa Helena. I ara estava palplantada allà mateix, damunt d'uns màstils i unes fustes d'un vaixell enfonsat... No seria tot allò una malastrugança?! Aiguats, indians, vaixells enfonsats, renoi! I a més, en passar per Portdoguer, s'havia creuat amb la Lídia Sabana... «Xènius, Xènius, Xènius»..., li havia dit a manera de salutació. Ni bon dia, ni com va, ni res, només allò de Xènius! I com anava vestida, amb aquell aire estrafolari que sempre duia, mig esdentegada, amb aquell pentinat exagerat i la brusa plena de llacets i les faldilles de l'any de la picor, i els tacons mig torçats... Ella sempre la fitava de cua d'ull, quan la Lídia baixava els perols al carrer per fer sabó, però mai no li parlava. De fet, parlava amb poca gent. Preferia les cases dels *culs blancs*, perquè deia que, amb tota aquella gent de categoria, podia parlar fi. «Parlar fi, la Lídia!». El que feia era remugar les seves ximpleries sobre aquell xicot de Barcelona, tan ben pentinat i tan elegant, que havia tingut allotjat a casa. En feia anys, d'allò. Deien que havia estat el senyor Víctor Rahola qui havia dut aquell jove a casa de la Lídia, perquè estava delicat de salut i li convenia repòs i bons menjars, i la Lídia era una excel·lent cuinera. «I té es millor peix de Cadaqués», deia sempre la mare. Va estar-s'hi molts dies, juntament amb un amic, i deien que la Lídia els cobrava setze rals diaris per tenir-los a casa, i que els feia menjars de primera.

Pobra Lídia! Havia ben bé enfollit d'amor! Deien que li enviava peix a Barcelona... I mira que anar a casa del notari Dalí a llegir retalls de *La Veu de Catalunya* que escrivia aquell jove, i que la Lídia deia que parlaven d'ella! Ben boja, que n'està! Recordava un dia que la mare la va enviar a comprar peix i es va atansar al cabàs de la Lídia. Ella cridava com sempre, «a les dones del peix viu!», i s'hi va atansar amb una certa por. Entre el moll d'algues i el peix hi havia un llibre, i quan li va preguntar què era...

—Ix, nena, és *La Ben Plantada*! Parla de mi!

... se li va posar a recitar fragments del llibre de memòria. Quina cosa tan estranya, aquella peixatera esbullada, vestida com si fos una barjaula i recitant aquell llibre de memòria... És clar que, essent filla de la Sabana, què es podia esperar! Si la Sabana es podia convertir en gos, i volar més ràpid que els núvols, i també deien que dominava l'art de fer canviar el temps! Si volia, feia bufar la tramuntana, i si volia, feia ploure. I també era capaç d'embruixar els llaguts i enviar-los a l'Alguer. I quan embruixava una embarcació, rai, que mai més no pescava. Aleshores calia anar a veure en Tetus, que tenia un llibre d'exorcismes i amb setze duros de plata cada oració treia l'embruix. La mare deia que la Sabana corria de nit envoltada de gats i que es trobava amb altres bruixes a Portvendres, i que hi arribava fent una milla per cada palada de rem. També deien que en nits de lluna plena es podia convertir en llop...

Així va morir, a la casa de Portdoguer, un dia de tardor de 1900, a les dotze de la nit en punt. Tenia seixanta-tres anys i asseguren que la seva filla mai no la va plorar. El metge va explicar al poble que havia mort de «congestió cerebral», però vés a saber... La mare no se'n refiava, «és sa Lídia, Engracieta, sa Lídia qui l'ha mort! Ha après es conjurs de sa mare, i és ella qui l'ha mort, amb conjurs i herbes! No t'hi apropis, que és una bruixa...». I deien que el dia que va morir la Sabana, a aquella hora de mitjanit, es va sentir per tot el poble un soroll com de bèsties bastonejades que deixaven anar uns marrameus esfereïdors. Després es va veure com baixaven pel Pont Vell, dirigint-se cap a Es Poal, centenars de gats negres esperitats que xisclaven de dolor i aixecaven una polseguera que tapava la claror de la lluna.

La sogra de la Lídia, la Dolors Puig, que era coneguda com la Xumeia, també era bruixa, i deien que a les nits col·locava pells de guilla al llit i encomanava gams i encenia follies i també donava seguitoris... De ben fosc se sentia com passava pel costat de la gent, silenciosa i lleugera, com si fos de vent, i sempre amb les faldilles emmantellades al cap... I com havia mort, ben cremada, com moren ses bruixes. Tothom deia que havia estat el marit de la Lídia, en Lídio, que juntament amb el seu germà, en Nòrio, havien calat foc a la casa de Punta Mullat. Fins i tot els havien empresonat al Castell de Figueres, i la ximple de la Lídia havia testificat en contra dels dos germans. «Contra es seu marit, la boja! Clar, com que està enamorada de s'homo de Barcelona!». No es van trobar proves, però tot el poble deia que l'havien matat en Nando i en Nòrio, i així va ser com el pobre Ferran Costa, el marit de la Lídia, va aparèixer mort a casa. «Una hèrnia estrangulada», havia dit el metge, «ix!, i tan estrangulada, si es va ben penjar. Pobre Lídio!». I què dir dels dos fills de la Lídia, en Nando i en Venido, aquells xicots estranys i esquerps, ella ni els saluda... Més val estar lluny de tota aquesta gent que té relacions amb les bruixes...

Però se l'havia trobada aquell dia, just aquell dia, i allò no era un bon auguri. No ho era pas. Ella casadeta i el marit cap a Cuba, i ella damunt d'aquelles restes d'un naufragi i havia vist la Lídia... El cor s'anava encongint, com si fos una esponja fora de l'aigua. Què faria si en Miquel no tornava! Què en seria d'ella!

Però tot i ser petita de cos, era una dona forta. Va moure el cap com si espantés els mals averanys, i va apressar el pas. En creuar-se amb l'oncle Maurici, sempre tan groller i tan malcarat, va pensar, «és ben bé un rufí mal escatat», i es va posar a riure. Ves per on, la mala cara d'en Maurici l'havia tranquil·litzada i així va continuar més contenta, com si no passés res i no fes olor d'humitat, sinó de tarongina, i el rentabótes bufés a l'aire recordant que arribava el temps de collir el raïm. Com si res fos com era, i en Miquel no s'hagués embarcat cap a Cuba, i l'estigués esperant a taula per dinar, i ella li estigués preparant un bon arròs amb una cabra acabada de pescar, i tot fos com ho havia somiat, i la seva vida no s'hagués tornat tan estranya i tan inhòspita. La Mercè li explicaria algunes xerrameques del poble i així passarien la tarda, menjant crespells i sucant taps en garnatxa.

Ell tornaria. Segur que tornaria. L'hi havia promès...

LÍDIA
Cadaqués, 1923

Bos te la fuma!, guaita, la desgraciada de l'Engracieta, amb la calistresa que pateix sa seua famili, i ja en tragina de soguer, com si fos una marquesa! Però té ulls de pixota, a saber si s'ha ben encarenat. Ix, que ses comares també beuen, van ben plenes de garnatxa. Clar, què ha de fer si es marit ha fugit a Cuba, ix, que es pensava sa ximple, es homos són així, per ells ses dones no tenen cap futarro.

No és pas com jo, que tinc en Xènius. Però què en saben ses comares d'en Xènius! Elles són les cabres i anarquistes, i jo sóc sa pubilla des secret de Xènius, refuma!, i sé el que m'ha escrit a *La Veu de Catalunya*, que m'ho ha escrit a mi, que m'ha parlat perquè sóc es seu ideal, sa seua Teresa, sa seua Ben Plantada.

LLUÍS
Carrer Major de l'Escala, 1923

El carrer Major lluïa esplendorós. I ben mirat no hi havia res d'especial, però a vegades, quan l'enfilava, tenia la impressió que era el carrer més bonic del món. I des que havia rebut el títol de mestre, tot lluïa encara més, com si sempre fos festa major, com si res no li pogués frenar aquella intensa eufòria que l'acompanyava. El dia era pesant i humit, com tants al poble, a la tardor. Però ell respirava un aire lleuger, indemne a les inclemències del temps, i caminava amb la decisió ferma dels que han aconseguit una fita a la vida. Semblava com si cada dia fos primera hora del matí, quan es llevava amb una força indòmita i sentia que podia devorar el món com si fos un simple mos. De Barcelona arribaven els mals vents dels negres esdeveniments d'aquells dies, i novament el destí de Catalunya semblava fosc, com tan sovint des que els catalans havien començat a tenir consciència dels seus drets. Però tot i la preocupació pel cop d'estat d'en Primo de Rivera i pels mals averanys que planaven sobre el país, a ell, en Lluís Tasis i Parnau, res no li esborrava el somriure, ni res li feia minvar les forces que ara l'empenyien. Tenia dinou anys, era fill d'un pescador que tocava el tible i d'una botiguera que venia al carrer Maranges, i malgrat no poder comprar ni els llibres d'estudi, havia aconseguit estudiar al Collell i ser mestre. Qui podia aturar-lo!

«J. Esquirol, fotògraf», anunciava el cartell ben gran que coronava el carrer, abans de caure a mar, i aquelles cases a mig pintar, que s'alçaven a banda i banda, eren el seu paisatge sentimental. Se sentia segur al carrer Major, on sovint la seva germana Laura escampava la seva alegria esbojarrada de quinze anys, amb les amigues que semblaven lloques quan es posaven a xerrar totes juntes. I la mare..., la seva esplèndida mare, que sempre arribava puntual, després de tancar la botiga. I el tible del pare... Quantes vegades havia sentit el tible del pare des del carrer, quan tornava dels estudis! Aquell tible era la música del seu carrer i de la seva vida. «Fuster i músic!», es deia a si mateix, fiblat per un intens orgull. Tocava a la cobla La Principal de l'Escala, i els dies de sardanes sempre l'emocionaven intensament. Aquella dansa, que era la dansa de la seva gent...

A casa, com a totes les cases de pescadors, no hi havia diners, però gaudien d'una mica més de benestar que la majoria dels amics, que no tenien altres recursos. La pesca no sempre espantava la gana... Però ells, amb la mare venent roba i el pare de fuster, anaven fent. I com que servia per als estudis, prou que l'havia ajudat molta gent. Allà mateix, sense anar més lluny, porta per porta, hi estiuejava en Moisès, un xicot gairebé de la seva edat d'una família de Barcelona amb qui havia fet una bona amistat. «Si no hagués estat pels llibres que m'ha regalat en Moisès, potser ara no seria mestre...».

El estudis al Collell havien estat la porta a l'entrada dels somnis, i ara que hi pensava, vagarejant pel carrer

Major, sentia la felicitat dels que han tingut una sort inesperada, una oportunitat única. «Estudiar al Collell em va canviar la vida!». Primer els estudis al Collell, després el títol de batxillerat a l'institut general i tècnic de Girona, amb en Porcioles i en Martí Rouret i en Pagès Costart... Encara recordava aquell dia a casa, amb la mare plorant sense parar de repetir la lletania, «un batxiller a la família, Déu meu, Déu meu, un batxiller, Déu meu!». I després els estudis superiors fins a aconseguir el títol de mestre...

El record d'en Martí Rouret el va fer encara més feliç. Era el seu millor amic, amb qui ho havia fet gairebé tot, estudiar junts, acabar alhora magisteri a la Normal de Barcelona, sadollar-se dels valors republicans, somiar una Catalunya pròspera i lliure... Quants somnis en els seus dinou anys, que s'amuntegaven al cervell i li produïen unes ganes de viure apressades i incontrolables! El futur era de la seva generació, serien ells els qui agafarien la torxa dels Prat de la Riba i els Puig i Cadafalch, ells, gent com en Martí i en Joan i tants milers de joves que canviarien el curs de la història i conduirien la pàtria a la llibertat. Així l'hi repetia alegre i esperançat en Martí Rouret, i així ho creia ell.

Però també tenia somnis més humils, com la revista *Costa Brava* que van crear amb en Joan Ballesta de mentor... «En Joanet Calafat s'hi va posar ben fort i ho va aconseguir, renoi en Joan. Llàstima que la revista només ens ha durat un any i escaig, però va ser una gran idea!». I aleshores va recordar aquells articles que havia publicat a la revista, primerencs, entusiastes... «Durant la meva estada en el col·legi del Collell...» era l'inici d'uns dels primers textos, i allà, animat i badoc, badant pel carrer Major, va pensar que tal vegada li havia sortit una mica ingenu. «Ara que sóc mestre hauré de posar-hi més suc». «Mestre!», la paraula repicava per les parets del carrer Major i s'alçava fins les finestres, i s'allitava als llits dels veïns per tal de despertar-los.

Al número 44 del carrer Major es va deturar. Quantes vegades havia picat al portal cercant en Joanet? Però la darrera vegada era feia molt poc, el dia que va anar a donar el condol per la malaurada Ramona de can Nyigo, la dona d'en Joan. El tifus se l'havia enduda, a ella, que era una nina, una autèntica artista del teatre, una rosa. I en pensar com s'havia entristit en Joanet des de la pèrdua de la seva jove muller, va sentir una fiblada de dolor. Per uns instants, el carrer Major no va lluir.

Era una tarda humida de tardor. Feia pocs mesos que era mestre i feia poques setmanes que la dictadura havia estès les seves negres ales per la seva aimada terra, i tot s'havia ennegrit. Però aquella maldat no podia durar molt, perquè la gent bullia d'idees noves i res no deturaria la Catalunya republicana que havia de venir. I va ser així, amb aquella idea prenyada de força, que va continuar vagarejant pel carrer Major, el carrer més bonic del món on ell havia nascut feia dinou anys.

L'esguard es va perdre cap a la mar, i va pensar que en aquell dia humit de tardor de 1923, ningú no sortiria a pescar. Hi havia massa boira.

MONTSERRAT
Port de Barcelona, 1923

La Montserrat Ferrer també estava capficada. Però les seves cabòries no incloïen bruixes que cavalcaven a la velocitat de la tramuntana, ni màstils de vaixells enfonsats, ni els pensaments nostàlgics d'un home abans de fer-se a la mar, ni la felicitat d'un jove perquè ja era mestre. Tampoc no en sabia res, d'una tal Lídia Sabana, però coneixia bé l'Eugeni d'Ors, de les èpoques en què els visitava a casa dels pares. Ara feia temps que no en tenia notícies...

Tanmateix, i tot i ser tan estranya a tota aquella gent que faria via al seu costat, també ella estava presa d'una gran frisança. Estava a punt de prendre la decisió més difícil de la seva vida, i tot aquell món sorollós i sobreexcitat que la rodejava, no li interessava gens. Era el seu propi món el que s'estava enfonsant, sacsejat, esberlat, fragmentat com si fos un mirall trencat, amb les punxes de cada bocí ferint-li la pell. Ho deixava tot enrere, la família benestant on havia crescut, el marit que li havien agençat entre la mare i la tieta Dolors i la feia patir tant..., aquella criatura que només tenia dos anys...

La sorprenia la buidor que sentia. «Potser no tinc sentiment de mare, potser sóc com una borda que abandona els fills sense mirar enrere...». Era cert, no sentia res en abandonar la seva petita filla. Va pensar en els seus rinxolets daurats, sedosos, que pentinava amb delit mentre li explicava petites històries. I aquella veueta tan dolça, tan fràgil... Però, tot i l'amor que li tenia, no la perseguia ni la tristor, ni la culpa. Havia de marxar. La filla estaria bé, criada entre cotons com ho havia estat ella, a la casa gran del carrer Rocafort, amb aquells passadissos llargs i els domassos vermells que adornaven el menjador i aquells vitralls que tintaven de color la llum del sol, quan penetrava a l'estança. Havia estat feliç a la casa del carrer Rocafort. I també a Cadaqués, quan anaven a la caseta prop de la mar i visitaven aquells pintors amics dels pares, les passejades, el sol, les roques d'aquell poble... Però ara no podia pensar en tot allò. Havia de ser forta, decidida i, sobretot, no havia de mirar enrere, perquè les passes que havia començat a fer esborraven el camí de retorn, i res no tornaria a ser igual des d'aquell dia.

Potser va ser l'assassinat d'en Salvador el que ho va trencar tot i va desencadenar un procés que acabaria amb un amor foll, un agitat adulteri i un viatge de no retorn, un viatge que ni ella va endevinar en aquell moment. Havia conegut en Salvador a casa dels Serrahima, quan varen repintar el saló. Era un mestre de pintors i un bon tros d'home. Tenia una mirada clara, profunda, i el record d'aquell homenot amb el mocador al coll, la gorra al cap i les espardenyes, encara la sacsejava. Recordava la impressió que li feien les seves paraules, i també la valentia que l'empenyia a fer la seva revolució. Un dia, quan ja es coneixien força, a la seu de la redacció de *Solidaridad Obrera*, que en Salvador pintava en el seu temps lliure, li havia ensenyat una pistola. «És una pistola belga», li havia dit en Tonet mentre els dos homes somreien, «per si de cas, hi ha mala gent», va afegir en Salvador...

I tant que hi havia mala gent! En Tonet li parlava d'aquells pistolers del *Libre* que tirotejaven els sindicalistes, i n'havien mort molts. Deia que cobraven quinze pessetes diàries per preparar els assassinats i que, quan aconseguien matar algú, els donaven primes. Primes! Segur que havien cobrat per matar el pobre Jaume Casellas, aquell xicot de Badalona que era parent d'una noia que havia servit a casa. O quan van intentar matar l'Àngel Pestaña, just feia un any, que havia causat tant d'enrenou. A casa n'havien parlat durant dies i tothom ho rebutjava. Tothom... menys el marit, que ho aplaudia. «Així n'aprendran!», deia en Tià, i el pare li contestava, «ets boig, que no ho veus que això ho pagarem car? Què foten aquesta gent matant a tort i a dret! Suposo que no hi tens res a veure. Suposo que no tacaràs el bon nom de la família, embrutint-te de sang!». I en Tià remugava, rondinava, aixecava la veu, però no negava...

I l'assassinat d'en Francesc Layret, tres anys abans, davant de la dona d'en Lluís Companys, quan l'havia anat a veure perquè l'advocat Layret portés el cas del seu marit, que estava empresonat en un dels vaixells que feien de presó al port, el famós *Giralda*... Encara no coneixia en Tonet, però aquell dia va sentir una fonda simpatia per tota aquella gent dels sindicats i dels obrers, perquè en Layret era un bon home, i el van matar com una rata. Per què? I a més, tots aquells assassins d'obrers tampoc no eren amics de la seva classe. Potser amics de la mena del marit, però no de la seva família. Guaita el pare, tot un burgès, i també havia de córrer davant la policia. Prou que ho havia fet el dia dels Jocs Florals, quan van cantar

Els segadors al Pavelló de Belles Arts i la policia va començar a estomacar a tothom. Hi va haver un bon escàndol, però no va passar res. I després varen prohibir les banderes catalanes, i el pare la va penjar al mig del menjador. La mare deia, «si algú et veu, t'acabaran duent a Montjuïc»... I ara, que acabava d'arribar en Primo de Rivera, tot aniria pitjor...

«Sí, anirà pitjor!», va dir en veu alta, encara asseguda al cotxe que l'havia dut al port, i on romandria fins que li toqués embarcar. Deixava enrere la seva gent, aquella família burgesa que sempre l'havia aviciada i per la qual sentia un amor profund, però cada dia més llunyà. Com si els estimés però ja no els reconegués. Tota aquella vida, amb els cavalls al Polo, i el piano, i les classes de francès i les nits de Liceu..., i el Mercedes vermell que el pare havia fet dur d'Alemanya poc després de començar a fabricarlo... I també en Tià, també a ell el deixava enrere, ben enrere, aquell marit barrut i groller que no tenia cap classe i que havia fet fortuna venent metall a l'engròs als aliats, en la Gran Guerra. Feia dos dies que era ric, i ja l'havia demanada en matrimoni. I la tieta i la mare, beneites, se'l van creure, i ella..., ella va ser una ximple, una nena de casa bona que no havia sortit de l'ou i que es va creure les maneres d'aquell home, amb els seus rams de flors i el seu cotxe brillant. Com havia passat? Si li doblava l'edat! Però havia passat, i feia quatre anys que vivia a l'infern.

A l'infern... fins que va conèixer en Tonet, d'aquella forma tan tonta, allà, a la Ciutadella, a la manera de les novel·letes d'amor... Ara que hi pensava, va ser fàcil fer aquell traspàs tan inesperat. Ella, educada per a les millors taules, deixant-se estimar en els «pitjors llits», talment com hauria dit sa mare si ho hagués sabut. Però, què s'esperaven, si l'havien casada amb un tros de bèstia, amb aquell home terrorífic que la humiliava i la menyspreava i es reia davant d'ella de les donotes que anava a visitar. Doncs sí, s'havia fet amb aquells sindicalistes que duien espardenyes i gorra al cap i mocador al coll, i no eren la gent que deien els de la seva mena, no eren salvatges, ni mala gent, ni volien destruir el món, sinó canviar-lo.

Tot i que hi va haver un temps en què ella també els havia odiat. Era quan només veia una banda de la realitat, la de tots aquells anarquistes de la CNT que mataven la seva gent, empresaris, burgesos de renom, amics de la família... Recordava la mort d'en Felipe Serrano, que tenia fàbriques de mobles i que sempre que se'l trobaven els feia riure de valent. Els anarquistes el van matar al carrer València, a dues passes de casa. I també el comte de Salvatierra, que ella havia conegut de petita, i que el van matar dins del seu carruatge Milord. I, molts anys abans, havien intentat matar el mateix rei Alfons XIII, el dia del seu casament! La mare li havia parlat d'aquell intent de matar el rei. I la bomba del Liceu, feia molts anys, havia mort una família sencera molt coneguda dels pares. Fins i tot una filla, que aquell dia es posava de llarg... I en Josep Albert Barret, que era empresari i professor a la universitat i un enamorat dels aliats a la Gran Guerra, i que venia tota mena d'estris a l'exèrcit francès, i era una gran persona. El pare es va enfonsar aquell dia.

En Barret... El pare deia que l'havien mort els sindicalistes, però després en Tonet li va explicar que no, que a aquell empresari l'havien assassinat els de la banda del baró de Koening, amic del comissari Bravo Portillo, i que tots dos treballaven al costat dels alemanys, matant empresaris que ajudaven els aliats. Fins i tot deien que en

Bravo Portillo passava informació dels vaixells espanyols carregats amb productes per als aliats, per tal que els alemanys els poguessin torpedinar. Però això ho deia en Tonet i, tanmateix, a casa seva deien ben bé el contrari, que la CNT ajudava els alemanys perquè així feia mal a la burgesia catalana, que treballava per als aliats produint estris de guerra i tota la roba...

Quin bàndol mentia? Allò era Barcelona, aquell era el seu temps, aquella era la mentida en què vivia a banda i a banda de la seva vida, quan estava amb els seus i quan estava amb els d'en Tonet, tots tenien raó, tots eren morts pels altres, tots volien salvar Barcelona del caos. Però, qui era el responsable del caos? Aviat, però, tot allò quedaria enrere, perquè la determinació que l'havia empès fins al port, a punt de començar una nova vida, era indestructible. Ni el record de la filla l'aturava.

I, què caram, per molt que els pistolers del *Libre* fossin uns assassins, també era cert que els de la CNT no paraven de fer vaga i de matar gent. Quant temps varen estar amb l'embolic de La Canadiense? És clar que amb La Canadiense s'hi van afegir milers de treballadors. Va ser per aquells dies que va morir la Dolors Monserdà, ho recordava vivament. Amb la mare havien estat tota la nit amb l'Angeleta, vetllant la Dolors. Però tot i ser una dona tan important, els diaris van trigar a parlar d'ella, perquè la vaga de La Canadiense s'ho menjava tot... També faltaven pocs mesos per casar-se quan va esclatar aquella gran vaga, i tothom li aconsellava no sortir gaire de casa, sobretot quan Barcelona es va quedar sense llum i hi havia trets i corredisses pels carrers. La mare remugava, «no volen treballar, aquesta gent», però quan va conèixer en Tonet va entendre el neguit de tots aquells homes que cobraven una misèria i treballaven com animals. Ara comprenia millor el sentit de les baralles que hi havia a casa quan el pare es reunia amb el senyor Graupera i en Tià i altres empresaris, i se sentien crits. «Ofegar-los del tot, això cal, treure'ls la feina, ja veureu com es tornen mansos», deia en Graupera, i el pare cridava, «no, cal millorar les condicions, si la gent viu millor, no voldran fer tantes vagues». Però eren unes discussions eternes, que ella sempre va pensar que eren falòrnies d'homes, que sempre complicaven les coses.

I ara ho entenia. Ho entenia i els entenia a tots. A ells, els sindicalistes, que lluitaven per millorar la vida dels obrers. I també entenia els seus, que s'arriscaven i treballaven per crear empreses grans i menaven el país cap endavant, i defensaven uns valors, i... I allò, allò d'entendre els uns i els altres, aquella doble vida acabaria destruint tot allò que estimava... I també l'acabaria destruint a ella. Ja no sabia qui era. I perquè ja no sabia qui era, era allà, al port, sola i seca per dins, com si no li quedessin sentiments.

Durant uns mesos eterns i feliços, quan en Tonet li llepava el cos sencer i li despertava un plaer que mai no havia sentit, va creure que sabia qui era. Era l'amant d'un sindicalista, i allò la feia forta i dura, i s'imaginava que, si esclatava l'escàndol, se n'aniria a viure amb aquells obrers i seria com una Rosario Dolcet dient «què passa?, l'estimo!», i rient-se del món. I quan tenia aquests pensaments no tenia por de res. Però la por li tornava sovint, quan sortia de casa per trobar-se amb en Tonet. Quan parlava amb la mare, que li endevinava alguna cosa. «La mare és ben bé una fura!». Quan estava a soles amb en Tià, i havia de satisfer-lo. És clar que aleshores li venia la por, però també la ràbia... I també tenia por, una por més física, quan estava amb la gent d'en Tonet. Al capdavall eren els de la CNT, aquella gent que posava bombes i matava empresaris... Potser ella mateixa havia conegut, sense saber-ho, els que havien posat aquella bomba al Pompeya del Paral·lel, i havien matat bones persones. I si era algun amic d'en Tonet? I si el mateix Tonet... «Que no, que això van ser els pistolers del *Libre*, per poder carregar la bomba als de la CNT i justificar la repressió».

Qui deia la veritat, l'endimoniada veritat? Qui era sincer en aquell infern de mentiders? Qui podia mirar-li a la cara i dir-li que mai no havia matat ningú? El seu marit? Segur que aquell barrut pagava els del *Libre* perquè matessin gent. I en Tonet? Però si en Tonet duia pistola, com en Salvador, com la majoria de tots aquells sindicalistes, i a vegades havia sentit xiuxiuejos sobre atemptats, i quan moria algú, en Tonet sempre deia, «li ha arribat l'hora, al porc!».

Sí, tots dos mentien, i la idea que els dos únics homes davant dels quals havia estat nua, nua de tot, nua de pell, però també nua d'ànima, que tots dos fossin uns assassins, la va colpir intensament. No hi havia pensat amb tanta claredat fins aquell dia... «Ara que m'allunyo de tots dos, m'adono que mai no m'hi hauria hagut d'apropar». Però a en Tonet..., malgrat tot..., sí..., encara l'estimava...

Tot havia canviat des que el coneixia. També la percepció del que passava en aquella embogida Barcelona, i com uns morts duien uns altres morts, i com una banda matava l'altra banda, i com queia gent bona, com en Ferrer i Guàrdia, que la mare deia que era un boig i que en la seva Escola Moderna es defensava l'amor lliure, però ella havia llegit coses d'en Ferrer que li havien donat, i aquell home no li semblava un boig, sinó un savi. I a més, no estava ella mateixa practicant l'amor lliure?

Va tornar a la idea. Certament, quan més ho pensava, més clar veia que havia estat la mort del Noi del Sucre i la del seu company, en Peronas, el que li va trencar alguna cosa profunda, de manera definitiva i irremeiable. Feia pocs mesos de tot allò, i si ara era allà, al port, a punt d'embarcar-se cap a Cuba, era perquè uns mesos abans havien mort el Noi, havien mort en Salvador Seguí. Allà va començar a girar la roda de la seva vida...

Quines morts, les del Noi del Sucre i en Peronas, i quina commoció que varen causar! Feia uns mesos que havien estat assassinats, però encara la ferien profundament. Com si haguessin atemptat a casa, a la mare, a la seva filleta, als seus, a ella mateixa... I aquell record no s'esborrava... Era com si els trets esberlessin el seu cervell una vegada i una altra. Quina foscor! S'imaginava aquell dissabte..., en Salvador al Tostadero de la plaça Universitat, amb en Peronas i en Tonet, trobant-se amb en Companys, que havia de pagar a en Salvador una feina, perquè li havia estat pintant la casa. I mentre ells estaven prenent un cafè i xerrant del sindicat i dels obrers, i de tot allò que xerraven, algun confident d'en Martínez Anido devia avisar-lo i els pistolers es van preparar per matar-los. Li era estranyament fàcil reproduir una escena que mai no havia vist, però que ella imaginava amb precisió. El Noi del Sucre i en Peronas caminant per carrer Cadena, a punt de girar per Rafael, els pistolers que disparen els trets, el soroll sec de les bales sortint del canó, el clatell d'en Salvador que es rebenta amb un sol tret, els xiscles de la gent i els dos homes estesos a terra, abatuts i silenciats per sempre, negats en un bany de sang. I l'amic del sindicat, en Gardefias, que els va trobar... En Peronas va trigar uns dies a morir i el pobre Salvador... no van permetre ni que l'enterrés la família. I això que la Dolors estava prenyada del segon fill. Però res, sense pietat, el van enterrar d'esquitllentes, com les rates a la nit. En Tonet li havia explicat que l'endemà, diumenge, unes dones van deixar uns rams de flors allà on l'havien matat, però els van retirar de seguida, com si volguessin esborrar el seu rastre. Emperò, no ho aconseguirien perquè el Noi del Sucre era un heroi de la gent, i els herois no moren. I la vaga del dimarts següent, en honor del Noi..., mai no s'havia sentit tan a prop com aleshores d'aquella gent que no era la seva gent, però que sovint li semblava millor que la seva gent. Si el pare hagués sabut que s'hi feia... Si ho hagués sabut el bèstia d'en Tià, porc de marit...

Va anar a la manifestació en honor d'en Salvador. Era dimarts, i va haver de mentir com sempre per tal de sortir. No era difícil, perquè el marit no hi era mai, i no semblava que li fes gaire cas, i la dida es quedava amb la nena, però la mare sí que estava al damunt, i li va dir que anava amb la Remei a passejar per la Ciutadella. La Remei era l'única que coneixia el seu secret i mai no li va fallar. De fet..., era l'única que sabia el pas que estava a punt de fer...

Aquell dia de la manifestació havia quedat amb en Tonet a l'hotel Bristol, «és el punt de trobada», li va dir, i ella no sabia gaire bé què volia dir allò, perquè mai no havia estat en una manifestació. «No vesteixis com vas sempre», li va etzibar un amic d'en Tonet amb menyspreu, «que nosaltres som humils». I com havia de vestir? Sense joies, va pensar, que tampoc no era de portar-ne moltes, i amb un mocadoret, i un vestit sense gaire estridència, és clar que ella tenia vestits bons, però ja faria, segur...

Del Bristol, al carrer Fontanella, d'allà al Portal de l'Àngel, i d'allà a la plaça Santa Anna, i després pel carrer dels Arcs i directe per Regomir fins la seu del Govern Civil. Tenia gravat aquell itinerari lent i majestuós on milers de persones l'acompanyaven com si fossin de la seva família, com si la germanor que sentia la fes més lluminosa, més forta, i la seva vida tingués un sentit grandiós. Tanta gent, tant dolor i alhora tanta força!...

Quan en Tonet li va dir si volia acompanyar-lo a l'enterrament d'en Peronas, que havia mort el dia de la manifestació del Noi, no va dubtar.

Volia tornar-ho a viure, però mai no s'hauria imaginat que arribarien a ser tants milers. Des del Clínic fins al cementiri de l'Hospitalet, amb el fèretre damunt les espatlles dels seus companys, el silenci pesant de la gent, mai, mai no s'havia sentit tan viva, ni tan sols al llit d'en Tonet... Tampoc mai no s'havia sentit tan forta. Va ser el dia que va poder escoltar aquell sindicalista tan famós, en Joan Peiró, que va parlar al cementiri. Aquell home la va fer plorar. ¿Tot allò que deia en Peiró, aquelles coses bàrbares, aquell mal tracte als obrers, tot allò feia la seva gent, la seva pròpia gent, el seu marit? Era cert, tot allò? Déu meu, i si ho feia el seu pare? Allò era ella, el resultat d'aquell dolor?

I no sabia si plorava perquè la feria el dolor dels obrers, o si plorava perquè la feria que culpessin els seus d'aquell dolor. O potser plorava pels dos dolors que l'escruixien i la partien pel mig, com si tingués dues ànimes.

Però tot havia canviat des d'aquelles morts. I si alguna cosa havia començat a la seva vida des que coneixia en

Tonet, estava a punt d'acabar. Un dia va ser allò de «què fas vestida d'aquesta manera?», com si ja no l'excitessin els aires burgesos d'aquella dona casada que es desvestia i s'entregava al seu llit. Un altre dia la va mirar amb menyspreu i li va dir que no quedessin en uns dies, que tenia feina. I els atemptats no s'aturaven, aquells dos germans de setze i divuit anys, els germans Barranco, morts per la policia de l'Hernández Malillos, desenes de cenetistes, gent del *Libre* i també empresaris i membres del Somatén, policies, el cardenal Soldevila...

Va ser d'una manera seca, com si agafés un ganivet i fes un tall net. Acabaven de fer l'amor i ella s'hi va apropar amorosa. Encara sentia la seva mà a la pell, feia tants pocs dies!... Com era possible que poques setmanes abans estigués al llit d'en Tonet i ara fos al port, a punt de fer les Índies? Feia poc que en Primo de Rivera havia fet un cop d'estat i només arribar havia condemnat a mort el Nano i també en Pascual, acusats de matar un membre del Somatén. Aquell dia que estaven al llit junts, la mirada d'en Tonet era negra. Al matí havien complert la sentència, per garrot vil, i deien que el seu amic íntim, el Nano de Sants, en Saleta, quan li varen posar la caputxa negra, va cridar, «Aixins moren els homes per l'anarquia! Visca l'anarquia!».

Tenia la mirada negra. I no sabia per què, ai la seva poca delicadesa!..., ella li va dir que una vegada havia vist personalment l'Alfons XIII, que havia anat amb la família a l'acte de col·locació de la primera pedra de la Quinta de la Salud l'Aliança, i que li havia semblat un home atractiu. «Atractiu! Ets una ximple, una boja, una d'ells! No puc estar amb una dona que pertany a tots aquests assassins. Els teus maten la meva gent. No et vull veure mai més, barjaula!». I la va fer fora, així, sense cap pietat, cridant esperitat i sense que les seves llàgrimes servissin de res, amb una fúria que fins i tot li va fer por. Més tard va saber que en Tonet s'havia apuntat a una cosa que es deia el Tercio de Marruecos, que havia creat un tal Millán Astray, i que estava ple de catalans que fugien de la policia. Es veu que allà no importava si eres un fugitiu, o un cenetista, o un revolucionari, sinó ben al contrari, els fugitius eren benvinguts i molts de la CNT ho varen aprofitar. Li van dir que en Tonet se n'havia anat cap allà i que no se sabia quan tornaria o... si tornaria.

Dies després, el marit remugava pel menjador dels pares, lloant en Primo de Rivera, «serà bo per a Catalunya, posarà ordre, i tant que en posarà», però el pare el va tallar, «ja has vist el que va fer, enviant-nos la policia a l'estàtua d'en Casanova, quan celebràvem la Diada! I això que havia pactat amb en Puig i Cadafalch que la podríem celebrar! I el bèstia ens ha enviat la policia, i això que era uns dies abans del cop d'estat, però ja sabia el que es feia. Amb aquest feixista, els nacionalistes ho passarem molt malament. Res d'ordre. Aquest home farà mal!». De sobte se'n va adonar. Ja no pertanyia a aquell món. El llit d'en Tonet l'havia canviada per sempre, però tampoc no l'havia situada enlloc, abandonada en una terra de no ningú que era estranya i inhòspita, i on se sentia fugitiva d'arreu. No pertanyia al món d'en Tonet, d'on l'havien expulsada abans d'haver-la acceptada. «Barjaula!», li havia etzibat com a comiat. Però tampoc pertanyia a la seva pròpia gent, perquè havia visitat l'altra banda del mirall i havia conegut la zona fosca de la societat, aquella que sempre li havien amagat.

I també havia tastat l'amor adúlter, el més dolç dels

verins... I hi era el marit, que li doblava l'edat i que pertanyia al pitjor d'aquell món, i que es reia d'ella amb les seves donotes, i vés a saber si no finançava els pistolers del *Libre*, com deien que feien molts empresaris. I també hi era el pare, que era dels de la Mancomunitat, però no semblava que tots aquells catalanistes resolguessin res, i ara venia la dictadura...

El món, el seu món, els seus mons no li pertanyien, caòtics, estranys i hostils. Tal vegada, en un altre món...

La idea de fugir va venir de cop, un dia que era a taula i la nena ja dormia. «Avui toca llit!», li va etzibar en Tià amb un tros de carn entre les dents, mentre reia de manera barroera. El bocinet de carn li penjava al bell mig de la dentadura i ell el remenava amb la punta d'una forquilla, bo i intentant llevar-lo. Feia una fressa aguda i bruta, talment com un porc ferit. I amb la forquilla a les dents, i el bocinet de carn penjant-li, li va repetir, «dona, avui toca llit». En aquell moment va saber que fugiria. Res no la lligava ja a aquella vida, ni la seva filla.

A punt de pujar al vaixell del marquès de Comillas, el caprici de la memòria li va fer venir un inesperat record plaent, el d'una tarda de febrer, amb el pare excitat i alegre explicant el sopar que havien tingut a casa d'en Rafel Campalans en honor d'aquell savi, l'Albert Einstein, que havia visitat Barcelona convidat per l'Institut d'Estudis Catalans de la Mancomunitat, i de qui tothom en deia la seva. «El menú estava en llatí, era un llatí relativista...», deia el pare rient a boca plena, i aleshores llegia la carta del menú, escrita en lletra gòtica, i explicava tota mena d'aventis, que en Casimir Lana, que també era de ciències, i en Bernat Lassaleta, que era un catedràtic molt important, i altres savis de Barcelona havien xerrat abrandadament amb l'Einstein sobre física, i l'Einstein els havia explicat el seu recent viatge a Palestina, perquè volia fundar una universitat allà, i treballava perquè els jueus tinguessin un país, i estava molt enfadat amb els britànics, que deia que eren uns dèspotes. També va sortir l'Eugeni d'Ors a la conversa i la seva famosa carta contra la Gran Guerra... L'Einstein la coneixia. I també havien parlat de Catalunya, i en Campalans li havia explicat les seves idees noucentistes. I el menú..., canelons, llagostins, faves a la Lorentz «transformades a la catalana», i faisà i pollastre i postres... «Hem begut un Castell del Remei gravitatori», va dir el pare amb cara de nen entremaliat. Estava eufòric. I després la música..., amb la veu magnífica de l'Andreua Fornells cantant cançons catalanes... L'Andreua Fornells..., l'havia escoltada a l'Orfeó Català i també al Liceu, una soprano exquisida...

I també havia llegit que, un dels dies en què estava per Barcelona, van portar-lo a sentir sardanes a la Universitat Nova i que s'havia enamorat d'aquella música. Deia *La Veu de Catalunya* que l'Einstein havia dit que tot el món hauria de conèixer la sardana, perquè era «una obra d'art agermanada amb un esport». Recordava aquella frase perquè li va cridar l'atenció. Mai no s'havia imaginat la sardana com un esport, per bé que certament era una dansa de germanor. Els savis..., gent insòlita... Tanmateix, per què li venia aquell estrany record? D'on li venia. El cervell... El cervell, que era un follet capriciós...

Els viatgers de primera havien d'embarcar. No va mirar enrere quan va pujar a la gavarra per tal d'arribar al vaixell. Li va retornar al cap el nom de la Rosario Dolcet, aquella dona anarquista que feia uns anys s'havia ajuntat amb el seu amant i ho havia fet públic i havia causat un gran enrenou. Quina valentia! Però ella també era valenta. Com hauria pogut abandonar-ho tot, si no hagués estat una dona valenta? Per això havia agafat uns estalvis de l'herència de l'avi Prim, i havia escrit d'amagat al seu cosí Cisquet, que tenia negocis a Cuba, sense esperar que arribés cap resposta, «deu haver rebut la carta?», i l'hi havia explicat tot a la Remei, bo i deixant-li una carta per a la mare. «No l'hi donis fins que hagi embarcat». I la Remei, «ets boja! Que no veus que et pot passar de tot?!...». Però ja li passava de tot, i no era del cel sinó de l'infern, del que fugia. Res no podia ser pitjor. Per això no va mirar enrere. El món que deixava s'havia acabat per sempre.

O això creia...

SOPAR RELATIVISTA AMB ALBERT EINSTEIN

Coena in honorem Doctoris Einstein
Pontificis scientiarum Albert Einstein 1923

Scientia a priori

Solida

Cannulae Fizeauniensis
Penaei Caramote et Mollusci Gaussensis cum jure Magonensi in perihelio
Fabae Laurentzianae catalaunice transformate
Phasianus nycthemerus Minkowskiensis, quatriplex dimentiones
Homo platonicus secundum Diogenem cum jure Michelsoniense
Continuos Euclidianus glaciatus
Encasadae Furni Sancti Jacobi et Saccharea edulia Weyliensia, simultanea
Fructus Galilei

Liquida

Castrum Remedii gravitatorium
Xeres Thii Josephi inertialis
Malum parvum cum Doppler effectu

Xampanyus relativisticus Codorniuensis deflectens lucem Caffea sobraliensis cum spirituosibus liquoribus et vectoribus tabacalibus.

Tempus locale

II Kalendas Martii, Anno XLIV Erae Einsteinianae

Locus

Aedibus Campalani, studiosi catalaunici Barcinonensis

TONET
Barcelona, 1923

L'olor. L'olor va ser el primer que el va captivar d'ella. Aquella olor de nena rica. «Quin nom té aquest perfum tan encisador?», li va preguntar mentre li recollia un mocador que li havia caigut, tot repetint per enèsima vegada el vell ritual de seducció. I així fou com la va conèixer, a la manera vulgar de les novel·les de jovenetes. Quan ella li va regalar un somriure vermell i molsut que adornava una carona blanca com la neu, va pensar que es divertiria una estona. «És L'Heure Bleue, de Guerlain», li va respondre juganera. En realitat no va entendre res del que li va dir, però tant se li'n fotia, perquè hi havia com una mena de conversa a la mirada, com si aquella noia no tingués pressa a aviar-lo i com si ell no portés espardenyes, ni mocador, ni ella vestís amb un *garçonne* de darrera moda. Qui li hauria dit a ell, en Tonet de la CNT, que acabaria rebolcant-se al llit amb una burgesa! I ara, pensant en la Montserrat, a punt d'anar-se'n cap al Cuartel de García Aldave de Ceuta, «quina ximpleria de nom!», a apuntar-se al Tercio, «anar-se'n? Digues més aviat fugir», encara es preguntava si l'havia estimada amb bogeria o l'havia odiada amb fúria, o havia sentit ambdós sentiments amb la mateixa abrandada ràbia...

Recordava amb tanta precisió aquell dia, allà al passeig dels Til·lers del parc de la Ciutadella, que no parava de repetir-lo! Obsessió malaltissa! Anava amb una altra noia, i duia el *garçonne* amb una faldilla que li arribava fins al genoll. Estava ple de lluentors i també portava una boa de plomes d'un color molt suau. Sota el barret campana, el seu cabell ros recollit... Feia pudor de rica, vessava bressol de seda des del cabell més fi fins a la punta dels peus, i el primer que va pensar va ser malvat. «Dues gossetes de casa bona amb ganes d'aventura. Encara riuré una estona». El Nano sempre li deia que tenia massa èxit amb les dones, potser era pels seus ulls blaus tan exòtics, i també li deia que les dones el perdrien, que això de no tenir dona fixa i canviar de llit com qui canvia de sabates no era cosa bona, que havia de deixar totes aquelles barjaules del carrer Avinyó amb les quals passava l'estona... I el Nano li repetia, «un revolucionari ha de tenir fills, Tonet, n'ha de tenir. Els fills t'arrelen a la terra i t'empenyen a lluitar. Un home sense fills és un home bord». Però ara el Nano era mort, assassinat a garrot vil per aquells llops sanguinaris d'en Primo de Rivera, i havia cridat visques a l'anarquia a l'hora de morir, i...

Fills de puta! Bèsties que tenien les mans i la boca i els ulls i el cervell tacats de sang, sang obrera, sang de la seva gent, fills de puta! N'havien matat tants! El Noi, en Peronas, en Pedro Massoni, que va ser el primer que va caure en mans d'en Bravo Portillo, en José Castillo, abatut mentre es tallava els cabells en una barberia de Sants, i en Vicenç Roig, i en Tero... El pobre d'en Tero, l'amic Pau Sabater. Els gossos d'en Portillo el van anar a cercar a casa seva, fent veure que eren policies, i allà, al Camp de l'Arpa, li van fotre sis trets. No van saber mai quin dels burgesos en nòmina d'en Portillo havia pagat les tres mil pessetes del crim. Impost de sang. I si havia estat el mateix marit de la Montserrat? Ben bé podia ser aquell brut, que la Montserrat deia que era un bèstia, un mal home, la mena d'home que no fóra estrany que pagués per matar sindicalistes.

Morts, morts, desenes de companys morts, morts pertot arreu, al bar, al carrer, a la fàbrica, a les manifestacions... Com aquella de la Cross, on la càrrega policial va matar en Josepet i tres companys més. I més morts encara. Des que havia entrat a la CNT de la mà d'en Salvador, no havia fet altra cosa que plorar pels caiguts i anar als seus funerals. Feien una vaga i els líders eren assassinats, anaven a una manifestació, i en mataven uns quants, lluitaven i queien sota els trets per qualsevol carrer de Barcelona. Ara que, a vegades, es prenien la revenja... Uns quants d'aquells porcs havien caigut... I aquell dia en què es van enfrontar amb els del *Libre* al carrer del Carme..., quin dia! «Aquells trets que li vaig fotre a en Juan Purcet, pam, pam, pam...!». I va somriure, amb una inesperada pau, en pensar en aquell dirigent de l'enemic que ja no participaria en cap altre assassinat dels companys.

Quan s'havia conscienciat del tot? Feia tants anys que estava en la lluita que tot es barrejava, com si fos boirós, com si els records estiguessin amuntegats en el cervell i s'ordenessin en una composició caòtica. Però recordava que, poc després d'entrar al sindicat, i sense tenir encara la plena consciència revolucionària que ara tenia, l'havia impressionat molt la història que li havia explicat en Ramon Archs sobre el seu pare, un dels executats per la bomba del Liceu.

Pobre Ramon, no feia ni dos anys que ell també havia estat assassinat. Baixava del tramvia a la plaça d'Urquinaona i algú va alertar la policia. Era un home molt buscat. L'acusaven de l'atemptat contra en Graupera, el de la patronal, i també de la mort d'un del Somatén, però sobretot havia estat el cervell dels atemptats contra en Martínez Anido i el president Dato. L'Eduardo Dato... En deien «el projecte de Madrid», d'aquell atemptat... Recordava perfectament la reunió a la falda de Montjuïc en què va participar i on en Ramon els va explicar el projecte... També hi havia en Nin i alguns altres... «Ho faran en Matheu i en Casanellas». En Ramon va ser el que va comprar el sidecar, des d'on el dispararien. «Un burgès de Reus m'ha donat les cinc mil pessetes per comprar-lo», i va pensar en aquell industrial de Reus, l'Evarist Fàbregues, aquell home humil que va fer una fortuna immensa a la Gran Guerra i es va dedicar a finançar obres culturals com el Centre de Lectures de Reus i d'altres... I, li deien els companys, també va finançar el sidecar...

Però van agafar en Ramon i les seves darreres hores devien ser un calvari terrible. El van traslladar a la Via Laietana, en presència del malparit de l'Arlegui, el gos d'en Martínez Anido, i el mateix Arlegui li va tallar la llengua al seu despatx i el va deixar morir dessagnat. El següent que es va saber és que s'havia trobat el seu cos al carrer Vila i Vilà, foradat a trets i apunyalat i amb la cara completament desfigurada. El van enterrar al mateix nínxol del pare.

En Ramon... Era un home fort i molt generós, i tenia una sensibilitat a flor de pell que sempre l'havia impressionat. S'emocionava per tot... Però la seva vida, tot i que curta, va ser tan dura com la d'un vell que hagués patit tota mena de maldats. Pobre Ramon! Ves per on, el seu record, allà, a punt d'anar-se'n cap a l'Àfrica sense bitllet de retorn, en Ramon, sí, en Ramonet li venia al cap com un record vivíssim, fins i tot calm. Un dia, al bar Asiático, sortint d'una reunió del Sindicat del Metall, que en Ramon presidia, li va explicar la història. Només tenia cinc anys quan l'àcrata Santiago Salvador va posar una bomba al Liceu en venjança per l'execució d'un company seu, en Paulí Pallàs, que havia llançat la famosa bomba contra el general Martínez Campos, un dels culpables de la restauració dels Borbons. S'imaginava l'enrenou... El general vestit d'uniforme dirigint la desfilada militar en honor de la princesa d'Astúries. La Gran Via plena a vessar de gent. I aleshores en Pallàs apropant-se al cavall del general i tirant la bomba... No el va matar de miracle. La gent devia córrer en totes direccions. Quina follia! I després en Salvador, amb aquella bomba al pati de butaques del Liceu que va matar vint burgesos... En pensar en aquell atemptat i en el pànic de la gent, es va adonar que no sentia cap pena. «M'he fet de gel», i es va treure la boina per gratarse el cap. «Sí, de gel...». Tant s'havia embrutit? Qui era ell? Es reconeixia? Matava gent, gaudia amb la mort d'altres, lentament havia anat perdent el gruix d'humanitat que l'havia empès cap a aquella lluita, i ara no sabia si era un heroi o un monstre.

«Maleït sia! Això és la Montserrat, que m'ha fet dubtar! Malparida!». I els pensaments varen seguir el fil que havien iniciat, sense deturar-se més en els plecs de la mala consciència...

La bomba del Liceu! Va ser l'excusa per fer una batuda contra els anarquistes, igual que farien uns anys més tard amb en Ferrer i Guàrdia. Tot i que tenien en Salvador, van acusar uns quants àcrates coneguts, els van torturar, els van condemnar a mort i els van executar. Encara sentia la veu d'en Ramon, com si estigués ben bé al seu costat. «Saps? El pare em va escriure una carta abans de ser executat, que la mare em va guardar perquè la llegís quan fos gran. Sempre la duc al damunt. Vols que te la llegeixi?». I la va llegir amb una veu tremolosa, com si acabés de passar tot aquell horror, per molt que ja feia més de vint anys que l'havien executat. Estava escrita en castellà, i aquell idioma es feia estrany en boca de l'Archs, que tenia un català d'Igualada molt rodó. «Ramon, puc fer-ne una còpia?». I va ser així com durant molt de temps la va rellegir cada vegada que dubtava o l'ànim s'afeblia o pensava que tot allò no tenia cap sentit. Ja feia temps que l'havia perduda, però recordava amb precisió el sentiment d'aquell home que s'havia mantingut ferm a punt de ser assassinat. Un home que no havia fet cap altre mal que lluitar perquè els altres deixessin de patir. Al capdavall, què era la revolució, sinó l'intent que tothom fos feliç, que no hi hagués tanta injustícia i tanta crueltat, que la vida dels pobres i dels obrers no fos un calvari, mentre els rics vivien al paradís gràcies al seu sofriment!...

La carta acabava amb un «Visca l'anarquia!». I sí, un «Visca!» per totes aquestes idees que volen canviar el món! I un visca per tots els que han donat la vida i per tots els que la donaran, fins que la revolució s'imposi! Visca, visca l'anarquia! Visca! Emperò... quin visca, si tots els seus amics eren morts? Ja no li quedava ningú de la seva gent més íntima, «estan matant la millor gent», i a més l'havien avisat: «La següent bala és la teva. Fuig, Tonet», li va dir un confident que tenien al Somatén. «Sóc un covard, fugint així, per por d'una bala!». Però, fugia de les bales o aprofitava les bales per fugir d'ella... O fugia de tot, perquè el seu temps a la Barcelona revolucionària s'havia acabat, si més no mentre durés la dictadura. Però algun dia tornaria i continuaria la lluita, sí, tornaria. I quan tornés, tal vegada ella ja no seria una ferida oberta.

Ella..., la Montserrat..., amb els seus perfums i les seves maneres de noia rica, xisclant de plaer com una meuca. I això que no en sabia gaire, de fer l'amor, però renoi si en va aprendre! Des d'aquell dia en què la Montserrat va entrar per primera vegada a casa seva, remirant tota la casa, «senzilla, però bonica», havia dit, però ell sabia que l'havia trobada pobra, refot, així eren les cases dels obrers. I quina por que tenia, aquell primer dia! Però no va recular ni una passa, i quan finalment va estar als seus braços, se la veia feliç. Allà, al llit, ja no era una burgesa. Només era una dona, una dona més de les moltes que havia tingut. Més fina, més pulcra, més perfumada, més vergonyosa, però una dona. Al final, tanta seda i tanta finor i despullada, sota el seu envit, era igual que les dones d'Avinyó que freqüentava. Li feia fàstic. Ja no la volia més al llit, ni la volia veure, ni suportava aquella olor tan delicada que l'havia encisat, ni la seva pell blanca, ni els ditets que mai no havien patit fred, ni la pell de porcellana. Tot allò que l'atreia de la Montserrat també era el que més odiava, perquè pudia a mort, la mort dels amics caiguts en mans de la seva gent, potser fins i tot del seu marit...

Si no l'hagués deixada, li hauria pogut fer mal.

Però alhora, quin delit foll, quina obsessió! Quin dolor saber que no la veuria més! Sí. En realitat se n'anava cap a Ceuta per ella, o per ella i per tota la resta, per no veure més la Montserrat, i perquè aquells a qui volia veure ja no hi eren... I ara només faltava la dictadura, que ensangonaria més els carrers de Barcelona i reprimiria com mai els sindicalistes. Per això se n'anaven tants catalans a apuntar-se a allò del Tercio. Deien que al Tercio no es feien preguntes sobre el passat, que només comptava el present. I ell tenia massa passat. No el volia recordar, no el volia somiar a les nits amb malsons foscos, no el volia patir, no... «El passat ha mort. Està enterrat a la mateixa tomba on jauen els meus companys». Si tornava en el futur, tal vegada el passat ja no seria un farcell tan pesant.

Però abans d'anar-se'n va arranjar un encàrrec important. L'hi va demanar al Garreta, que era com un germà i no li fallaria, i fins i tot va preparar amb ell tots els detalls. El dia... uns dies després de la seva partida, l'hora... cap al vespre, el lloc... Li devia al Noi i al Nano i a tots. I potser li devia a ella, encara que..., ho feia perquè l'estimava o ho feia perquè l'odiava? I ella, l'hi agrairia o l'odiaria per sempre? Probablement totes dues coses, i així se sentiria com ell, partit en canal entre l'amor i l'odi.

Va ser així com en Tonet Sànchez i Ramió va deixar una bala amb un nom escrit: Sebastià Galdrich i Fuster, el marit de la Montserrat.

En pujar al paquebot mig atrotinat que l'havia de dur cap a Ceuta, va pensar en aquella bala que havia deixat dedicada a en Galdrich. I va somriure. «Ben aviat hi haurà un porc menys a Barcelona».

CARTA DE MANUEL ARCHS

17 de maig de 1894, hores abans de ser executat

Querido hijo. Lee con atención estas mal trazadas líneas de tu padre, dentro de poco no seré más que lo que era antes de nacer, materia, polvo, gases, nada. Saldaré la cuenta que tengo pendiente con la Naturaleza desde el día que nací. Habrá, sí, la particularidad de que no sea la Naturaleza quien me quite la vida que ella me dio, me la quitan las preocupaciones y las infamias de los hombres, la astucia y crueldad de la infame burguesía, que, no contenta con haber explotado hasta hoy mis fuerzas físicas, de haber intentado más de una vez inutilizarme moralmente, trata de acabar en absoluto con mi «yo». La burguesía de Barcelona ha intentado varias veces concluir conmigo; pero como el carácter de tu padre no se rompe ni se dobla, ha inventado una trama indigna contra mí, valiéndose de tormentos inquisitoriales, para hacer declarar lo que se ha querido a infelices obreros. Hijo mío, con nosotros se ha usado un procedimiento absurdo; tan absurdo, que no atrevieron a juzgarnos en presencia del público como lo hacen los tribunales cuando creen que la razón está de su parte. Se constituyó el consejo sin aviso previo; sin permitir la entrada a nadie. Con nosotros se va a cometer un asesinato.

Sabe, también, que tu padre morirá contento, convencido de que si en vida ha puesto sus facultades en defensa de una idea grande y justa, su muerte y la de sus compañeros servirá para hacer patentes los crímenes que las autoridades cometen a espaldas de la ley.

Puede que mañana alguien te diga que tu padre fue un criminal y hasta puede haber quien me califique de loco. Diles y diles en voz alta que fue inocente del crimen que se le imputó; que se me mató por ser anarquista y propagar una idea que creo noble y justa, sin que nadie se me haya presentado a demostrar lo contrario, a pesar de que siempre admití controversias.

A los que digan que fue un loco, diles que locos han sido todos los defensores de las ideas modernas y de las primeras teorías científicas que después el tiempo ha admitido como verdades inconcusas.

Al mismo tiempo te suplico estudies las ideas anarquistas, cuando para ello tengas conocimiento. Compáralas con las otras y creo te convencerás que son las que están llamadas a emancipar al mundo de tanto antagonismo imperante y de tantas injusticias como reinan.

Las ideas anarquistas tienen por base la libertad y el amor, dejando a disposición de todos los individuos todo cuanto la Naturaleza produzca y todo cuanto la inteligencia humana fabrique.

Una vez comprendan los hombres nuestras justas doctrinas, se apresurarán a implantarlas como medio de regeneración humana y como premio a tantos siglos de sufrimiento.

Así lo comprenderás tú y espero no te amilane el fin de

tu padre; antes al contrario, que te sirva de estímulo y de móvil para difundir, por todas partes, los principios a los cuales ofrezco mi vida como antes les ofrecí mi escasa inteligencia. Muere como tu padre si es preciso, pero sé útil a tus semejantes y pon tu grano de arena a la obra de la emancipación del proletariado.

Te encargo también veles constantemente por tu hermana, dándole toda la instrucción que te sea posible, apartándola, principalmente, del fanatismo religioso, por ser el obstáculo mayor que se opone al progreso.

Con ayuda de vuestra madre querida, haz de tu hermana una mujer útil a la humanidad y que con el tiempo sea hoy buena hija y buena hermana, mañana buena compañera y buena madre.

Muero convencido de que así lo harás, como muero convencido de que siempre cumplí con mi deber.

¡Viva la humanidad libre!

¡Viva el Progreso!

¡Hurra por la Anarquía!

TIÀ
Passeig de Gràcia. Barcelona, 1923

Aquell dia de 1923, en Tià caminava tranquil pel passeig de Gràcia. No era com aquell altre dia de l'any 1920, que anava amb en Miró i en Trepat cap a la casa del baró de Koening i els germans Ródenas els van intentar matar. «Aquells assassins anarquistes!». I va pensar que en Miró havia fet molt bé d'agençar bales dirigides al cap de tots aquells violents... «Encopetat, però ferm, en Miró!». Sabia que havien tingut molta sort aquell dia, perquè, per bé que els pistolers l'hi tenien jurada a en Miró, haurien caigut tots dos. «Ah, però després el baró..., com va enxampar els Ródenas, al Cafè Imperio, quina tancada!, els va ben fotre».

Però... aquell dia va anar d'un pèl. De miracle... I això que ell tenia una especial habilitat per mantenir-se amagat al cau, per moure els fils sense ser vist, com un espectre. Al seu ofici calia ser llest, més puta que les gallines, perquè l'art de fer diners quan no se'n tenien no era per a artistes sorollosos, ni porucs, ni ingenus. Era una cacera despietada, on guanyava el que sabia disparar millor al pit del contrari i tenir ben a redós el propi. Fer diners... N'havia fet molts, de diners, tants que podia comprar voluntats! Sempre fent rodar la roda en la corda fluixa, amb equilibris a totes bandes, però sense caure en cap parany. I la prova n'era la mateixa fortuna que ara tenia. L'havia aconseguit treballant per als aliats, i mai no va patir cap atemptat del baró de Koening, o d'en Bravo Portillo. No s'havia significat, com aquell ximple d'en Barret, tot el dia cridant a favor dels aliats, i al final el van matar. Ell no. Era un habitant de les ombres... Per això després va poder col·laborar amb el baró com si res, quan va decidir eliminar tots aquells violents sindicalistes que només volien fer vagues i ensorrar-los. «Diran el que vulguin del baró, però tenia collons! I el ximple d'en Dato el va expulsar d'Espanya! Aquell titella de president de govern, quina nul·litat, no havia après res d'en Cánovas del Castillo!», anava remugant, mentre recordava els esforços d'en Miró i d'ell mateix i de tota una colla per intentar que en Dato no l'expulsés, que allò era una bestiesa, que perdrien bous i esquelles, que perillaria tota la lluita contra els revolucionaris que havien endegat amb tant d'èxit. Però en Dato va ser inflexible i varen perdre l'ajuda inestimable del baró de Koening. «Ara que... bé que ho ha pagat!». I el record del recent assassinat d'en Dato, «pam, pam pam, vint trets des d'un sidecar, un sidecar, quina manera més vulgar de morir!...», aquell record li va resultar plaent, gairebé tant com cada vegada que llegia la notícia d'un anarquista mort en una batussa, i pensava que potser era ell mateix qui havia menat la mà que premeria el gatell. Allò era una guerra i calia vèncer l'enemic. Sentia alguna pietat? «La pietat és per als titafluixa de la Mancomunitat, com el sogre, gent tova i mel·líflua que tot el dia barrinen sobre el català i la bandera, i no són capaços de posar ordre. Si tinguéssim més barons!...». Però ara tenien en

Primo de Rivera, i aquella idea el va posar d'un especial bon humor. Estava convençut que el general posaria ordre i que la gent de bé podria anar tranquil·lament pel carrer sense trobar-se un tret amb el seu nom a la cantonada. *«Dios y la Patria os lo pagarán...»*, havia dit el dictador en la seva al·locució del cop d'estat, i ell era un home de Déu. La pàtria? La seva pàtria era el seu patrimoni, els seus diners, i Catalunya no era una bona guardiana. I animat amb el convenciment que s'iniciava una bona etapa per als seus interessos, va continuar fent via, capficat i alhora alegre.

Mai no arribaria a saber que la seva dona estava a punt d'abandonar-lo, ni tampoc albirava cap mal averany, ni temia res. Un dia més en la seva rutina d'empresari d'èxit. Havia quedat amb en Serra, i mentre pujava passeig amunt li va venir al cap el dia que havia conegut el baró de Koening, allà mateix, ben a prop d'on era ara. Tenia un pis a la Pedrera que feia girar d'esquena. I després, quan va passar a les oficines de la rambla de les Flors..., allò era un palau de l'hampa! «Quin gran personatge, el baró!». I ni tan sols era baró, sinó un simple cambrer d'hotel que es va inventar un títol nobiliari i que va tenir la gosadia de muntar una banda de pistolers, que bona feina havia fet als empresaris. Ell mateix li havia explicat, amb el seu insofrible accent prussià, que durant la guerra era espia del bàndol alemany, *«informábamos a los submarinos del tráfico portuario y del destino de las mercancías, era muy eficaz, Tià, y muy fàcil»*. I prou que se sabia! Ja aleshores, el Pestaña, de la CNT, havia fet pública una carta d'en Bravo Portillo al baró Von Rolland, «aquest sí que ho era de baró, no com en Koening», i es va posar a riure com un ximple. A la carta es veia com en Portillo donava dades precises de l'hora de sortida del *Mambrú*, un dels grans vaixells camí dels aliats. Tot i que no va passar res, i en Portillo va continuar amb les seves. Era un supervivent, el tipus, dirigint el seu petit exèrcit de confidents i assassins des del carrer Septembrina. Un líder dels baixos fons, agosarat i valent. «Fins i tot va intentar matar l'Àngel Pestaña, això sí que eren collons! I li va anar d'un pèl, al ximple d'en Pestaña... Sí, en Portillo era un lluitador, un supervivent».

Un supervivent fins que el van matar els anarquistes...

«Quin bullider, la Barcelona de la Gran Guerra!», es va dir amb un aire entremaliat. La idea d'aquella Barcelona on hi havia més espies que catalans, i on el baró regnava com una fura, el divertia i l'excitava. Tenia una admiració sincera pel baró, i l'admiració va créixer quan li van matar en Portillo i el baró va continuar amb la banda com si fos ell mateix la reencarnació d'en Portillo. I després es va entendre molt bé amb el cap de policia, l'Arlegui, «que també els té ben posats, i diuen que li agrada torturar ell mateix els detinguts més significats. Fes-te fotre, què s'esperen tots aquests assassins, flors i violes?». I aleshores va pensar que, en la llista de grans homes d'aquells temps convulsos, l'Arlegui mereixeria un lloc d'honor.

Per bé que s'havien fet grans amics, el baró mai no li va reconèixer que havia estat la seva banda, la que havia matat en Barret, aquell gran bocamoll que es vantava de vendre espoletes d'artilleria als francesos. Ell no l'havia conegut, però el sogre n'era molt amic, i el ben ruc del sogre s'havia cregut que l'havien matat els de la CNT. Bona tàctica, la del baró, matar a un bàndol i a l'altre, i fer creure que els assassins eren els sindicalistes... Tot i que els de la CNT no paraven de matar, prou que ho havien patit els de la seva mena! «Gentussa que només vol fer vagues i fer la revolució, i res de treballar!». Calia extirpar aquell tumor que s'estava gestant entre els obrers. O l'extirpaven, o tots els empresaris haurien de fugir. Sort que havien creat els Sindicats Lliures, i ara els tenien amb els collons a la boca. Ja no anaven cridant tan contents. I si calia, el *lockout*, i tots sense feina, com havien fet feia uns anys, i apa, a veure de què menjaven tots aquells cridaners.

De sobte li va venir un regust desagradable. El sogre! Recordava aquelles reunions inacabables amb en Lluís Sedó i el comte de Caralt, i el pare de la Montserrat, vinga dir ximpleries, que si calia elevar el nivell de vida dels treballadors, que si era l'única manera d'acabar amb el sindicalisme, que si això de matar gent era un desastre... «Que no matin gent en el meu nom, ni en el de la meva família!», va cridar un dia, molt pompós, el pare de la Montserrat. Però, qui era ell, si no un pobre catalanista, enamorat de la Mancomunitat, i útil per a no res! És clar que també n'hi havia de la Mancomunitat que eren més raonables i no ho veien tan malament...

«Fes-te fotre, elevar el nivell de vida dels obrers! Però si només entenen l'ordre i el pal». O tallaven els caps dels sindicalistes més revolucionaris, i escapçaven el sindicat, o no pararien. En Miró i Trepat sempre l'hi deia, «és una guerra, i a la guerra es mata». «I tant que es mata!», es va dir alçant la veu, i va pensar que tenien molta raó tots aquells homes, el baró i en Miró i en Graupera, i tota la gent de seny! No podien aguantar més vagues com la de La Canadiense, vagues menades per tots aquells provocadors, que si menjaven era gràcies a ells! «Si haurien de besar per on passem! Millorar el nivell..., i què més, portar-los al Liceu?».

L'aire del passeig de Gràcia era fred, més aviat humit, com tan sovint a Barcelona. Va veure de lluny en Serra, que l'esperava una mica més amunt. I mentre s'hi apropava, va pensar en la Montserrat. Com l'havia caçada! «Casada i caçada!», i va riure sorollosament. Ell, un no ningú, un pobre manobre que havia sabut pujar esglaó a esglaó i aprofitar la guerra per fer diners, s'havia casat amb la nena mimada dels Ferrer! I com la feia patir! «S'ho mereix, mereix saber el que és patir», i va salivar inconscientment, com si el desig de fer-li mal li vingués del més profund de l'ànima. Aquella dona representava tota una classe social que sempre l'havia menyspreat fins que va tenir diners, i aleshores tot eren amics encopetats, i tardes al Polo i nits al Liceu. Que fàcil que va ser! Ja no importaven les seves maneres ordinàries, ni el seu cos poc agraciat, ni els seus pocs estudis. Tenia diners, i les portes dels Ferrer es varen obrir de bat a bat. També les cames de la Montserrat es van obrir, i tant que es van obrir, i ell faria el que volia, perquè ella li pertanyia. L'havia comprada!

No va tenir temps de veure l'home que se li va apropar pel costat. La seva mà tot saludant en Serra encara ballava a l'aire quan es van sentir els trets. Va caure a terra com un sac de pedres i li va quedar una mena de ganyota a la cara, que recordava vagament un somriure. I així va ser com en Sebastià Galdrich i Fuster, antic manobre enriquit a la Gran Guerra i casat amb la Montserrat Ferrer, que estava a punt d'embarcar-se cap a Cuba, va morir al passeig de Gràcia pels trets d'un cenetista que complia l'encàrrec que li havia fet en Tonet Sànchez i Ramió, que era amant de la seva dona i que havia fugit a Ceuta, a enrolar-se a la Legión.

L'endemà, el seu assassinat seria notícia a *La Vanguardia*, però la seva dona trigaria molt a saber-ho.

ROSER

Rambles de Barcelona, 1923

Baixava Rambles avall, capficada per la filla, que feia uns dies que la veia estranya. «A la Montserrat li'n passa alguna. Aquesta filla meva...». De sobte, en alçar la mirada, va veure la façana del Liceu. «*La música es el único placer de los sentidos del cual no puede el vicio abusar*», va recitar, divertida. S'havia après de memòria les frases dels murs del Saló dels Miralls, i sovint les repetia. A la Montserrat li havia ensenyat totes sis frases. «*El arte no tiene patria*». «*El teatro es el santuario de las artes*»...

Un santuari..., no pas aquella nit... Per bé que ells no hi havien anat, aquella terrible nit, tenia un record viu dels primers moments de saber-ho. Els vailets cridaven pel carrer, «bomba al Liceu, bomba al Liceu», i la gent sortia a les finestres, i s'aturava al carrer i parlava excitada. Després els funerals, amb totes aquelles víctimes. Ella coneixia molt la família Guardiola Cardellach... Van morir els cinc membres, incloent la Consol, que era el dia que es posava de llarg, i la seva germana Neus, que tenia la seva edat i era una bona amiga. I aquella noia que estava embarassada..., com es deia? I també van morir tres membres de la família Moreu Esteve, que no els coneixia tant, però els tenia vistos. I molta més gent. Dues bombes Orsini d'aquell anarquista boig, i sort que una no havia explotat, perquè si no haurien mort més persones. «Boig assassí! I varen dir que s'havia quedat mirant fora del Liceu, per veure el seu estropici, i que havia gallejat davant la dona, que la pobra havia quedat ben horroritzada». I aleshores va pensar que era ben normal que hi hagués escamots de pistolers, amb tots aquells anarquistes matant a tort i a dret. El marit s'indignava quan la sentia dir aquelles coses i li explicava que el camí no era matar, sinó negociar, que aquella era l'única manera de fer-ho. «Però, negociar? Amb qui, amb uns assassins? Sort que els van executar, van rebre el que es mereixien! Els pobres Guardiola Cardellach»...

De sobte recordà el poema que un dia els va recitar a casa en Joan Maragall, i que havia escrit en homenatge a les víctimes. Encara podia veure el senyor Maragall, tot ben posat, al bell mig del menjador, amb tota una colla de gent escoltant-lo, mentre buidava els seus sentiments. En Maragall era al Liceu aquella nit tètrica, i després de tant d'horror, quan va arribar a casa es va trobar la dona alletant el fill. «Estimats amics, aquell contrast entre la vida i la mort!»...

El poema era una mica fluix, «massa corprès», havia dit en Pere, però aquell dia els impressionà vivament. Ella no havia parat de plorar mentre el recitava i li venien al cap totes aquelles persones esventrades per culpa d'un boig. La Neus, la Consol, tants... I si ells haguessin anat al Liceu aquella nit! Déu meu, i si li hagués tocat a en Maragall! Aquells fanàtics anarquistes, gent embrutida i amb el cor negre, com podien creure que les coses serien millors matant desenes d'innocents? «I no para de vessar, no, la sang de Barcelona no para de vessar»...

Emperò, i com sempre que es posava trista, va sacsejar el cap i va obligar-se a records més plaents. El pare adorava en Gayarre! «La millor veu que ha trepitjat el Liceu!», per bé que ella l'havia sentit molt poc, de ben joveneta, i no en tenia un record precís. En canvi, els Wagners d'en Francesc Viñas, quina veuassa! I a més, traduïa al català els bisos... El dia que es va representar el *Parsifal* al Liceu, «per primera vegada a tot el món fora de Bayreuth», hi va anar tota la família. Fins i tot la Montserrat, que tenia uns catorze anys. Quina nit de Liceu! Va ser un esdeveniment molt gran a Barcelona, de les nits que recordaria sempre. «Ja no hi ha nits com aquelles...».

Tanmateix, si algun record viu li portava el Liceu, era el de l'Elies Rogent, el millor amic del seu pare. Sovint els veia a casa, amb l'Eusebi Güell, i els Vilumara i en Prat de la Riba, i tampoc no faltava la Dolors Monserdà, que duia la seva filla Angeleta..., «gràcies a aquelles reunions dels pares ens vam fer amigues», va pensar amb una certa tristor. Des que la Dolors havia mort, el seu record sempre l'entristia, convençuda que era una dona molt necessària per a aquell seu país tan convuls. «Les reunions a casa!», i recordà les tardes en què els visitava en Ramon Casas i passaven hores parlant d'art. «Mare meva, aquelles tardes a casa, amb l'Elies explicant-nos com faria les obres de l'Exposició Universal! Aquell home no tenia aturador!». Des que en Rius i Taulet les hi va encarregar, no parlava d'altra cosa, dia i nit. «Sort que en Domènech i Montaner l'ajudava, que si no, aquelles obres haurien enterrat el bo de l'Elies». Però a ella li agradava especialment la redecoració que havia fet del saló del descans del

Liceu, amb aquell magnífic Parnàs d'en Mirabent. Que també l'havia conegut, en Josep Mirabent..., un bon pintor...

L'Elies! Li havia fet de padrí del casament. «Ha de ser l'Elies, nena, o al pare li agafarà un atac!», i la mare reia... I les baralles amb allò d'en Gaudí! El pare no el podia ni veure. «Aquesta andròmina que ha fet per als Milà, quina bestiesa de casa, són pedrots entaforats al mig del passeig de Gràcia. No tenen cap classe! Aquest home és un ximple!». Però quan l'Antoni Gaudí el visitava, sovint acompanyat d'en Güell i d'en Jujol i també d'en Joan Bergós, el pare no deia res, era un murri, tot elogis, que si en Josep Batlló tenia la millor casa de Barcelona, que si era un Dant... Allò del «Dant de l'arquitectura» li havia adjudicat a en Gaudí el nunci del Vaticà, el senyor Ragonesi, quan havia visitat les obres de la Sagrada Família, i al pare li feia gràcia repetir-ho. Un dia que la conversa estava ben animada, s'hi va asseure una estona. El senyor Gaudí parlava del Mediterrani. «Que no, Elies, que no som com els nòrdics, que som mediterranis. Nosaltres tenim la imatge i ells la fantasia. Però la fantasia ve dels fantasmes, que és propi de la gent del nord. Nosaltres som concrets. La imatge és el Mediterrani. Orestes sap cap a on va, mentre que Hamlet divaga perdut entre dubtes...». I va tornar amb la mare al salonet. «Massa xerrameca intel·lectual!»...

Després va morir l'Eusebi Güell, i feia anys que també havia mort l'Elies Rogent, i la Dolors Monserdà, i tants d'ells, i es van acabar les tertúlies sobre arquitectura a casa dels pares. El dia que va morir en Torres i Bages, el pare va dir una frase que ella recordaria per sempre. «En Torres i Bages era el meu últim nexe d'unió amb en Gaudí. Ara ja no me'n queda cap», i era cert, aquell bisbe de Vic era el punt de comunió més estret entre aquells dos homes sorruts que, tanmateix, es trobaven en el catalanisme i en el cristianisme. «Catalunya serà cristiana o no serà», deia el pare manllevant en Torras i Bages. I en Gaudí reblava, «amén!».

«Tot un personatge, en Gaudí!», es va dir mig alçant la veu. Feia temps que no el veia, «des que s'ha tornat tan esquerp i tan deixat», i va recordar amb una certa nostàlgia el seu atractiu perdut, amb les noies que el miraven per on passava, perquè en Gaudí era un dandi com no n'hi havia cap a Barcelona. Un dia el pare i ella el van acompanyar a veure unes obres dalt d'un carruatge magnífic. I en Gaudí anava com tot un senyor, amb la barba rossa ben polida, els trajos elegants que duia sempre, els ulls blaus... Però feia temps que aquell Gaudí que enamorava les noies havia desaparegut i s'havia transformat en un personatge tosc, que no tenia cura de res, que vestia robes que semblaven tretes de les escombraries, i que ja no anava pel Liceu. «Què li deu haver passat? Potser té raó el pare, que li falta un bull»... Encara que a ella li agradaven algunes de les coses que havia fet. En aquell mateix moment en què passava a recer de la plaça Reial, va mirar els fanals d'en Gaudí, amb marbre i ferro colat, i amb l'escut de Barcelona i el caduceu de Mercuri. «És el símbol del comerç, nena», li havia dit una vegada.

S'havia d'apressar, perquè feia tard. Encara tenia un encàrrec, i després volia pujar fins al carrer Anglí, a la torre de l'Àngels Macià. Aquella torrassa feta pel marit de l'Àngels, en Puig i Cadafalch, era esplèndida, i ella mai no en tenia prou d'admirar-la. En Puig s'hi havia esforçat com sempre, i el resultat era una petita obra d'art que embellia i coronava aquell carrer Anglí que mai no li havia agradat. Va intentar recordar quant de temps feia que no anava a aquella casa, dos, tres anys... El darrer dia havia estat el de la mort de la mare de l'Angeleta, la Dolors Monserdà. Era impossible oblidar aquell dia, en plena vaga de La Canadiense, amb tot Barcelona aturada i plena d'esvalotadors que impedien qualsevol trànsit. Va ser una bogeria arribar a temps de vetllar-la, però ho va aconseguir. No podia abandonar aquella gran dona, en el seu darrer moment. Per culpa de la vaga, els diaris no li varen fer el cas que mereixia i van trigar dies a parlar de la seva mort, però a casa la van plorar tots. «Com l'escoltàvem d'atents, quan ens explicava les seves idees! La Montserrat es quedava embadalida». I va somriure en recordar que fins i tot el seu marit, que es reia de les idees feministes de la Dolors, quedava una mica impressionat quan ella parlava, i un dia el va trobar fullejant el seu *Estudi feminista. Orientacions per a la dona catalana*, que la Dolors els havia regalat tot just publicar-lo. «Ximpleries!», li va etzibar quan va veure que el fitava. Però ell sabia molt bé que no eren ximpleries...

«Mare meva!», es va dir, neguitosa. «Què hi faig ara, bo i caminant per les Rambles i amb les cabòries de la pobra Dolors rondant-me! I tota aquesta gent estimada que... ja no hi són... Començo a repapiejar, a ser com l'àvia Eudàlia, que només viu dels records i de la nostàlgia!». I va pensar que tal vegada fer-se gran era allò, tenir més amics morts que vius, i que per això la gent gran vivia amarada d'una gran nostàlgia. «Recordar és com intentar deturar el temps...», i en pensar-ho es va adonar que tenia molta por de perdre el seu món, la seva gent, que res no tornés a ser com havia estat. Per això els intentava retenir en la memòria, com si fos una àncora que els salvés del naufragi, del seu propi naufragi. «Començo a tenir més passat que futur...», i la idea que el seu paisatge emocional anava desapareixent, substituït per gent estranya de la qual sabia els noms però no l'ànima, la va deixar trasbalsada. Barcelona estava més revoltada que mai, cada dia morien persones dels dos bàndols, policies, empresaris, anarquistes, «el regne de les pistoles», en deia el seu marit, i, en aquell món caòtic, aquella gent que ja no hi era va pensar que feia molta falta. El seny damunt la rauxa. La intel·ligència damunt la violència. La cultura damunt la ignorància..., l'ideal noucentista... Com deia en Xènius, imposició de la raó, precisió, serenitat, ordre, claredat i harmonia... «Emperò, quin seny, quina harmonia, quina cultura poden tenir tots aquests bandolers? Ni els d'en Martínez Anido, ni els de la CNT, no n'hi ha ni un de bo, tots són sanguinaris que creuen que matant gent canviaran les coses. I així van fent, omplint Barcelona de sang. I ara tenim en Primo de Rivera desplegant les seves sinistres ales. El ruc del gendre diu que serà bo per a Catalunya. Bo?, però si el primer que fa és prohibir la Mancomunitat! I ves que no li passi res a en Puig i Cadafalch, que aquesta gent aviat t'envia a Montjuïc, tan bon punt oneges una bandera catalana...». I la constatació que, a la rauxa dels anarquistes i a la maldat dels pistolers de l'Anido ara hi calia sumar una dictadura militar, la va aterrir. Inconscientment va apressar el pas, com si la perseguissin.

Del naufragi dels seus pensaments atribolats la va salvar, una vegada més, el record de la Dolors Monserdà.

L'admirava profundament, i no només perquè va ser la primera dona que va gosar fer una novel·la, amb el doble mèrit de fer-ho en català, sinó també perquè era una dona que, quan parlava, els homes callaven. Un dia la Caterina Albert, en un dinar amb en Folch i Torres, els va explicar com l'havia coneguda. «No sabeu com n'estava de neguitosa, allà, a casa de la Maria Domènech, que ens va fer de pont. Imagina't, conèixer la Dolors Monserdà, era la cap de colla de totes nosaltres, era el mite! En pensar en la Caterina va adonar-se que ja no la tractava gaire, per bé que sempre que venia a Barcelona en Josep Maria muntava un dinar per fer-li els honors, i ella sempre era convidada. Eren uns dinars únics, d'una riquesa intel·lectual que sempre l'avergonyia, perquè se sentia una observadora, una estàtua silent que s'enriquia de la saviesa dels altres, incapaç d'aportar ni un sol adjectiu al verb poderós d'aquelles ments privilegiades que l'acompanyaven. Però la Caterina i en Josep Maria i tota la resta la tractaven amb un afecte sincer i la feien sentir de la colla, com si ella mateixa fos una dona brillant que escrivia novel·les. Una vegada, en un d'aquells dinars, va voler parlar de *Solitud* per dir-li a la Caterina que li havia agradat molt aquella novel·la, que l'havia llegida amb intensitat i fruïció. Però no va reunir la força suficient per trencar la conversa que mantenien aquells dos mites de la literatura. I va continuar amb el somriure suau de qui s'amara de la grandesa dels altres.

Ara que hi pensava, en Folch i Torres encara no li havia regalat el famós número de *La Tralla* de feia anys que li havia promès, aquell en què enaltia la independència de Cuba i que va enfadar tant els militars que va haver d'exiliar-se uns anys. «Sort que va poder tornar i amb el *Patufet* s'ha tranquil·litzat una mica. Perquè els anys de *La Tralla*..., quin eixelebrament que duia en Joaquim, tan obrerista i tan radical!». A casa eren més del *Cu-Cut!*, que era de la Lliga. Però ves per on, totes dues publicacions havien patit la mateixa venjança dels militars pel seu catalanisme... *La Tralla* era segrestada dia sí dia no, i quan va aparèixer el número de Cuba, l'enrenou va ser terrible. En els primers moments tothom va creure que li podia passar alguna cosa molt dolenta a en Folch i Torres, i per això el van ajudar a fugir a Perpinyà. «Amb tot —es va dir—, encara va ser molt pitjor allò del *Cu-Cut!*», i amb fàstic va imaginar-se l'escena d'aquells oficials de l'exèrcit espanyol bo i entrant a la redacció i cremant les impremtes i els mobles del *Cu-Cut!* i també de *La Veu de Catalunya*. I tot per un dibuix d'en Junceda que es reia de les victòries dels militars. És a dir, es reia de les victòries que no tenien... Mai no va sortir, aquell dibuix d'en Junceda, perquè ho va prohibir la censura del Govern Civil, però tot i així, van fer aquella barrabassada de cremar-ho tot, mentre la premsa de Madrid aplaudia *«el coraje y la gallardía»* dels militars. «Quanta raó que té en Pere, que mai no ens voldran, els catalans... I vés a saber quantes més humiliacions hem de patir...». I aleshores va sentir com la cremava aquella mena de por interior que a vegades li venia. Era com si l'instint de protecció dels seus se li disparés i la posés en guàrdia. Sabia que aquell país no anava bé, i que aquells temps no eren bons, i ella era mare, i les mares sabien intuir els mals averanys. Què vindria de pitjor? Perquè sabia que vindrien moments pitjors...

«Aquests mals pensaments, que sempre em ronden!...», i, dotada d'un cervell capriciós que sabia aterrar en els bons records quan l'envaïen idees tristes, va cercar algun bocí de memòria plaent que l'allunyés de la foscor. Hi va aparèixer el telescopi que en Comas i Solà tenia a la Vil·la Urània, la seva casa del carrer Saragossa. «Quin savi, en Comas!», va dir-se, admirant aquell astrònom que era reconegut i premiat arreu. Feia temps que no gaudien de la seva presència, perquè estava massa atabalat amb l'observatori que li havia finançat el marquès d'Alella, l'Emil Fabra, i que ell dirigia. Va pensar que només un marquès podia desprendre's de 250.000 pessetes per un caprici. «No és un caprici, és ciència, Roser, és ciència!», li deia en l'Emil, però ella pensava que gastar tants de diners per veure les estrelles era útil per a no res. No dubtava que en Comas fos un savi, que tenia premis i descobria estels, i que sabia mirar més lluny que ningú, però ella no estava feta per entendre tot allò. «Prou feina tenim a casa perquè encara haguem de cercar els misteris del cel». Emperò, en Comas li agradava perquè explicava tot allò de les estrelles com si fos un conte de nens, i ho vivia amb tanta passió que li transmetia una força enorme, una estranya alegria. Va dir-se que havia de tornar a Vil·la Urània i mirar per aquell telescopi que li descobria mons llunyans i ignots. L'univers la impressionava, però era la Terra el que l'aterria.

La Dolors Monserdà estava més feta a ella que en Comas, i el record d'aquella dona coratjosa i forta que tant admirava li va tornar insistentment. Va pensar que, més que una escriptora, era una missionera, una lluitadora, una visionària. «Quin enrenou que feien ella i la Carme Karr!», va dir-se tot recordant la vegada que l'havia acompanyada al Patronat d'Obreres de l'Agulla i la Dolors li havia dit, «estimada, nosaltres, les dones que tenim una classe, tenim l'obligació d'ajudar les dones obreres a donar-los una moral nova, unes creences, i sobretot una cultura. O ho fem, o es tornaran totes revolucionàries, com aquestes dones alliberades que no tenen cap moral, i que s'ajunten amb els seus amants. Per evitar la revolució, estimada, cal donar cultura a les dones...!». La Ramona Vilumara li va confessar que la protagonista de la novel·la de la Dolors, la Fabricanta, era la tia Ramona, una parenta seva que havia conegut a la Masia de Cabrils, un estiu en què el seu grup de dones havia passat uns dies.

«Llar, art, pàtria i Déu», es va dir a si mateixa amb molta pompa, i es va posar a riure. Mira que havia sentit manta vegades aquell lema de la Dolors Monserdà. «Amb aquests quatre pilars canviarem les dones catalanes, Roser, les canviarem per sempre». Però la que estava canviant era Barcelona, s'estava ennegrint, allunyant dels temps de les llums per entrar en un regne d'ombres que li produïa un intens calfred.

En pensar en els Vilumara, va recordar les vegades que havia estat al seu edifici dels Quatre Gats, allà mateix, al carrer Montsió. I també havia entrat a la taverna, on en Casas i en Santiago Rusiñol i en Picasso i també en Xènius i tots aquells altres artistes feien tertúlies, però mai no s'hi havia assegut. Feien molta xerrameca embafada, molt soroll per a no res. Però quan hi anava li agradava mirar aquell quadre d'en Ramon Casas i en Pere Romeu pedalejant al tàndem, i també aquells llums i el mobiliari amb aires medievals d'en Puig i Cadafalch...

Havia recordat en Xènius... «Ai, en Xènius, s'ha ben perdut aquest xicot!». I va pensar que quan escrivia el *Glosari* a *La Veu de Catalunya* era una meravella, un delit. A casa llegien les gloses en veu alta i les comentaven, especialment tot allò de la Ben Plantada i dels ideals noucentistes. «Però després es va ben bé beure l'enteniment..., defensant els de la CNT..., i les seves baralles amb en Puig i Cadafalch..., i aquell escàndol de diners de la Mancomunitat... Ha fet bé d'anar-se'n a Madrid...». En pensar-hi, no va poder evitar un gest de repugnància.

També feia temps que no xerrava amb en Casas malgrat ser un bon amic de la família, ni tampoc veia en Rusiñol. Tots dos eren una mica més grans que ella, de l'edat del seu marit, que ja estava a prop dels seixanta.

Seixanta anys... Va sentir un calfred, i es va deixar de cabòries. Calia apressar-se, o faria tard, i l'esperava l'Angeleta Macià. Ja parlaria de sa mare, la gran Dolors Monserdà, amb ella. I d'en Rusiñol, i d'en Gaudí, i d'en Casas, i de tota aquella colla que coneixien tan bé. I també parlarien de la Montserrat, que la tenia ben amoïnada. «La Montserrat no és feliç, l'hi veig a la cara». I d'en Pere, tan embolicat amb tots aquells de la Lliga, i barallant-se amb el gendre, i ara la dictadura d'en Primo de Rivera... On aniria a parar Barcelona? Què se'n faria, d'aquella gran ciutat, en mans de dictadors i sindicalistes i pistolers? I aleshores va exclamar en veu alta, com si fos una boja que passejava Rambles amunt, «pobra Mancomunitat, pobres ideals noucentistes, pobra Barcelona, ai, i pobra Catalunya!».

El Liceu quedava lluny, i l'ideal cultural que representava li va semblar un animal ferit, derrotat al bell mig d'un bany de sang... Però no hi ha res com la pressa per escampar les boires del cervell, i ja se li havia escapat l'hora. Passaria un bon dia amb l'Àngels Macià. «Arribaré tard a casa», es va dir. Però no seria així. Acabaven d'assassinar el seu gendre, i a casa l'esperava una carta de la seva filla. El món se li havia capgirat per sempre, però ella encara no ho sabia. Només pensava que a Barcelona, aquell dia, hi havia molta humitat.

I el poema d'en Maragall li ballava al cap...

POEMA «PATERNAL» DE JOAN MARAGALL
Escrit sota l'impacte de la bomba del Liceu

Tornant del Liceu en la nit del 7 de novembre de 1893

Furient va esclatant l'odi per la terra,
regalen sang les colltorçades testes,
i cal anar a les festes
amb pit ben esforçat, com a la guerra.

A cada esclat mortal — la gent trèmula es gira:
la crueltat que avança, — la por que s'enretira,
se van partint el món...
Mirant al fill que mama, — a la mare que sospira,
el pare arruga el front.

Pro l'infant ignocent,
que deixa, satisfet, la buidada mamella,
se mira an ell, — se mira an ella,
i riu bàrbarament.

CARTA DE LA MONTSERRAT A LA MARE

Barcelona, 1923

Estimada mamà.

No sé com començar. He escrit moltes vegades aquesta carta, i després he estripat tots els intents, incapaç de saber com explicar tot el que em revolta al meu interior. Ara mateix sento que no els mereixo, que no mereixo l'amor que em tenen, sobretot vostè, mamà, la cura que m'ha tingut sempre, com ha volgut que fos com vostè, una dona de bé. I m'hi he esforçat, molt, mamà, molt per arribar a ser com vostè. Però no puc. Jo sé que s'ha empassat molts gripaus i ha mirat cap a una altra banda, i s'ha sentit molt sola cada vegada que el papà ha sortit a veure alguna altra senyora... Sí, mamà, ho sabia. Ho saben totes les amigues, i totes callen, perquè els seus marits fan el mateix. És aquesta la condició de la dona, entendre sempre, esperar sempre, callar sempre..., deixar que sempre ens humiliïn?

No ho sé, mamà, estic feta un embolic i no tinc resposta a les preguntes que em bullen al cap i m'esclaten al cor. Però, sap?, intueixo que comença a canviar el món, que les dones com jo hem nascut en un nou segle ple de possibilitats. Mamà, sóc una dona del segle XX! Vaig néixer quan acabava el seu segle i començava el meu, i tot s'ha regirat. No veu com hi ha dones que han trencat totes les regles antigues? Estem al 1923, i si els obrers han aixecat el cap, també ho estan fent les dones.

No, no s'espanti, no m'he tornat una revolucionària, per bé que he començat a llegir llibres... Llibres diferents, llibres que no estan a la biblioteca del papà però que parlen del dret a estimar lliurement, de l'amor universal, de no acotar el cap. Vostè admirava les dones que volien canviar les coses, com la Dolors Monserdà i la Carme Karr. Recorda com me'n parlava sovint, d'elles? Doncs ara hi ha dones més avançades, dones que prenen els regnes de la seva vida, que no accepten ser un simple bibelot del marit, que trenquen amb les cadenes. I jo, mamà..., era una dona encadenada, un bibelot trencat.

Si sabés les vegades que m'he quedat sola amb la nena, plorant amb una amargor intensa que m'ennegria l'ànima! Si sabés quantes vegades que he mirat la petita, i fins i tot l'he odiada, perquè em lligava a ell per sempre! Oh, mamà, perdoni'm aquests sentiments folls, que neixen del dolor més intens, de la maldat que aquell mal home projecta sobre mi. Mamà, és una mala persona, una persona fosca, tenebrosa, que gaudeix fent mal. No és que tingui altres dones, perquè es veu que tots ho fan, sinó que li agrada vantar-se'n davant meu, fer-me mal, menysprear-me, fer-me sentir com si fos una puça que pot esclafar. I a vegades ho ha fet, a vegades m'ha esclafat.

Però..., vaig conèixer un home. Sí, ja ho sé. Ara mateix deu estar plorant. Deu pensar que no m'ha educat per ser una aventurera que fa ximpleries. Som una família d'ordre, que estima les tradicions. I jo mateixa sóc d'ordre, però amb la seva maldat, en Tià m'ha canviat, m'ha regirat per dins, ha tret de mi una força que jo no sospitava. I quan el vaig conèixer a ell, a l'altre, me'n vaig enamorar com una beneita. I sí, l'he enganyat tant com he pogut. L'he enganyat molt, tot i més del que he pogut, m'he arrossegat pel llit d'aquell home, i m'he deixar refregar, i cada vegada que em tocava, em treia del damunt la mà bruta d'en Tià, el fàstic que em feia... I no he tingut remordiments ni una sola vegada.

Potser deu estar pensant en aquest moment que no em coneix. Jo tampoc no em conec. Mai no m'hauria imaginat que prendria decisions com les que he pres, però, mamà, hi ha dones que estan aprenent a viure la seva pròpia vida, i jo necessito fer-ho, necessito fugir, deixar aquest marit malvat, i la meva filleta, perquè ara no puc estar per ella, perquè...

Si ara hi fos em diria, quina mena de mare és aquella que abandona la seva filleta?, i jo li respondria, la mena de mare que l'estima molt i sap que ara no podria estar per ella. L'amor d'aquell home m'ha capgirat el cor i l'ànima, i ara no sé qui sóc, ja no sóc ni d'en Tià, ni de vostès, però tampoc no sóc d'ell, i he de fugir, he de fugir per trobar-me...

No s'espanti. Tampoc no he fet cap disbarat terrible. Quan llegeixi aquesta carta estaré viatjant cap a Cuba. He escrit al cosí Cisquet, que sap que és una bona persona, i ell m'ajudarà a tranquil·litzar-me i a saber qui sóc i tindrà cura de mi. Sé que tornaré, i sé que quan torni a veure-la, i també el papà, si em volen veure, em sentiré avergonyida, potser bruta... Però espero saber ja qui sóc. Potser només vull ser una dona que pren les seves decisions. Una dona del seu segle.

Expliqueu-li al papà tot això amb paraules dolces. Sé que el papà també l'ha feta patir, és un home com tots els homes, ai!, però també l'ha estimada intensament i sempre l'ha protegida, i jo veig com l'estima, i com li perdona algunes coses, perquè l'estima... No, no, el papà no és com ell. I sé que també el papà ho entendrà, com sempre m'ha entès. I si no m'entén, algun dia em perdonarà, ho sé, sé que em perdonaran tots dos.

Doni-li molts petons a la nena, però cada nit, si us plau, doni-li'n un d'especial, i digui-li que és un petonet de la seva mare. Digui-li que la mamà no hi és, però que sempre la duu al cor. Digui-li que l'estimo, mamà, que l'estimo molt. I també els estimo a vostès. No ho dubtin mai, encara que ara no m'entenguin.

Adéu, mamà. Besi el papà de la meva part.

La seva filla que fuig perquè no sap qui és.

Montserrat

ACTE SEGON

(Cuba, uns anys abans dels fets del carrer de l'Embut)

LA MACORINA

Ponme la mano aquí, Macorina,
pon, pon, pon, Macorina,
pon, pon, Macorina.
Yo conozco una vecina
que me tiene alborotao,
me enteré que en los paraos
la llaman la Macorina.
Ponme la mano aquí, Macorina,
que me muero, Macorina.
ponme la mano aquí, Macorina,
que estoy loco, Macorina.
Ella gasta gasolina
en su carro colorao,
y sigue con el tumbao
que ella es la gran Macorina.
Allá va la Macorina
en su carro colorao,
ella va pa' los saraos
con su tremendo tumbao.
Le dicen la Macorina
con su carro colorao.

DIETARI DE CUBA

Feia dos dies que plorava. La fugida de la Montserrat, «la seva segona fugida», va pensar, l'havia deixada trasbalsada i, per bé que estava molt enfadada amb el seu boig capteniment, li tenia una forta estima. Feia ben bé un any que la seva cosina Montserrat vivia amb ells des que havia arribat a l'Havana, i durant aquells mesos s'havien fet molt amigues. Per això els esdeveniments dels darrers dies, amb l'escàndol públic i el disgust del pare i les gruixudes paraules que s'havien dit, i després la fugida de la Montserrat, tot allò l'havia deixada sense esma, i només li venien ganes de plorar. El pare li deia que aquella noia era un cap verd, que només era bona per donar disgustos, que ja l'havia feta molt grossa a Barcelona, i que ara ho tornava a fer a l'Havana, perquè la Montserrat estava ben perduda, no tenia remei. Però ella havia conegut força la Montserrat, i sabia que només era una noia espantada que no era feliç enlloc. I enamoradissa, massa enamoradissa, d'aquella mena de dones que es poden perdre per un home que els diu coses boniques a l'orella. «Hi ha dones que els atrauen els homes dolents», i en pensar-ho va tornar a plorar.

Ara era asseguda al llit de la Montserrat, amb una llibreteta a les mans que acabava de trobar i que l'havia esglaiada només obrir-la. Era una mena de dietari que la Montserrat havia escrit durant aquell any i que s'havia deixat en la fugida. Com tota la resta de les seves coses..., perquè la Montserrat no s'havia endut res i se n'havia anat de casa d'esquitllentes, a la nit, com si fos una dona de mala vida. Tan bonica, tan fina, tan senyora, i se n'havia anat de casa com una barjaula. «Què li deu haver passat?», va dir-se en veu alta, i en sentir la seva pròpia veu va notar una frisança que la va neguitejar encara més, temorosa d'estar a punt de llegir la confessió d'un condemnat al seu confessor. «Seré capaç d'entendre-la?», es va preguntar, i va decidir que aquelles notes posarien una mica de llum a les ombres de la fugida de la seva cosina. Mai no acceptaria el que havia fet, el que els havia fet a tots, a tota la gent que l'havia acollida amb respecte i estimació, però si l'entenia una mica més, potser podria perdonar-la. I agafada al fil d'aquella feble esperança, es va eixugar les llàgrimes i va començar a llegir les notes que la Montserrat havia escrit des que havia arribat a Cuba. Va llegir, «Feia molt de temps que volia començar aquest diari personal...», i es va aturar. Era correcte llegir les notes privades d'una persona? Però tampoc no era correcte el que havia fet la Montserrat, i potser si llegia tot allò, vés a saber, tal vegada la podia ajudar.

Més tranquil·la i més animada, va remirar el dietari i, abans de submergir-se en els pensaments de la seva cosina, encara es va dir, «quina bona lletra que fa la Montserrat!».

DIETARI DE LA MONTSERRAT FERRER

L'HAVANA. CUBA

1 de gener de 1924. Inici

Feia molt de temps que volia començar aquest diari personal, tot i que no sé ben bé per què el vull escriure. Tal vegada per no perdre els detalls d'aquest terrabastall interior que estic vivint.

Sóc una dona destruïda.

Fa uns anys sabia qui era, a quin món pertanyia, quin lloc ocupava. Però després d'haver baixat als inferns, res no és com era, i ara noto una ràbia fonda que rebota contra tot allò que havia estimat, la meva família, els meus pares, la meva classe social... I no hi ha camí de retorn. Ja he llegit els llibres que la mare mai no hauria volgut que llegís. Ja he fruit de l'amor prohibit que no hauria d'haver estimat. Ja he tastat la llibertat que mai no hauria hagut de tenir. I quan tot això passa, res no torna a lloc.

Si em veig amb cor, aniré escrivint el que sento. I quan tot hagi passat, aquests escrits íntims m'ajudaran a saber qui era i en qui m'he convertit.

Tot i així, em fa por escriure...

20 de gener de 1924. Mandra

De tant en tant penso en aquest simulacre de dietari i... em ve una mandra infinita. Continua la por a despullarme, a saber de mi més del que hauria de saber, del que voldria saber..., o realment només és mandra?...

21 de gener de 1924. Sortilegis
Avui m'han dit que hi ha dones a l'Havana que fan sortilegis per enamorar. Hauré d'anar a veure'n alguna.

Gairebé dos mesos en aquesta ciutat. Començo a trobar-m'hi a gust.

5 de febrer de 1924. Eleonora Duse
Començo a sortir de la letargia, a fer coses, a conèixer gent. Començo a divertir-me, i alhora que em vaig sentint a gust, se'm va allunyant l'angoixa. La vida pot tornar a ser molt interessant...

A més, avui estic molt impressionada. He anat a veure la magnífica actriu Eleonora Duse, al Gran Teatro de l'Havana. Encara recordo aquell *Pèl & Ploma* que tenia el pare per casa, i on hi havia una crítica furibunda de l'Eduardo Marquina contra l'Eleonora, després d'una actuació al Novedades de Barcelona. I això que el pare i en Marquina eren bons amics, sobretot quan es trobaven a Cadaqués a fer la xerrada. «Ningú no planxa les camises com la Joana, la planxadora, la que viu al Llané», i el pare li feia cas, i enviava les camises a la Joana.

Cadaqués..., quin record llunyà d'estius de sol i llibertat!

Però el pare va sentir-se ofès per aquella crítica d'en Marquina, i probablement ja no li va parlar mai més. Va agafar el *Pèl & Ploma* i el va desar al racó del que ell anomenava «divines bestieses», on guardava tot el que l'irritava. Encara el veig tot cridant, «aquell boig d'en Marquina, menystenint la Gran Duse!»...

La Duse... Sempre havia pensat que la veuria algun dia, i ara, ves per on, aquí, a Cuba... Valia la pena esperar! Fent d'Elena Alving d'Ibsen ha estat corprenedora, però fent d'Anna a *La ciudad muerta*, de D'Annunzio, ha estat insuperable. Quina dona delicada, abrandada, magistral, immensa. *El Diario de la Marina* d'avui diu coses magnífiques d'ella. En copio un esbós: «*La Duse, actriz digna del genio de D'Annunzio, hizo en el personaje de Anna gala de sus excepcionales aptitudes y, sobre todo, de su naturaleza incomparable*». I és cert, és incomparable.

Però encara és més incomparable la seva torturada llibertat. Com voldria ser com ella, com voldria ser com aquestes grans dones que viuen sense normes, que tenen els amants que volen, i que saben plorar en silenci, quan els perden! Diuen que la Duse ha estat tots aquests anys sense fer teatre per la depressió que va tenir quan la va abandonar el poeta D'Annunzio. Quina bella història, ell fill d'un gran terratinent, i ella nascuda en un vagó de tren, filla d'uns actors pobres que anaven fent la ronda pels pobles! Però res no va impedir que fossin els amants més famosos d'Itàlia, després de Romeu i Julieta.

Potser sí que ha plorat com ningú quan ell l'ha abandonada, però no són llàgrimes de derrota com les meves, sinó llàgrimes de passió. Ha plorat perquè ha estimat. I ara que l'he vista de prop, tot aquest abrandament, aquesta majestuosa ràbia, d'on neix sinó de la vida al límit que ha viscut?

Només sóc una noia d'una bona família, educada per ser mare de fills de bona família. Però vull florir. Vull ser una papallona que surt de la crisàlide, vull volar..., volar com la Nora d'Ibsen, que fuig de la seva casa de nines...

I si ploro, que sigui perquè he sabut arriscar.

Ara que hi penso, no vaig arriscar quan vaig estimar en Tonet? No, tot allò només va ser una prova. Una prova fallida...

7 de febrer de 1924. Margarida Xirgu
Avui he anat a l'hotel Inglaterra a saludar la Margarida Xirgu, que també actua al Gran Teatro. L'Inglaterra és un hotel majestuós situat ben a prop del teatre, a la zona del Paseo del Prado. Té gairebé cinquanta anys, i m'han fascinat els vitralls i també la forja, encara que el més extraordinari són les rajoletes blaves que diuen que varen portar de Sevilla. M'ha recordat una mica el nostre Ritz, per bé que és una mica més barroc. Més «cubà», diria...

Volia saludar la Margarida Xirgu i ho he aconseguit. Li havia enviat una nota amb els noms dels pares, perquè sabés qui sóc. Quan m'ha vist, m'ha abraçat com si fos una seva amiga mentre anava dient, «la filla del senyor Ferrer, no m'ho puc creure, aquí, a Cuba, què hi fas, senyoreta?». Ha estat càlida, amable, dolça, i quan ja deia que me n'anava, que no la volia molestar més, m'ha dit que volia explicar-me la seva trobada amb l'Eleonora Duse. Es veu que sempre l'havia volguda conèixer, i que no ho havia aconseguit mai. Però finalment s'han trobat. M'he fet un tip de riure amb les seves explicacions. La Xirgu m'ha explicat que primer li ha enviat unes roses blanques, que li han dit que són les preferides de la Duse. Després, com que estaven en suites properes a l'hotel, i la Duse havia de passar per la seva porta per tal d'anar a l'ascensor, la Margarida, sense pensar-s'ho dues vegades, ha posat una cadira al passadís, davant la seva porta, i ha fet guàrdia. Quan al final la gran diva ha passat per davant, ella li ha fet una reverència ben exagerada, perquè l'Eleonora no la pogués deixar de mirar. «I m'ha mirat, nena, i aleshores he anat corrent fins a l'ascensor, m'he agenollat i li he fet un petó a la mà, i ella m'ha acaronat el cap». Quan després ha sabut que aquella dona era la Xirgu, la Duse li ha concedit una trobada, abans d'anar-se'n de Cuba. «Només volia parlar-me del Museu del Prado, dels quadres i les sales, de res més. És com si estigués fora del món, només refugiada en l'art». I aleshores m'ha ensenyat el targetó que li ha dedicat la Duse. Hi posa: «*Augurio de vida y arte*». Que bell!

11 de febrer. Nungesser

Avui he anat amb la senyora Mariona i la seva filla a una exhibició de vol. És realment impressionant veure volar aquells aparells tan febles, sembla mentida que ho puguin fer. La senyora Mariona és molt amiga de la família d'en Cisquet i encara no sap parlar gaire castellà, i quan va saber que acabava d'arribar de Barcelona, em va mig afillar. Ella va venir a Cuba ara fa dos anys, i diu que si parla castellà li marxarà el català del cap. És una dona molt elegant i educada, però amb molt caràcter, i quan el treu fa mitja por. «Nena, què havia de fer tota sola a Blanes, si la Lluïseta i el seu marit venien cap aquí, i s'emportaven la nena petita, que és la nineta dels meus ulls, i ja no em quedava ningú. Però res de perdre el català. Hem de saber d'on venim». És molt riallera i sempre que parlo amb ella em ve un regust de la mare...

Hem anat a una exhibició de vol del famós pilot francès Charles Nungesser, aquest heroi tan famós de la Gran Guerra. Diuen que vol travessar l'Atlàntic en un vol directe, des de París fins a Nova York. És ben boig. Això no ho podrà fer mai ningú, però els diaris diuen que ell s'ho ha proposat, i que n'és ben capaç. Déu del cel, quines coses! Si un home pot travessar tot un oceà en una màquina que sembla de paper, per què una dona no pot travessar dues vides en una de sola? És una fita més difícil, una aventura més boja? Ai!

El senyor Nungesser ha volat en un avió de caça, un SPAD s'anomena, i ha fet ben bé el que ha volgut amb ell, tombarelles a l'aire, caiguda en picat, fins i tot ens ha volat tan a ran de terra que ens han tremolat els barrets. La senyora Mariona ha fet un xiscle que encara es deu sentir, i després ha baixat de l'SPAD fresc com una rosa. Aquesta mena d'homes són d'una altra raça, gent que no tem el perill, que juga amb el perill com si fos cosa de nens. Després en Cisquet ens ha explicat que se'n va a cuita-corrents de l'illa, perquè ha tingut un embolic ben gros amb el govern, que sembla que no li vol comprar els SPAD que li havien promès. O no sé si ell volia vendre'ls i el govern no ha volgut. Sigui com sigui, hi ha hagut un escàndol molt gran, perquè es veu que el pilot ha insultat el general Alberto Herrera, que és el cap de l'estat major de l'exèrcit cubà, i el general el volia tirar al mar...

I Déu del cel, penso que és ben capaç de fer-ho!

1 de març de 1924. Carta de la mare

Avui he rebut la segona carta de la mamà. Ja fa gairebé cinc mesos que sóc a l'Havana i a poc a poc vaig recosint les ferides que em varen empènyer fins aquí. Fins i tot vaig oblidant el dolor i potser per això aquesta segona carta no m'ha destorbat com la primera. Encara hi veig les paraules rabiüdes que la mamà escriu, tot i que és la boca del papà, qui les diu. Les sent? Sent aquest odi, aquesta ràbia? És possible que així ho cregui, perquè el seu orgull és més fort que l'estima que em té. Però no m'amoïna, ja no m'amoïna, perquè cada dia tinc més certesa que he fet el que havia de fer.

La mamà em parla de l'Agneta, i el sentiment que em provoca és estrany, agre i alhora dolç. Potser no sóc feta per ser mare, i l'he alliberada havent-la abandonat. A Barcelona hauria acabat fent algun disbarat... Calia fugir per poder respirar, i no he volgut tornar ni tan sols quan he sabut que havien assassinat en Tià.

En Tià... Quantes vegades havia somiat que moria, que desapareixia de la meva vida per sempre, i ja no podia ferme més mal! I acaronava aquella idea folla, i sentia una alegria intensa, un descans. Però, ara que hi penso, m'adono que l'hivern ha arribat al meu cor, i que no hi tinc escalf, ni tan sols per sentir odi. Només una fonda indiferència. En algun moment he recordat que en un temps llunyà l'havia estimat, i alguna cosa semblant a la pietat m'ha acaronat. Però la veritat és que no sento res, ni alegria, ni pena, ni amor, ni odi, i és aquest gel interior el que m'espanta.

Serà més fàcil ara que en Tià ja no hi és? No ho crec, perquè ara m'adono que no només vaig fugir d'ell, sinó d'aquell vell món que ja no era el meu, i que m'havia deixat òrfena d'identitat. Vivia una vida partida en dos, sense viure plenament en cap d'elles, sense pertànyer enlloc. Només la fugida em pertany, ha estat el meu dret i també el meu deure, l'única voluntat pròpia, l'única que tenia algun sentit en aquella vida perduda.

Que Déu em perdoni, però la fugida ha estat l'única fe que m'ha empès.

I ara que sóc aquí, cercant el meu lloc al món, no crec en el passat, ni en el futur. Només crec en el dia a dia que vaig forjant, com una rodamón que camina a la recerca d'una cantonada on jeure i descansar. Vaig en processó darrere d'una creu on només jo hi sóc crucificada. I estic aquí per alliberar-me de la creu, per trencar les cadenes que em lliguen a les meves pors i no em deixen ser una dona plena. Però ara ja sé que no me n'aniré d'aquí fins que sàpiga què vull ser, qui vull ser, qui sóc...

28 de març de 1924. Carta de la Remei
Carta de la Remei! M'explica totes les novetats de les amigues i m'anuncia que tornarà a ser mare... M'ha posat de molt bon humor. Alhora..., que estrany!, començo a tenir la impressió que ja no pertany al meu món... Però no és ella, sinó jo, qui s'està transformant. La papallona...

15 d'abril de 1924. «La Reunión»
L'Havana m'agrada molt. El cosí Cisquet m'ha acollit com si fos una filla, i gràcies a ell estic coneixent algunes de les grans famílies criolles. En Cisquet és un home plàcid, fet a si mateix, amb una vida intensa i, diuen, molt llibertina des que va morir la seva dona. Sovint el visita una senyora molt bella que arriba a casa en un cotxe vermell que condueix ella mateixa, però sempre entra per la porta del darrere. Mai no havia vist una dona conduint un cotxe! La senyora Julieta, que és una veïna que ho sap tot de tothom, m'ha dit que és la primera dona de Cuba que ha rebut la *cartera dactilar*, que és el permís que dóna l'Ajuntament de l'Havana per poder conduir cotxes. No hi ha cap altra dona a tot Cuba que el tingui. Es diu María, però la senyora Julieta m'ha dit que tothom la coneix com La Macorina, i sembla que és molt rica gràcies a la seva vida alegre. És filla d'una dona negra i d'un xinès i té uns ulls verds intensos que contrasten amb la seva pell bruna. És molt exòtica. Quan la senyora Julieta parla d'ella, abaixa la veu, com si expliqués secrets impronunciables. M'ha promès que una tarda m'explicarà coses de La Macorina i m'ha dit, tota riallera, *«si es que los oídos de una señorita*

como tú pueden oír esas cosas». Si sabés de la meva vida... Voldria preguntar-li a l'Empar per La Macorina, però em sembla que no li agradarà que ho faci, perquè la relació d'en Cisquet amb aquesta dona... Ai, els homes, són ben bé iguals encara que visquin en continents diferents!

La fortuna, en Cisquet l'ha feta amb el comerç d'importació, i fins i tot és propietari de molls del port. La seva filla, l'Empar, és una mica més jove que jo, i aviat es casarà amb un català que és propietari d'una fàbrica de puros. Amb ella he conegut el bo i millor de la societat cubana, plena de catalans que han fet molta fortuna. Gent forta, no tan refinada com la burgesia de Barcelona, però també menys llepafils. El pare els menystindria per nou-rics, però no és cert que ho siguin, perquè molts d'ells han heretat les fortunes dels avis, que havien arribat cinquanta anys abans, o encara més. El seu diner comença a tenir classe, per bé que és d'una mena diferent, més suada, més esforçada.

Els Serrà, per exemple, quina categoria! Són una de les grans fortunes de l'illa, i l'Ernest Serrà fou el segon a tot Cuba que va passejar en cotxe, sis mesos després de fer-ho en José Muñoz, un altre dels grans poderosos de l'illa. «En Serrà conduïa un Rochet-Schneider de vuit cavalls de força, que podia arribar als trenta quilòmetres i que li va costar més de quatre mil pesos d'aleshores», m'explica en Cisquet, embafat d'orgull. És molt amic del senyor Serrà. La família Serrà és la propietària de «La Reunión», que diuen que és la segona farmàcia més gran del món. I ho pot ben bé ser, perquè ocupa més de quaranta-cinc edificis al carrer Teniente Rey amb Compostela, milers de metres quadrats dedicats a la venda de guariments de tota mena. I té més de sis-cents treballadors!

La primera vegada que hi vaig anar va ser per comprar

La Magnesia Sarrà, que diuen que m'anirà bé per als problemes d'estómac que tinc des que vaig arribar. *«Es purgante y antibiliosa»*, em va dir el dependent. Espero que així sigui, perquè no m'acostumo del tot als menjars d'aquí, ni a aquesta calor embafadora, que fa que tot se'm posi malament.

El dia que vaig anar a «La Reunión» em va acompanyar l'Empar, perquè en Cisquet té dolors reumàtics i volia un preparat que es diu Emplasto de Thapsia, que diuen que també va bé per a la bronquitis. Quan vaig arribar a aquella botiga, renoi!, no era una botiga, era una catedral, mai no havia vist res semblant. I diuen que les possessions que tenen són de caure d'esquenes, pròpies de reis.

Quina ironia! Segur que, quan el primer Serrà va arribar a Cuba, devia ser un pobre que no tenia on caure mort. Mai no s'hauria fet amb els de casa. Però ara que tenen un imperi, i són una de les grans fortunes de tot el continent, segur que les portes de casa s'obririen de bat a bat, i farien genuflexions, i la mare trauria les seves pastetes, i convidarien en Puig i Cadafalch i tots els prohoms catalans. Quina raó tenia en Tonet quan em deia que el diner és brut! Aquí, en aquesta terra on tothom s'ha guanyat el que té, veig més clar que abans que la categoria de la gent no es mesura per la fortuna que posseeix, sinó per les seves qualitats humanes. Tot i que en Cisquet assegura que la fortuna dels Serrà s'ha guanyat amb males arts... Sí, el diner és brut.

Ara que hi penso, fa mesos que sóc a casa d'en Cisquet i no m'ha fet ni un retret. Em va acollir amb molta generositat, els seus fills em varen ajudar a instal·lar-me, i només una nit em varen preguntar què havia passat. Quan els ho vaig explicar tot, tot, fins i tot l'adulteri, en Cisquet va dir-me, «no hi ha res més dolorós que una dona destruïda per un home. Aquí tens la teva casa per sempre. Ets benvinguda com una filla». I res més. Crec que mai no m'havia sentit tan estimada...

18 d'abril de 1924. Agneta
Avui penso en l'Agneta. Com sempre, sentiment agredolç. L'enyoro i l'estimo. I alhora no vull enyorar-la, perquè he renunciat a ella. Però no ho puc evitar: em sento bruta.

19 d'abril de 1924
No paro de plorar...

20 d'abril de 1924. Castell d'Averhoff
Avui és un dia xafogós, amb una calitja pesant, però em sento plena d'alegria. L'Empar m'ha dit que estem convidades el proper mes de maig a una de les festes del Castell d'Averhoff, una mansió espectacular que està en un pujol de la zona de la Mantilla, a la vella finca de San Carlos. És un castell que el senyor Serrà va regalar a la seva filla Cèlia, quan es va casar amb el senyor Octavio Averhoff, que és rector de la Universitat de l'Havana. M'han dit que al senyor Averhoff l'anomenen Coquito, però ningú no m'ha sabut dir per què. Tothom assegura que és un castell que impressiona els reis, i que està fet amb marbres i granits que van venir d'Itàlia i amb teules de Chicago i les millors fustes de tot Sud-amèrica. En Cisquet va anar a la inaugurració i m'explica que hi havia tants convidats i tants carruatges que feien una filera que arribava fins a baix del pujol. Milers de persones van contemplar la desfilada.

Les festes al castell són molt famoses i em sento feliç

d'estar-hi convidada. Des que vaig arribar a l'Havana he fet poques coses. La família del cosí Cisquet m'ha presentat gairebé a tothom, i he anat a alguna recepció, però no he fet gaire vida social. Necessitava temps per tranquil·litzar-me. Ara ja em sento millor, i la veritat és que em fa il·lusió anar a aquesta festa. Qui sap, potser coneixeré algú interessant!...

Conèixer algú? Ara que hi penso, en Tonet gairebé m'ha desaparegut del cap i... del cor, com si fos de sucre. Tan enamorada que estava! Ho estava? A vegades penso que només estava enamorada de la idea de fer mal al meu marit, i als meus, i a tot aquell món que coneixia i em feia tan infeliç. No sé si vaig estimar en Tonet, però vaig estimar amb bogeria la idea d'estimar-lo...

Una tarda que vàrem ser convidats a berenar a casa dels Rivero, una família originària d'Astúries que dirigeixen un diari molt famós aquí, *El Diario de la Marina*, vaig conèixer el senyor Crespo. És un home molt educat, més gran que jo, i tinc la impressió que em ronda. En Cisquet li va dir que era vídua, perquè ell l'hi havia preguntat, i des d'aleshores té moltes atencions. És propietari d'alguns restaurants de renom i vesteix amb molta classe. Em deixo dur amb educació, però sense donar-li esperances. No em sento preparada per festejar amb ningú.

1 de maig de 1924. Banco Gelats

Dia de compres i de visites amb l'Empar. Cuba està plena de catalans que varen arribar sense res i han fet grans fortunes. Avui he conegut el senyor Narcís Gelats i Durall, que és nascut a Lloret de Mar. Va arribar aquí fa molts anys, a mitjan segle passat, i és el propietari de la banca més important de Cuba, el Banco Gelats. És un home exquisit, d'una gran vitalitat, per bé que ja té més de vuitanta anys. Manté un català delicat, pulcre, com és ell. I m'ha parlat molt de Lloret, del mar, dels amics de la infància, de les nostres platges suaus. «Estimo Cuba, noia, però enyoro molt Catalunya». He pensat que l'enyor es fa més pesant a mesura que fem anys. Jo encara no el sento...

2 de maig de 1924. La festa

El Castell d'Averhoff és talment com l'havia somiat, imponent, luxós, únic. Les parets són de pedres blaves i els marbres italians rellueixen com si sempre estiguessin encerats. Té tres plantes, una sencera per als criats, que la senyora Serrà m'ha dit que són més de quaranta, una altra per als hostes, amb desenes d'habitacions una més luxosa que l'altra, i després el pis noble, on fan les festes. Mai no havia estat en una festa com aquesta. Érem centenars de persones, les dones amb vestits exquisits, i els homes elegants, molt més que a Barcelona. I la música era delicada, i es podia sentir fins i tot a l'estany que decora el jardí. He tingut la impressió de ser una princesa, la princesa Sissí, passejant pels seus castells.

Mai no hauria imaginat que tot això fos a l'Havana.

He conegut moltes persones interessants, però ningú no m'ha il·luminat la mirada.

Tot i així em sento feliç. Potser sí que aquest és el meu món, i en vull fugir perquè vaig tenir un marit malvat i un amant revolucionari, i el cervell se'm va girar. Potser només sóc una burgeseta que voldria estar ben casada, i anar a les festes i organitzar-les i deixar que la vida anés passant.

Déu meu, què hi estic fent a Cuba?!

15 de juny de 1924. En Miquel

Avui m'he trobat a la Plaza Vieja amb en Miquel, un conegut de Cadaqués que vaig retrobar al vaixell que em duia cap a Cuba. Mai no m'havia fixat en ell, quan anàvem al poble de vacances, per bé que és un home atractiu. Alt i amb una cara ampla, generosa, riallera. Se'm va apropar al paquebot amb molta cura, «senyoreta Ferrer, em recorda?», i no el recordava, però el va delatar el seu accent cadaquesenc. Vagin on vagin, els de Cadaqués sempre se'ls reconeix. I sí, després, parlant, vaig lligar caps. No viu gaire lluny d'on tenim nosaltres la casa a Cadaqués, per la zona del Portdoguer. Hi vaig parlar diverses vegades durant el viatge, ell amb el seu enyor del poble i jo amb el meu delit de fugida. Érem ben bé dos nàufrags.

M'ha dit que s'està a Elia, una central sucrera al centre de l'illa, a Camagüey. Es veu que fa de capatàs o alguna cosa semblant. Em va dir que estava casat, «amb la senyora Engracieta, la recorda?, tota menudeta. És com ses guiules, esmunyedissa i molt bona». M'ha dit que està esperant que arribi a Cuba, que l'ha feta venir. Pobra dona, al bell mig de l'illa, amb els mosquits i la calor i sense comoditats, no aguantarà gaire...

Però m'ha fet il·lusió trobar-lo. És com si m'hagués regalat una mica de tramuntana...

17 de juny de 1924. Preguntes incòmodes

Avui el cosí Cisquet m'ha preguntat què penso fer amb l'Agneta. M'ho ha dit amb suavitat, però amb decisió. Crec que ha rebut carta de la mamà.

Què penso fer? Res, no penso fer res. No sóc mare, no sóc esposa, no sóc..., encara no sóc ningú. Li he dit que no ho sabia, que estava confusa, que... Però no estic confusa respecte al que és fonamental: no vull tornar. I per molt que això em converteixi en una mala mare, no trobo a faltar la meva filla. Senzillament l'he deixada de banda, com la resta de la meva vida d'abans. Potser encara no sé cap a on vaig. Però ja fa molt de temps que sé on no vull tornar.

Espero que el cosí no es capfiqui amb l'Agneta. És l'únic puntal que tinc. Si m'hi veig amb cor, parlaré amb l'Empar. Tal vegada ella m'entengui...

18 de juny de 1924. Macorina

Avui he tornat a veure la senyora María, la que anomenen La Macorina. En realitat es diu María Calvo Nodarse, i és tot un espectacle veure-la arribar amb el seu *carro colorao*. He parlat una mica amb ella, i m'han sorprès les seves maneres elegants, per bé que es nota que és una dona que ha rodat molt de món. Diuen les males llengües de l'Havana que hi ha més de deu homes que estan bojament enamorats d'ella, el cosí Cisquet entre ells, i que s'ha fet immensament rica gràcies a la seva generositat. Diuen que té cavalls i quatre cases, he vist per fora la que té a San Miguel, i joies incalculables i nou automòbils, tots europeus. També sembla que el senyor José Miguel Gómez, un amic molt ric d'en Cisquet que anomenen Tiburón, és el seu gran protegit, i és tan famosa que fins i tot li dediquen una de les *charangas* de Bejucal.

Les *charangas* són una cosa extraordinària. Només les he vist una vegada, just en arribar a Cuba. Les fan la nit de Nadal i abans les protagonitzaven els esclaus, que tenien permís d'anar a l'església a sentir la missa del gall des d'un raconet. Després de la missa, agafaven els timbals i cantaven i ballaven pels carrers del poble. Ara ja no hi ha esclaus (encara que ho voldria veure, a les zones interiors del país...), però continuen sent negres els que ballen i canten. I La Macorina...

Aquesta dona em fascina. Mai no havia parlat amb una dona d'aquestes, i m'ha sorprès la naturalitat amb què ho he fet, com si fos una de nosaltres. Sempre havia pensat que aquestes dones eren de mala vida, perquè s'arrosseguen als llits dels homes per diners, i no són respectades i tothom les mira de reüll i les menysprea. Però, i si només són dones lliures, dones que no els importa què diran d'elles, i fan de la seva vida el que volen? I si som nosaltres, les dones com jo, les que tenim una mala vida? Ai..., aquestes idees arrelen en el meu cor amb força i cada dia em sento més alliberada del meu món... I si no faig el salt és perquè encara no sé cap a on vaig. Només sé on no vull tornar...

En acomiadar-me, La Macorina m'ha dit, *«es usted muy joven y muy bella, señorita. Recuerde, querida, que se sufre por amor, pero nunca se debe perder por amor»*. Què és el que no es pot perdre? La dignitat, la posició social, la vida?... Hi he pensat sovint, des que m'ho ha dit.

21 de juny de 1924. El Trotcha

Avui he visitat l'hotel Trotcha del Vedado en companyia de l'Empar i unes seves amigues. Encara estic impressionada. M'havien parlat de la porta arabesca que obre l'entrada a un jardí deliciós, ple de rosers i d'arbres fruiters, amb quatre glorietes i les seves tauletes amb licors per als hostes. I he vist el cocodril que tenen en una de les fonts, amb una reixa de protecció. Quin animal tan estrany! He xisclat quan l'he vist, tot i que em sembla que ell no m'ha fet ni cas. Estava ple de nens que anaven a veure'l. I també hem estat a l'Edén, la zona on van totes les parelles de nuvis per a la lluna de mel. Per això li diuen *«el hotel de los novios»*. I el saló principal, amb les parets amb fustes precioses vingudes d'arreu de l'illa, i el gran mirall, i les finestres amb vitralls policromats, i els esplèndids forjats, i l'escala de marbre que dóna accés al gran saló... Està ple de turistes americans. I hi ha alguna suite que té bany propi! Mare meva, això sí que és luxe... I va ser al Trotcha on van instal·lar el primer telègraf de tot Cuba i també té dues bombetes per a la llum, i a les tardes alcen un gran globus que anuncia l'hotel, «Hotel Trotcha-Vedado», i diuen que els amos es fan portar centenars d'aquests globus des de Barcelona. És una autèntica meravella!

L'hem pogut veure tot per dins perquè l'Empar coneix la senyora Teresa Trotcha, la filla del senyor Bonaventura Trotcha, que és qui el va edificar, ara fa uns anys, als anys noranta. És un hotel molt nou, però tot i no tenir l'antigor de l'Inglaterra ni del Sevilla, ja és gairebé el més famós. La història d'aquest hotel és increïble, tant pels hostes que ha tingut com per tot el que ha viscut. I també és increïble la història del senyor Trotcha, un català d'Arenys que va arribar a Cuba a mitjan segle passat i de seguida va fer una fortuna comprant terrenys barats i venent-los més cars. Diu la senyora Teresina que el seu pare va tenir la bona idea de portar el canal d'Albear fins al Vedado, i gràcies a això tenen aigua, perquè les aigües del riu Chorrera no són gens saludables. Abans només hi havia un saló, que va arribar a ser molt famós perquè totes les famílies importants hi anaven a berenar i passar l'estona. La senyora Teresina ens ha explicat que el seu pare va fundar aquí la Sociedad del Vedado, quan encara no era hotel, i d'aquí neixen les famoses festes de carnaval que es fan al Trotcha. Diuen que hi ha comparses amb desenes de persones disfressades. M'agradarà veure-ho algun dia.

M'agraden els carnavals, tal vegada perquè durant anys vaig haver de disfressar-me molt. La meva vida de mentida...

Quina història, la del senyor Trotcha, en Bonaventura Trotcha i Fornaguera, arribat a mitjan segle dinou amb una sabata i una espardenya, però tan llest com una guineu. Es va dedicar al comerç, però després va veure que la zona del Vedado estava molt verge, i que si resolia això de les aigües podia comprar terrenys barats i després vendre'ls per fer cases luxoses. Primer va començar ell mateix, comprant els terrenys de les antigues propietats del comte de Pozos Dulces, amb la idea de fer-se una luxosa casa ben a prop del mar. I després d'ell, tota aquesta gent que ara hi viu. I havia de triomfar, amb aquestes idees tan avançades de la llum i el telègraf i els globus i els jardins i els banys privats! Pel que diu la seva filla, la Teresina, deu haver estat un home de gran caràcter.

Un altre, doncs, un d'aquests que no haurien berenat mai a casa quan va arribar a Cuba i ara li obririen totes les portes de les grans famílies de Barcelona. Ho deia en Tonet i cada vegada veig més clar que tenia raó: la butxaca, la butxaca i no l'ànima, mou el món. També el món de la meva família, per molt que es creuen refinats i cultes i educats... És l'educació del poder i l'abús del diner!

M'adono que, estranyament, cada dia m'apropo més a les idees d'en Tonet... I aquí, a Cuba, també hi ha moviments revolucionaris, i no m'estranya, perquè tots aquests amics de la meva família viuen molt bé, i són molt rics, però he vist gent molt pobra pel carrer i diuen que a l'interior encara hi ha esclaus. No ho sé..., només sóc una dona educada per ser mare i esposa, però fins i tot jo m'adono que haurien de canviar les coses, que el món s'ha de canviar...

S'ha fet tard. Voldria continuar amb el Trotcha, perquè el més extraordinari és la gent que s'hi hostatja. Conec una història d'amor entre una actriu i un torero, que han viscut al Trotcha la seva relació explosiva... Demà ho explico.

27 de juny de 1924. Sarah Bernhardt

Tempus fugit..., que diria el pare. No he tingut ni un moment, amb la festa que ha celebrat en Cisquet i tots els preparatius... Diu que cada any en fa una per aquestes dates i que és la seva manera de celebrar Sant Joan a l'Havana. Em sorprèn, perquè no sabia que la nostra família hagués celebrat mai aquesta festa que consideràvem tan vulgar, tan..., com ho dirien a casa..., tan de gent pobra... Nosaltres no l'hem celebrada mai. El pare deia que és una festa que va contra Déu...

L'Empar m'ha explicat que a Camagüey fan una gran festassa, i que aprofiten la fira del bestiar per fer comparses de disfresses i també ball, i fins i tot cremen un ninot a la placeta Bedoya, com si fos la nostra festa del foc. Diu que cuinen una enorme olla d'*ajiaco* i que després tothom se'l menja. Crec que és a Camagüey on hi ha en Miquel, aquell xicot de Cadaqués que vaig retrobar l'altre dia, i que vol portar la dona cap aquí...

Parlava del Trotcha. Si fes la llista de la gent important que hi ha fet estada, no tindria prou tinta per molt que comprés tots els tinters de l'illa. Mare meva! Fins i tot va ser en aquest hotel de catalans on hi va haver la seu dels representants dels Estats Units i Espanya, quan els espanyols van perdre la guerra de Cuba. La Teresina ens va explicar que l'hotel estava ple de generals americans i que, gràcies als diners que varen obtenir, van poder ampliar-lo. Va ser quan varen construir l'Edén i d'altres estances. I també ha estat aquí, hostatjat, el primer Tribunal Suprem de l'illa, i la primera Administració de Correus. I en Rubén Darío, i, ara fa tres anys, aquest jugador d'escacs tan famós, l'Emanuel Lasker, quan va venir a jugar amb en Capablanca...

En José Raúl Capablanca... El vaig poder saludar a la festa del Castell dels Serrà. Li diuen el Mozart dels escacs, i és molt atractiu i molt divertit, se'l veu molt de món, i mai no imaginaries que fos tan intel·ligent. Diuen que és una màquina quan juga un campionat i que, quan va jugar amb en Lasker, no va perdre cap partida. És el campió del món, Déu meu!, i em va fer un petó a la mà, a mi, amb tota una reverència que encara em va fer riure com si fos una ximpleta. M'han dit que és home de moltes dones i d'ell s'expliquen tota mena d'aventis, però jo el vaig trobar molt galant i molt dolç. És un home de qui qualsevol dona es podria enamorar... Qui ho sap, diria que va flirtejar una mica...

Però de totes les històries del Trotcha, no n'hi ha cap com la de d'amor *fou* de la Sarah Bernhardt amb el torero Mazzantini. La Bernhardt!! Encara recordo el diaris de Barcelona, *La Publicitat* i *La Vanguardia*, parlant d'ella, quan va morir l'any passat. I també recordo l'àvia Quimeta explicant meravellada com l'havia anat a veure al Teatre Líric, on havia representat la famosa obra de Dumas, *La Dama de les Camèlies*, i com l'havia rebuda al camerino. «És una dona encisadora, llàstima de vida llibertina!...», deia sempre remugant, i aleshores ens explicava la vida de la Bernhardt, que havia estat cortesana com la seva mare, que viatjava amb una cort d'animals que l'acompanyen als viatges, que dormia sovint en un taüt que s'havia agençat, que havia tingut molts amants... L'àvia sempre callava quan arribava als amants, però després ja vaig saber que es parlava d'en Victor Hugo, i d'en D'Annunzio, i fins i tot de l'Eduard, el príncep de Gal·les... En D'Annunzio, caram amb l'home, ha estat amant de totes les actrius importants...

La darrera vegada que la Bernhardt va estar a Barcelona, l'alcalde ens va convidar a la recepció a l'Ajuntament, i la vaig poder saludar un moment. Ara que hi penso, pobre Antoni Martínez, que encara era batlle quan va arribar la diva. El recordo ben content rebent-la tot jovial, amb tots nosaltres fent el papallona encantats. I el pobre, un mes després, va estar a punt de morir en un atemptat. Em sembla que volien matar en Martínez Anido, quan anés a l'enterrament de l'alcalde, però l'Antoni va sobreviure. Quina cosa tan rebuscada, matar algú per poder matar algú altre al seu enterrament! L'Antoni se'n va sortir, però el pobre va haver de deixar l'alcaldia... El pare sempre diu que l'Antoni és un home de fiar, i la prova és que ha deixat l'escó de diputat en protesta per la dictadura d'en Primo de Rivera. Qui ho hauria dit, aquell dia de flors i alegria, que un mes després seria a les portes de la mort...

I si ho va fer el grup d'en Tonet? Mai no l'hi vaig preguntar... De fet, mai no li vaig preguntar per cap assassinat, però segur que va matar gent, molta gent, potser fins i tot amics nostres... Sé que he dormit amb un assassí. O amb un idealista? O he dormit amb un idealista assassí? Quins temps estranys en què es confonen els límits, i el bé i el mal jeuen al mateix llit, i res no és clar! Bons i dolents alhora, això som tots nosaltres, víctimes i botxins, amos i esclaus, idealistes i assassins... Temps de revolta i de dimonis fugits de l'avern.

A vegades, quan estic al llit, ploro per la meva Barcelona.

Ho deixo aquí, estic cansada i ara m'he posat trista. Tants morts inútils, tanta sang vessada per culpa de l'odi! No, ara no em veig amb cor de parlar dels amors de la Sarah Bernhardt... Ja ho faré en un altre moment. Necessito un altre estat d'ànim.

Que trasbalsada i canviant està la meva ànima, alegre i trista, joiosa i apagada, abrandada i temorosa... Com Barcelona...

1 de juliol de 1924. Més Bernhardt

Dia feliç. Fa una calor pesant, però a casa d'en Cisquet estem frescos, amb l'airet del mar i aquesta mena de ventiladors enormes que pengen del sostre. Potser és el que més enyoro de Barcelona, el clima. És l'única cosa que enyoro?...

Voldria acabar la història de la Sarah Bernhardt, que vaig començar a escriure l'altre dia. Això d'escriure un dietari m'està agradant, em relaxa, i a més tinc la impressió que m'agrada fer-ho, com si fos una mica escriptora, però sempre que m'hi vull posar no acabo de trobar el moment. Potser és la por a fer-me preguntes. Els dietaris són com miralls, que poden reflectir allò que no voldríem veure de nosaltres mateixos. La Mòria, l'amiga anglesa i també mig escriptora de la Remei, ens va parlar un dia d'una novel·la d'un autor anglès, el senyor Oscar Wilde, que es veu que ha tingut molt d'èxit a Anglaterra. La història tracta d'un home que és molt formós i vol quedar-se sempre amb aquesta imatge de bellesa, però un retrat que li fan va envellint mentre ell es conserva igual. Diu la Mòria que no hi ha escapatòria, fins i tot quan ens enganyem a nosaltres mateixos, sempre hi ha un retrat que ens recorda com som... On deu ser el meu retrat?

La Bernhardt! Els pares van anar una vegada a veure-la a París i explicaven que, en acabar la representació, la gent es va posar a cantar *La Marsellesa*, i que ella va dirigir el cant, i que van repetir-lo quatre o més vegades, amb tothom dempeus emocionat. «Quina actriu! Fa plorar les pedres!»..., diu sempre la mare. O deia..., perquè ara la Bernhardt és morta i amb la mare ja no m'hi parlo.

Bé, sobre Cuba i la diva. En Cisquet me n'ha explicat coses ben divertides. Ell va arribar a l'Havana mesos abans que la Bernhardt, el gener de 1887. «La Bernhardt va arribar en un vapor anglès, el *Dee*, i hem estat anys parlant d'aquella estada. De fet, com veus, encara en parlem!». En Cisquet no la va poder veure, perquè l'entrada més barata valia cinc-cents pesos, que és una barbaritat fins i tot ara. I fa trenta anys, el cosí Cisquet no tenia la fortuna que ara té. Diu que va fer una quinzena de representacions al Gran Teatro Tacón, i que sempre estava ple. Ell es va palplantar alguna vegada davant la porta d'entrada dels artistes, per si podia veure-la, però mai no ho va aconseguir.

Diu que arribaven desenes de rams de flors, cada un més meravellós que l'altre. I les crítiques van ser extraordinàries, amb gent que fins i tot sortia plorant quan la veia morir-se a *La Dama de les Camèlies*. Tothom assegura que mai ningú no s'ha mort tan bé en un escenari, com es moria la Sarah.

Però l'Havana es recorda d'ella per les coses que van

passar fora del Tacón. Tothom amb qui he parlat em diu que això del fèretre és veritat, i fins i tot la senyora Dolores, l'esposa d'un gallec que té una fàbrica de puros i que és molt amic d'en Cisquet, me l'ha descrit: «*Y tanto que trajo el féretro. Era de color palo rosa y tenía las agarraderas plateadas, y dicen que era dentro del ataúd donde compartía lecho con el torero*». També asseguren que fuetejava les serventes, que es banyava despullada a La Chorrera i que, quan li varen preparar un comiat caríssim, organitzat pel Círculo de La Habana, els va plantar perquè en Mazzantini li oferia una corrida de toros privada. La corrida va sortir fins i tot als diaris francesos, i tothom diu que el torero li va regalar un anell de perles i brillants que impressionava de veure'l.

Aquest va ser el gran amant de l'actriu a Cuba, en Mazzantini, i diuen que quan estava amb ell al Trotcha xisclava tant que no se sentien les cotorres del jardí. No va tornar a l'Havana fins a la Gran Guerra, quan ja era gran i li faltava la cama, i estava de gira per Amèrica per recaptar diners per als ferits. En Cisquet la va poder saludar aleshores, i assegura que, tot i l'edat i la cama, encara era una dona impressionant. Jo també ho crec, perquè si bé només la vaig saludar un moment a la recepció a l'Ajuntament, n'hi va haver prou perquè em semblés fascinant. «Només hi ha cinc menes d'actrius: les bones, les dolentes, les regulars, les grans actrius i... Sarah Bernhardt. Ho va dir en Mark Twain, Montserrat, i fes-li cas, cap no ha estat ni serà com la Bernhardt».

Sarah Bernhardt, novament una dona lliure! Com la Duse, com la Xirgu..., ¿cal ser actriu i viure al marge de les convencions, per poder ser una dona lliure? Com envejo la seva força, la seva decisió! A vegades em sembla que jo també la tinc, que sóc tan forta com elles. Al capdavall, no he trencat amb tot? No he abandonat una filla i he estat amant d'un revolucionari? Però no, perquè encara em tenallen les pors i la consciència m'esgarrapa les entranyes, com si fos un talp que volgués gratar la terra fins ben endins. I sóc molt covarda, molt, molt. Massa dubtes, massa ganes d'estar en tots els mons possibles, com si pogués viure la vida que volien els pares i alhora la que voldria viure jo. És clar que no és el mateix néixer en una família de bé que filla d'una cortesana. Potser és més difícil de sobreviure, però després deu ser més fàcil de fer el salt. Emperò, hi ha dones... No fa gaire vaig llegir una nota d'una russa, que és aristòcrata però que ha defensat la Revolució Russa, i que ara és la primera dona diplomàtica a no sé quin país. Kolontai, em sembla que es diu. Aristocràtica! Molt més que jo, i ha fet el salt... Tot i que..., la Revolució Russa..., no ho sé, fa una certa por.

Però sí, és possible fer el salt i deixar de tenir por de la caiguda...!

3 de juliol de 1924. Solitud

L'Empar m'ha dit que haurem de parlar de l'Agneta... Amb una veu suau, i amb aquell to que té d'amiga íntima, per bé que no ho som tant, m'ha dit que no està bé que una mare abandoni la seva filla, que m'ho diu pel meu bé, que els escriuen des de Barcelona i els fan patir, que... Diu que aquest tema afecta molt en Cisquet, i que un dia esclatarà. Diu que tot això és una bomba que explotarà i que he de prendre decisions. Diu... Quines? Quines decisions? Portar la nena cap a Cuba? Tornar a Barcelona?

No, no, no. No ho faré encara que m'abandonin tots.

Déu meu, quina por, quina solitud! Però em sento ferma. Potser no sé el que vull, però sé el que no vull.

5 de juliol de 1924. Ofec
Continua la cantarella sobre l'Agneta. S'estreny el cercle familiar al meu voltant. He fugit a Cuba pensant que fugia de tot, però el mirall em persegueix i em retorna la meva malaurança. I jo no, no puc, no, no puc tornar a ser com era abans. Somio en una altra vida, una vida on em senti lliure i on no tingui por de fer les coses que m'agradaria fer. Somio en amors prohibits i en viatges i en no sentir-me de cap classe social, sinó germana de tots, i en ser com aquestes dones que esberlen les convencions i les tradicions i escriuen la seva pròpia novel·la. Somio ser com la Bernhardt o com la Duse o com aquella russa, o com les anarquistes de Barcelona, que han agafat els regnes de la seva vida.

Ho somio i ho faré.

En Cisquet ja no em mira com abans. Hi ha retrets constants a la mirada i, de tant en tant, paraules feridores...

6 de juliol de 1924. La vida
Avui he pensat que la meva vida no pertany a ningú sinó només a mi. I aquesta idea m'ha donat fortalesa...

7 de juliol de 1924. Anarquistes
No sabia que els anarquistes eren molt forts a l'Havana, però en una conversa a casa dels Gorreichea, que són uns bascos que viuen a prop de la família d'en Cisquet, he sentit una conversa en què parlaven del tema amb molta preocupació. Sembla que la majoria dels líders són cata-

lans arribats a l'illa, i són molt actius. Parlaven d'en Ferrer i Guàrdia i de les escoles que va inspirar, i també de la seva mort i de com va radicalitzar els anarquistes cubans. En sentir-los parlar de «radicals» i «assassins» i «revolucionaris que volen destruir la societat», m'ha revingut el regust amarg de Barcelona. Quantes converses com aquesta he sentit a casa! Parlaven d'en Ferrer i Guàrdia com un home sense moral, però el llibre que em va donar en Tonet i que vaig llegir d'esquitllentes no era immoral, sinó esperançador. Parlava de la importància de l'educació, de com la gent humil necessitava saber i llegir, i així s'emanciparia. Em va semblar que tot allò de l'escola moderna era bo i útil per a la societat, però sempre he sentit menyspreu i odi entre els meus, com si educar els pobres no fos bo. El pare també està a favor d'educar els obrers, però sempre que l'educació no es faci amb les idees anarquistes. Però en Tià i molts dels amics de la família no pensaven el mateix. I ara aquí, a l'Havana, torno a sentir el mateix menyspreu, el mateix odi, i també torno a sentir parlar d'assassinats, de bombes, de repressió, fins i tot de deportacions massives... El senyor Gorreichea ha dit, *«habría que hacer con todos lo que hicimos con Robustiano Fernández y con Díaz Blanco, ¿te acuerdas? Una pasadita a cuchillo y dejan de gritar de golpe»*. *«Sí, pero luego mataron a algunos de los nuestros...»*, li ha respost en Cisquet. I aleshores han parlat dels morts d'uns i dels morts dels altres, i en Tià i en Tonet i el pare i la Lliga i la CNT i..., tot m'ha retornat com si fos una bomba i m'esclatés al cap i em deixés sense ànima. He fugit tan lluny per tornar al mateix lloc? Déu meu, quin món m'ha tocat viure? A vegades odio en Tonet perquè per culpa d'ell tinc consciència de coses que abans no tenia, i ara sóc incapaç d'alliberar-me d'aquest doble sentiment d'angoixa. Pateixo pels meus i pateixo per ells, i ni sé què fer per ajudar els uns ni per ajudar els altres. Es pot viure partida per la meitat? Per això vaig fugir, per tornar a unir els bocins del meu cos, per tenir una identitat. Però no la trobo, no la trobo...

10 de juliol de 1924. Caruso

Parlava dels anarquistes i ves per on..., en Caruso...

La veritat és que l'Havana és com una petita gran Barcelona, només que més despentinada. Les festes són més festasses; la gent de classe és menys convencional, tal vegada perquè el seu estatus és més nou; les cases són més barroques i estan més guarnides; el teatre és el mateix i aspira a la mateixa grandesa; i l'òpera..., qui m'ho havia de dir que escoltaria tanta òpera a Cuba i de tanta qualitat! L'òpera és el gust musical més important de Cuba, fins al punt que hi ha vuit teatres que cada nit fan representacions. He conegut un home, el senyor Bernechea, que ha arribat a col·leccionar més de trenta versions de *La donna è mobile*, i tothom es baralla per una bona entrada. Han vingut tots els grans, la Tina Poli Randaccio, l'Hipólito Lázaro, que diuen que va fer un *Rigoletto* que encara es recorda, l'Stracciari, en Titta Ruffo, que va venir l'any passat, i fins i tot el gran Caruso, que va estar a l'Havana no fa ni quatre anys i va cantar amb la grandíssima María Barrientos al Teatro Nacional. I asseguren que el decorat i les robes i tot el que es va fer servir ho van dur directament des d'Itàlia i que el mecanisme per al ball volant de la *Damnazione de Faust* fou el que havien fet servir a l'Scala de Milà...

En Caruso i la Barrientos! L'Empar diu que a en Caruso li pagaven deu mil dòlars per nit per cantar a l'Havana i el preu de la butaca era de vint-i-cinc pesos, que s'havia arribat a revendre a seixanta! Mare de Déu del cel, poden arribar a ser, xifres com aquestes? Tot i que ara no es pagarien aquestes quantitats, després de la caiguda del preu del sucre, Cuba ja no balla la *«danza de los millones»*, que diu en Cisquet. Ara tot és una mica més auster.

Va debutar amb la *Martha* del comte Frederic von Flotow i després va fer *Tosca*, i *Carmen*, però el més important va ser l'*Aida* que va fer al Nacional. Es veu que hi havia tota l'Havana, «només faltava l'orangutan de la Rosalía Abreu», em deia la Marteta, l'amiga de l'Empar. Però a l'Havana no es recorda aquell dia per la veu d'en Caruso sinó per la bomba que sembla que uns anarquistes van posar al teatre. Per sort no era com la del Liceu, sinó una bombeta ben petita que només va fer caure part d'un sostre. En Caruso era a l'escena amb Gabriella Bensanzoni fent, lògicament, de Radamés, i per això vestia una túnica enorme de color vermellós amb reflexos verds. Va espantar-se tant amb la bomba que va fugir corrent pel carrer de San Rafael i un policia que el va veure el va aturar i li va etzibar, *«¿Pero esto qué es? Aquí no estamos en carnaval para ir disfrazado así, y además de mujer»*. I tot i que en Caruso li explicava en italià que era un tenor, el policia no li va fer cas i el va dur a comissaria. El va haver de treure un representant de l'ambaixada italiana!

Devia ser de petar-se de riure! En Cisquet va ser convidat a casa dels senyors Pennino, que es veu que han fet una fortuna introduint el granit italià, i que van oferir una recepció a en Caruso. Assegura que ja el va veure malalt, i té raó que va morir al cap de poquet, només tornar de Cuba va emmalaltir i va morir, i ben jove que era!

Per cert, l'altre dia parlant d'anarquistes a Cuba i ara m'assabento d'això d'en Caruso... Una bomba en un teatre, com el nostre Liceu! És clar que tot aquell diner per a en Caruso, si cada entrada ja valia vint vegades el sou d'un treballador! L'hi he dit a l'Empar i m'ha mirat com si fos una revolucionària. «Quines coses que dius! No les diguis més!», i ha remugat no sé què del meu cap de pardals. Però en Tonet m'ho va ensenyar, això, que tota injustícia porta violència, i la violència és injusta, i aleshores el cercle mai no es tanca, i acaba petant una bomba en un teatre i mata gent innocent i... I..., res d'això ho puc parlar amb ningú, només amb mi mateixa, que penso coses que no pensen els meus... Si trobés algú amb qui parlar-les...

En Cisquet ha dit a taula, «han d'afusellar tots aquests anarquistes, aquí i a Barcelona». He callat. Sap molt bé que el meu amant era anarquista. Ho ha dit per fer-me mal?

Em sembla que em fastigueja el món en què visc.

20 de juliol de 1924. La finca dels micos

Des que vaig arribar a Cuba que no he parat de sentir parlar de la finca dels micos de la senyora Abreu. Avui hem anat a visitar-la. La mateixa Rosalía Abreu m'ha convidat moltes vegades a casa seva, però mai no trobava el moment. Finalment avui hi he anat acompanyada de tres amigues de l'Empar, perquè cap d'elles hi havia estat i tothom volia veure aquesta meravella. Diuen que la senyora Abreu és una ximpleta que viu rodejada d'animals, i que ha perdut ben bé la xaveta. Però a mi no em va semblar ximple quan la vaig conèixer, sinó més aviat molt sàvia.

Durant el passeig ens ha parlat molt dels micos, i d'una

manera que semblava que fossin persones. Diu que conviuen tres generacions a la finca, i que són gairebé com nosaltres, que s'estimen i es protegeixen. Fins i tot tenen nom. *«A mí llámame Lilita, como me dicen todos. Y a él llámale Yumbito»*. En Yumbito és un elefantet que conviu amb la resta d'animals. A la finca hi ha de tot, guacamais, canaris, galls dindis, cérvols, óssos, conills, cavalls, gossos, gats i sobretot desenes de micos de tota mena, des d'orangutans que fan una gran basarda fins a petits ximpanzés. *«Este se llama Anumá y nació aquí. Sus papás son Jimmy y Cucusa. Él es uno de mis niños mimados»*. La finca es diu Las Delicias i és al Cerro, i conté un castell fabulós i totes les hectàrees dedicades als animals. És com un somni. Un somni estrany.

Els Abreu són una família molt rica, i també vénen de Catalunya, per bé que la Lilita no parla català. *«Eso papá»*, m'ha dit amb un somriure deliciós. El seu pare era en Pere Nolasc Abreu, que va fer una fortuna immensa a principi del segle passat que ha anat creixent al llarg dels anys. L'Empar m'ha explicat que és una família molt important i que fins i tot la seva germana gran és la molt famosa Martha Abreu. Diu que va heretar grans dotacions d'esclaus quan va rebre l'herència, però els va alliberar a tots, i els va donar terra per treballar-la, i així van deixar de ser esclaus i es van convertir en treballadors. Ara en Tonet diria, com si el sentís, «hi ha gaire diferència?». Sí, n'hi ha.

També va ser una família molt important durant la lluita per la independència de Cuba. La mare de la Lilita era basca, la senyora Rosalía Arencibia, i diuen que tenia molta presència. Una gran dama, de les d'abans. La Lilita és encantadora, dolça, especial...

M'ha agradat molt aquesta excursió a Las Delicias. Per una estona m'he imaginat que era a l'Àfrica...

23 de juliol. Guarachas
Avui m'han cantat *guarachas* sobre catalans. Fan així: *«En el fondo de un barranco/ canta un negro con afán/ ay, quién pudiera ser blanco/ aunque fuera catalán».* I la rèplica fa: *«Un catalán que lo oyó/ le dijo con mucho tino/ que para ser cubano,/ más vale ser negro fino».* També aquesta altra: *«Dice doña Severina/ que le gusta el mazapán,/ pero más el catalán/ cuando canta la guabina».*

1 d'agost de 1924. Arechabala
Avui han disparat contra el senyor José Arechabala, un gran industrial basc que té fàbriques de licors molt famoses a l'illa, i fins i tot exporta a l'estranger. Vaig conèixer Don José fa uns mesos, a la festa del Castell d'Averhoff, i em va semblar un home amb molta empenta. Li han disparat diversos trets i ha mort a l'acte.

Barcelona torna i torna i torna, sempre amb regust de sang...

4 d'agost de 1924. La pressió
La mort del senyor Arechabala ha crispat molt l'ambient de casa. En Cisquet està malhumorat i remuga penjaments violents contra els revolucionaris. I quan em veu, em mira de reüll, com si jo ja no fos de fiar. Tampoc l'Empar no em tracta com abans... El món es regira en contra meu sense que jo faci res, com una malastrugança...

Déu meu, jo no he matat a ningú! Només vull viure una vida que sigui meva...

10 d'agost de 1924. Els Bacardí
Avui he conegut la famosa família Bacardí, els que fan aquest rom que diuen que és una meravella i que tothom coneix pel dibuix del ratpenat. Diuen que han revolucionat la manera de fer el rom. En Cisquet m'ho va explicar un dia. Es veu que maduren el rom amb carbó vegetal, i fan servir melasses de canya de molta qualitat i un llevat especial que controla millor la fermentació. A més, tenen un filtratge múltiple i fan descansar els roms en bótes de roure blanc americà.

Els he trobat a casa del senyor Gelats, en una festa on hi havia el bo i millor de l'illa. No els havia conegut encara, perquè viuen a Santiago, però no he parat de sentir parlar d'ells des que vaig trepitjar l'Havana. A la festa hi havia el senyor Facundo Bacardí i la seva esposa, tots dos molt riallers i amb molta classe. La seva dona porta unes joies que fan caure d'esquena i m'expliquen que a Santiago munten unes festes d'estil japonès molt famoses, i que fins i tot hi ha americans que hi arriben amb avió des dels Estats Units. Jo l'he trobat molt ben educat i molt afable. Quan he anat a saludar-lo i li he explicat qui era la meva família, m'ha dit, *«una catalana tan bonita como tú puede llamarme Facundito. Ese es mi nombre para los amigos»*. No sé si podré dir-li Facundito. Quan hi penso no puc controlar el riure... Un home tan important dient-se Facundito!

La història dels Bacardí és fascinant. En Facundito és nét del senyor Facund Bacardí i Massó, un sitgetà que va arribar amb quinze anys a l'illa i vint anys després ja havia revolucionat la indústria del rom. Es va casar amb una dona que era filla il·legítima d'una emigrant francesa i d'un capità de Napoleó, que era propietari d'un cafetar. I diuen que va ser la senyora Amalia Moreau, la seva dona, la que va posar el símbol del ratpenat al rom. L'hi he preguntat a la senyora Bacardí, això del ratpenat. «*Es por los taínos, querida. Los antiguos taínos creían que los murciélagos traían fortuna y salud e incluso unían a las familias. La abuela Amalia conocía esas creencias, y por eso pusieron el murciélago, para que les trajera fortuna. ¡Y mira si nos la ha traído!*». Certament...

Són una família molt estimada, no només per les empreses que han fundat, sinó també perquè van ser molt importants en la guerra contra Espanya. El germà del senyor Facundo, l'Emilio, va ser un gran suport dels *mambises*, i per això va patir diversos exilis. M'han explicat que, quan va tornar del segon exili a Jamaica, va portar dues pedres de marbre per poder col·locar-les a les tombes de Martí i de Céspedes. També diuen que es va arribar a reunir amb el mateix José Martí. Després va ser batlle de Santiago de Cuba i senador, i asseguren que ha estat el gran benefactor de Santiago. «*Nuestro querido Emilio fundó de todo, querida, instituciones culturales, escuelas y bibliotecas para pobres, hospederías, casas de beneficencia... Además, hizo una gran labor de urbanización y fue muy serio con el dinero... Lo adoraban*». Va morir fa dos anys i es veu que el seu enterrament, a Santiago, va reunir milers de persones. «*Nunca se ha visto algo igual en Santiago, como el entierro de Emilio*».

No he begut mai rom, però avui he demanat de tastarlo després del sopar. Com a homenatge a aquesta gent tan notable que he conegut...

11 d'agost de 1924. Ràdio

He estat tota la tarda sentint la ràdio. Parlaven de la història de la independència, i també han donat unes receptes de cuina i unes cançons. A casa tenim un aparell que emet un so molt bo. Em comenten que tot just fa una mica més d'un any que hi ha programes de ràdio a l'illa, des que els americans han instal·lat un gran aparell a l'edifici dels Dragones. La ràdio em fascina. És com si hi hagués ànimes fràgils tancades en un petit requadre, dedicades a parlar amb nosaltres.

A vegades m'imagino que jo també desapareixo dins de l'aparell, convertida en una ànima sense cos, definitivament lliure.

En Cisquet diu que la ràdio està acabant amb els «lectors» de fàbrica, un invent d'un català d'Arenys que fabricava puros que encara es venen, i que es veu que són dels millors de l'illa. Es deia Jaume Partagàs, i es va empescar la idea de posar una persona a la fàbrica que cada dia llegia diaris i novel·les, i així els *torcedores* de cigars s'entretenien i treballaven millor. Encara hi ha moltes fàbriques que tenen el «lector», però els temps avancen, que diu sempre la tieta Júlia, i ara la majoria prefereix això de la ràdio.

Partagàs... Em sembla que conec algú de la família Partagàs, uns del carrer Rocafort, que la filla tenia la mateixa professora de piano que jo. Però no estic segura si aquest era el cognom o...

Tan lluny de casa tot es desdibuixa...

20 d'agost de 1924. El catalán de la esquina

Avui he sentit una expressió que m'ha fet molta gràcia. Una senyora li ha preguntat a una altra on hi havia una botiga de queviures. I li ha respost, *«lo encontrarás todo en el catalán de la esquina»*. L'hi he preguntat a l'Empar i m'ha dit, «és normal, tots els botiguers són catalans».

23 d'agost de 1924. Ell
Avui he conegut l'home més formós que mai no havia vist. És bell com un àngel, és elegant, és abrandat i coratjós, és generós, és idealista, és... i no puc deixar de pensar en ell. Estic trastocada, nerviosa, plorosa, i tot el cos em tremola.

No sé com ho faré, però el tornaré a veure. M'ho ha promès i m'aferro a aquesta promesa com si fos un clau ardent. Com si fos el clau ardent que fa tant de temps que cerco. ¿Puc haver-me enamorat d'una sola mirada, d'un simple tacte, d'una conversa, del somriure que m'ha dedicat quan me n'anava? Déu meu, això que sento és diferent a tot, no és com en Tonet, és més..., com ho diria?..., més de veritat, com si allò d'en Tonet hagués estat una prova... I parla, Déu del cel com parla! És un àngel quan em mira, però és una fúria quan parla... Estic completament trastocada.

24 d'agost de 1924. Julio
Estic una mica més tranquil·la que ahir, emperò hi ha un foc interior que em crema. Mai no havia conegut un home com ell, i ara que l'he tornat a veure, el trasbals que em produeix és encara més intens. El seu nom és Julio, però em fa broma i em diu que l'anomeni Lord McPartland, que és el nom amb què signa els seus articles. De fet, és el cognom de la mare, una dona irlandesa que es diu Cecilia McPartland i que va tenir amors amb un sastre ric, el senyor Nicanor Mella. En Julio diu d'ell mateix que és un *«bastardo de buena familia»*, perquè tot i no ser legítim ha estudiat a les millors escoles i fins i tot el deixen entrar als clubs privats. Crec que mai no havia vist un revolucionari tan ben vestit com ell. Diu que el seu avi va ser gene-

ral de les lluites d'independència de la Dominicana i que ell alliberarà Cuba de l'imperialisme i del capitalisme.

Em sembla que té vint-i-un anys, però ja ha viscut moltes vides en aquests pocs anys. I quan em parla, Déu meu, quan em parla m'emociono tota, sento unes paraules que mai no havia sentit, ni quan estava amb en Tonet. En Tonet em parlava d'una revolució agra, trista, farcida d'odi i de mort. No com en Julio, que quan parla de canviar les coses és com si fes poesia, com si fos fàcil. I no parla d'odi. Parla de felicitat, d'alegria, d'amor.

Serà ell qui em rescatarà del meu caos?

30 d'agost de 1924. Ell i ell i ell

No existeix res, no hi ha res, cap paisatge em sedueix, cap festa m'interessa, cap conversa és adient, res, perquè ell ho és tot, i fora d'ell res no em captiva.

5 de setembre de 1924. Només ell

El veig, el veig, el veig. El veig cada dia, gairebé a tothora, durant el dia, a la nit quan m'escapo, i quan no el veig, el sento amb mi.

17 de setembre de 1924. Déu

Ahir en Julio em va llegir la *Declaración de derechos y deberes del estudiante*, que ell mateix va redactar. Diu que els estudiants tenen l'obligació de fer conèixer tot el que saben als obrers i que són els responsables de treure'ls de la ignorància. Diu que l'educació és el principi de la justícia. Ell és el president de la Federació d'Estudiants i també va ser-ne el fundador. És un líder de veritat, com cap altre que hagués vist abans. Molt més que en Peiró, quan el vaig sentir a l'enterrament d'en Peronas. Molt més que el Noi del Sucre, perquè és diferent, és, no ho sabria dir, molt més profund. No només parla contra l'explotació i a favor de la revolució, no, també parla de l'amor i de la vida, i vol que la gent sigui feliç. No respira l'odi d'en Tonet ni dels altres, com ho diria?, em sembla més pur, més net... M'ha parlat del comunisme i de la nostra santa religió, que diu que és com l'opi i que hauríem d'alliberar la gent del fanatisme. Fanatisme... la nostra fe? És el president d'una lliga anticlerical i diu que la fe de Déu és un càncer. No és la primera vegada que ho sento, però quan en Tonet m'ho deia, m'enfadava perquè era una blasfèmia. Però ara, en Julio, no ho sé, ho diu i sembla com si fos cert, i que Déu em perdoni, a vegades penso que té raó, que no sabem res de Déu i parlem molt d'ell, com si el coneguéssim de tota la vida. ¿I si Déu és una altra cosa, i l'església fos, com diu en Julio, un invent dels homes per poder dominar altres homes, i si Déu no hi tingués res a veure? Però ell no creu en Déu, no és que no cregui en el Déu de l'església, és que no creu en cap déu, i jo no sé com es pot viure i estar content i tenir il·lusions en el futur, si no creus en res. Però ell és molt alegre, és rialler, fa bromes, està ple de vida i creu en l'amor.

Però no creu en Déu... Diu, *«solo creo en Lenin»*.

29 de setembre de 1924. Fugida
La situació a casa d'en Cisquet és insostenible. Sé que tard o d'hora hauré de fugir. Hauré de fugir novament, i no només perquè ells ja no em reconeixen com una dels seus, sinó perquè jo ja no els reconec com meus. Ja no són la meva família. La meva família és la gent d'en Julio, són els obrers, els revolucionaris, els joves que protesten, els que

lluiten. Com he pogut formar part d'aquesta mena de gent burgesa i dominant que ha explotat el poble d'aquesta manera? Déu meu, si no fos perquè el pare és el pare..., no ho sé..., pensaria que l'odio. Però no, no odio el pare, no puc, però odio tot el que representa. I encara més, el que representava en Tià.

Sí, hauré de fugir novament. Però ara ja he trobat el lloc on vull anar. Ara ja sé on vull estar.

5 d'octubre de 1924. En Pintó

Avui en Julio m'ha parlat d'un gran català, en Ramon Pintó i Lliràs. M'ha dit que va ser un gran home, que havia lluitat a la batalla del Trocadero a Madrid, quan els Cent Mil Fills de Sant Lluís varen envair Espanya per acabar amb els liberals. El senyor Pintó estava amb els liberals. Diu que va arribar a Cuba amb el baró de Kessel, i que va ser crític de teatre i també director del Liceu de l'Havana, i fins i tot va ser qui va comprar el Teatro Tacón a un altre català, en Pacho Marty, que diuen que va fer la fortuna fent de negrer, sobretot a la zona de Vueltabajo. El senyor Pintó també va ser redactor d'*El Diario de la Marina*, però sobretot va ser un líder de l'independentisme, i el govern espanyol el va detenir acusat de conspiració i el va condemnar a mort per traïció a la pàtria. Diu en Julio que el van torturar molt perquè delatés altres companys, i que ell només responia, «*dejadme morir tan honradamente como he vivido*». També diu que abans de ser executat va dir, «*que no se avergüencen mis hijos del nombre de su padre*».

Quan en Julio m'explicava la història del senyor Pintó, plorava...

7 d'octubre de 1924. Ell i La Macorina
Avui m'he trobat La Macorina, quan entrava pel darrere, com sempre fa.

Sense gairebé saludar-me, m'ha dit riallera, «*donde está el amor, querida niña, ahí es donde está la vida. El resto son pamplinas. Pero no te pierdas por un hombre. Piérdete con un hombre*». Què és el que sap? O, més ben dit, hi ha res que no sàpiga?

10 d'octubre de 1924. Regal
«*Hoy te haré un regalo*», m'ha dit tot entremaliat. Però no era una flor, ni una joia, ni cap detall dels que els enamorats donen a les seves estimades, sinó un llibre. M'ha regalat *Crónicas de la guerra*, i m'ha explicat que l'ha escrit un sitgetà, el senyor Josep Miró i Argenter, que hi explica totes les batalles de la guerra de la independència on va participar. Sembla que el senyor Miró va ser amic personal de Maceo i fins i tot estava al seu costat quan va morir. En Julio m'ha dit, «*el señor Miró ha sido un héroe del pueblo, un catalán que luchó contra España con valor. Deberías conocerlo. Vive cerca de tu casa, aquí, en La Habana*». No sé si podré preguntar per aquest home a en Cisquet, per bé que si és un llibertador i no un revolucionari, segurament no hi posarà cap pega. O sí?...

15 d'octubre de 1924. Juventud
Avui he anat a una reunió d'estudiants, on en Julio ha parlat dels drets dels obrers, i de la Revolució Russa, i d'en Lenin. He sentit una gran frisança i alhora una gran alegria, perquè tot i la por he notat que aquells joves eren com jo, que jo podia formar part d'ells. I si finalment he trobat el meu destí? Són idealistes, purs, nets de cor, mag-

nífics joves que lluiten contra la injustícia. Vull pertànyer a ells, al seu món, al món que en Julio vol canviar per sempre, vull fondre'm en la seva revolució i aprendre a fer-la meva. Sí, sóc d'ells, vull ser d'ells.

He amagat sota el llit els números de la revista *Juventud* que m'han donat. Si me'ls trobés el servei i ho sabés en Cisquet... Per bé que crec que ja sap amb qui em faig... Si no me'n vaig jo, m'expulsarà ell de casa. I què? Un dia o altre passarà. He de deixar aquesta vida de mentida i començar a viure una vida de veritat. I en Julio és la meva veritat.

16 d'octubre de 1924. Modernisme

Avui en Julio m'ha fet un altre regal dels seus. M'ha dut al barri de la Víbora a visitar una casa que s'anomena Masia l'Empordà, que és una obra modernista d'un català que es diu Mario Rotllant i Folcarà, que té detalls, com per exemple els bancs, que recorden els que hi ha al Parc Güell. Sembla que ha revolucionat la construcció de l'illa, perquè es veu que les columnes i els ferros forjats de les seves cases són prefabricats en sèrie, i tot resulta més ràpid i més barat. No havia sentit parlar d'aquest senyor, però recordo que en Cisquet parla molt del senyor Ricard Soler i Cendra, que és un català de Vic que ha revolucionat les reixes i les balconades de tota l'Havana. «És un mestre del ferro que no havien vist mai aquí», diu en Cisquet amb orgull. Els parents de Vic deuen sentir-se orgullosos...

Ara que hi penso, m'adono que hi ha molts edificis modernistes a Cuba, sembla que tots construïts per catalans. Quan passejo per Mercaderes, o per Obispo o per Cárdenas, és ben bé com si passegés per l'obra de Domènech i Montaner o del mateix Puig i Cadafalch. I el palau Cueto, no hi havia pensat mai, és un gran edifici modernista. És curiós que a Cuba no en diuen *modernisme*, sinó «*catalanismo*», o «*el estilo catalán*», m'ha dit en Julio. Però a en Julio no li agrada gens aquest art «*burgués*», perquè diu que va contra l'art popular. Però m'ha fet aquest regal perquè «*son obras del estilo de tu país*». He sentit una fibladeta de nostàlgia...

19 d'octubre de 1924. Rambles
Passeig pel Paseo del Prado. M'ha recordat les Rambles...

30 d'octubre de 1924. Por
A vegades penso que en Julio morirà jove, que no el deixaran viure gaire temps. I quan ho penso, la idea esclata en el meu cervell, i l'estómac se'm regira, i només vull plorar. Si morís..., ai..., si morís...

2 de novembre de 1924. Petició
M'ha dit, «*vente conmigo, mi linda catalana...*».

Aquella nit l'Empar no va poder dormir. Les paraules que la seva cosina havia anat escrivint al dietari li retrunyien al cervell i l'abocaven a un garbuix dolorós de confusió i desconcert. L'estimava i la menystenia, la comprenia i alhora li resultava incomprensible, com si aquella jove vinguda de Barcelona fugint d'un marit malvat, i novament fugida a la recerca d'un amor, fos per a ella un misteri impossible. En algun moment va tenir la impressió que l'envejava, però aquella idea li va resultar grotesca. Ella mai no envejaria la vida boja d'una noia amb el cap ple de pardals, que ho deixava tot per no res i que feia mal a tota la família. Ben al contrari, ella era una dona correcta, que estava enamorada d'un xicot educat i amb un gran futur i que somiava tenir una família i viure una vida ordenada i plaent. No podia imaginar com seria la vida de la Montserrat, on dormiria, amb qui es faria, com la miraria la gent de bé, qui podria perdonar-la després d'haver fet tant de mal.

Va pensar en el seu pare, que estava profundament derrotat després de la fugida de la Montserrat. Li havia promès a la mare de la Montserrat que en tindria cura fins que ella arribés a Cuba amb la nena. Junts havien ordit aquell pla de portar l'Agneta, convençuts que la Montserrat reaccionaria i tornaria a posar seny a la seva vida. Però no havien arribat a temps, perquè la Montserrat havia fugit amb un revolucionari i els havia enfonsat a tots en la indecència. Aquell mateix matí el pare, picant-se al cap com un foll, havia estat cridant «com miraré els amics ara, com aniré pel carrer, com parlaré amb la meva gent?», i xisclava com un nen petit. I ella mai no havia vist el seu pare d'aquella manera i, en pensar-hi, li venia una ràbia fonda contra la Montserrat.

I va ser així com, entre certeses i desconcerts, entre ràbia i pena, van anar passant els dies a la casa d'en Cisquet sense que arribessin més notícies de la Montserrat. L'escàndol va ser molt sonat en l'acotat món d'en Cisquet, poblat de grans fortunes i de grans famílies. Alguns li varen girar l'esquena, d'altres el van visitar per consolar-lo i alguns fins i tot li varen oferir mesures contundents per resoldre el problema. «Al capdavall —li deien—, a l'Havana passen coses...». Quan es va estendre el nom d'aquell jove revolucionari, en Julio Antonio Mella, com a culpable de la fugida de la Montserrat, l'escàndol encara va ser més gran. I no tant perquè una dona fugís amb un amant, *«estas cosas cada día pasan más»*, deia l'Amparito ben atabalada, sinó perquè una dona de bé havia fugit amb un sediciós, un revolucionari, un ximple que volia trastocar el món i fer de Cuba una nova Rússia. Els Sarrà, que tenien molts amics a la policia, li varen dir a en Cisquet que aquell jove estava sent vigilat des de feia temps, que era un mala peça i que acabaria malament. Va ser en Sarrà que li va xiuxiuejar, «si vols que s'avanci el destí d'aquest jove...». Però en Cisquet deia a tot que no, i només pensava en la seva cosina Roser, la mare de la Montserrat, en com li diria que havia fracassat, que no havia pogut protegir la seva filla de la bogeria, i que ara no en sabia res, d'ella... Mai no s'havia sentit tan inútil, tan enfonsat, tan derrotat...

A l'altra banda de l'Havana, estirada en una gandula que hi havia en el porxo d'una caseta emblanquinada, la Montserrat somreia, amarada pel compàs suau del moviment de la gandula, aliena al patiment que havia creat. Imaginava que ja era com la Duse, com la Bernhardt, com la Xirgu, com la Kolontai, que ja era com les altres dones que havien trencat les convencions i havien reescrit la seva vida. Se sentia una pionera, una missionera d'alts ideals, una heroïna. Imaginava que era el gust de la llibertat el que li estremia els llavis humits, el que li resseguia el cos recentment acaronat, el que la feia bategar amb una pau sorprenent. Ja no se sentia atemorida, ni desconcertada, ni poruga. Ben al contrari, estava serena, i aquella estranya pau durament conquerida la va fer sentir més forta que mai. «És això la felicitat —va dir-se amb convenciment—, no tenir por del que deixes enrere». I aleshores es va entregar desperta a una mena de somni on només existien les mans grans d'en Julio i la seva veu de tenor, i la seva boca mestissa, i aquelles idees que canviarien el món. No res ni ningú no li faria mirar enrere. Finalment la papallona havia sortit de la crisàlide.

Quan la Roser va arribar a l'Havana, feia tres mesos que la Montserrat havia fugit. Les aigües estaven més calmades, per bé que les notícies que arribaven d'ella no eren esperançadores. S'havia implicat intensament en els moviments revolucionaris de l'illa, i en Sarrà va avisar en Cisquet que la policia coneixia els seus moviments i que algun dia podia passar alguna cosa dolenta. «De fet, amic meu —li deia en Sarrà—, si no l'han detinguda és perquè és parenta teva, però això no la protegirà per sempre». Per això en Cisquet havia demanat a la Roser que vingués a Cuba. Ja no es tractava d'aquell vell pla amb l'Agneta com a esquer, per tal de fer entrar en raó la Montserrat. Ara es tractava d'una cosa més simple i alhora més urgent, tal vegada es tractava de salvar-li la vida. En Cisquet no sabia ben bé què farien quan arribés la Roser, ni tan sols coneixia l'adreça de la noia, tot i que això no seria cap entrebanc, perquè els amics de la policia la trobarien fàcilment. Però un cop trobada, què farien? Havia pensat en tot, a demanar-li que visités la mare i parlessin, a espantar-la, fins i tot li havia passat pel cap segrestar-la. Al cap i a la fi aquella noia no estava bé, era evident que estava malalta, que patia alguna mena de bogeria, i potser necessitava alguna cura mèdica. «Segrestar-la —es deia— no és una idea tan dolenta». I aleshores se sotmetia a una mena de divagació malaltissa en què se li acudien tota mena d'idees per després del segrest. Pensava a tancar-la, a parlar-li, a fer-li pena amb la filleta, a pegar-li si calia..., però en el fons de la seva ràbia sabia que tot allò només eren cabòries. La Roser mai no li permetria fer mal a la seva filla i, malgrat el dolor que el tenallava, tampoc ell mai no li hauria fet mal. Un dia li va parlar a La Macorina de la seva dissort, de la tragèdia que vivia la seva família, de la bogeria d'aquella jove que ho havia trastocat tot. La Macorina el va mirar amb menyspreu, fins i tot va tenir la impressió que el mirava amb fàstic, i li va dir: «*Querido, condenáis a una niña por querer vivir, y no sabéis, pobrecitos, que ella es la única de vosotros que está viva*». I va agafar el magnífic barret que sempre duia, i se'n va anar amb el seu *carro colorao*. En Cisquet va trigar moltes setmanes a tornar a veure-la.

Quan dos anys després en Miquel es va trobar la senyoreta Montserrat a Camagüey, no podia creure que aquella dona tan fina i elegant que la captivava quan passejava per Cadaqués fos la noia que ara el saludava desimbolta i alegre, vestida com si fos la dona d'un pescador. «Senyoreta Montserrat, és vostè?», va gosar dir-li mig avergonyit, mig sorprès. I ella li va respondre, «digui'm camarada, Miquel, ara som germans».

EN MIQUEL A ELIA

En Miquel no era un home de gaires cabòries. Tenia un sentit pràctic de la vida que sempre l'havia allunyat dels embolics de la jovenalla, perquè, com deia la seva mare, la gent de Cadaqués era gent de mar, avesada a lluitar amb una naturalesa capriciosa que no s'estava per romanços. Però el dia que va veure com colpejaven un noiet que no devia tenir els quinze anys, i que deien que havia robat unes espardenyes, va sentir una ràbia fonda. Se'l varen endur mig abatut i lligat de mans, i ell, que no era un home de compromisos, va sentir la fiblada de la injustícia. Coneixia el noi, un xicot negre com el sutge i viu com una fura. Valia per a la feina i era evident que somiava una vida millor. Tenia empenta, i sempre que passava per davant seu el saludava amb un somriure generós. Tot i la misèria, que l'havia fet fugir de l'Haití on havia nascut i l'havia enviat fins al centre de Cuba, en Miquel li notava una certa elegància. «Podria ser un homo amb classe», s'havia dit alguna vegada, malgrat la roba estripada que vestia. Però els negres no tenien cap possibilitat en aquella illa que encara guardava als armaris de les grans cases els grillons amb què els fermaven, i d'allò en feia pocs anys.

Cuba havia estat un dels darrers llocs a prohibir l'esclavatge, *«millares de "piezas de indias", Miguel, que no eran ni seres humanos, solo eran "piezas"»*, li explicava el seu amic Reinaldo. I tot i que s'havien signat molts documents des del principi del segle anterior, a Cuba es va mantenir fins gairebé el segle XX. Havia estat al mateix Camagüey, no gaire lluny d'on s'estava en Miquel, on els independentistes cubans van publicar la Constitución de Guáimaro, un dels primers intents de prohibir aquell tràfic i que, com a punt central, deia: *«Todos los habitantes de la República son enteramente libres»*.

Quan en Miquel va llegir aquell text gràcies a en Reinaldo, el seu millor amic cubà, amb qui xerrava sovint i que no només sabia llegir i escriure sinó que tenia molts llibrets sobre la història de Cuba, es va estremir. «Què hauria fet jo si fos cubà i hagués viscut en aquells anys?», es preguntava de tant en tant, quan els pamflets d'en Reinaldo el feien pensar més del compte. «Ix!», es va dir acompanyant l'expressió amb un moviment de mà, com si volgués espantar els mals pensaments, i aleshores va recordar que eren al 1925 i que les coses havien millorat molt per als negres. Però en adonar-se que no feia ni quaranta anys que no hi havia esclaus, es va tornar a estremir. Va pensar en el xicot que s'acabaven d'endur i se'l va imaginar ferrat de peus i mans, amb una cadena al coll, bo i rebent els càstigs que s'aplicaven als esclaus que havien comès algun furt. «L'haurien penjat d'una cama, cap per avall, i l'haurien fuetejat a sa plaça, davant de tothom, i potser l'haurien mort. Ara només l'han estomacat i tindrà un judici. Sí!, ses coses estan millor per es negres». Tot i així, els noms d'alguns catalans molt importants en el tràfic d'esclaus, com en Baró o en Samà o en Panxo Martí, o el mateix marquès de Comillas, encara eren molt vius en aquelles terres i provocaven un odi profund.

En Miquel sabia coses dels catalans negrers, perquè el seu oncle avi Esteve, que era un liberal que lluitava contra els carlistes, i que fins i tot havia hagut de fugir per la cuina i s'havia escapat en una barqueta cap a França quan el volien detenir a Cadaqués, havia format part d'una lògia maçònica molt activa en l'abolicionisme, quan a Barcelona es va fundar la Lliga Nacional Antiabolicionista. Recordava els renecs de l'oncle quan li explicava com havien estat aquells anys, i com els poderosos s'havien aliat per evitar la fi de l'esclavatge. «No et pensis pas que només era en Güell o el Comillas, no. Tota sa Barcelona important es va afegir a aquella lliga fastigosa. Quina gentussa!, Miquel, t'ho pots ben creure? El Col·legi d'Advocats, i l'Institut de Sant Isidre, i els burgesos del Foment i els de l'Industrial de Catalunya i fins i tot el Seminari Conciliar, tots, els recordo tots, tots ben juntets defensant s'esclavatge de persones. Anaven a l'Àfrica i els arrencaven de sa famili i els fumien en es sòtans des vaixells i sa meitat moria en es viatge, i després els tractaven com a gossos, i violaven ses dones i treballaven de dia i de nit, i tot això, Miquel, ho feien catalans..., sí..., també ho feien catalans...». I sempre que l'oncle Esteve li parlava d'aquelles coses queia en una fonda tristesa de la qual no sortia en molta estona. En Miquel sabia que, quan l'oncle Esteve entrava en aquell estat d'ensopiment, era millor no destorbar-lo. «Liberal i catalanista!», va dir-se en pensar en el seu oncle, i va sentir un orgull inesperat. Podia mirar amb la cara alta tots aquells treballadors negres que el voltaven: «Sa meua famili va lluitar contra sa seua dissort!», i l'hi explicava a en Reinaldo amb la boca grossa, perquè no tothom tenia parents que havien lluitat contra el tràfic humà.

Però en Miquel era un home optimista, positiu, d'aquells que sempre veien el cove ple i, malgrat aquell passat ignominiós, li agradava més pensar en el present de Cuba, on els negres i els mestissos havien estat molt importants en els esdeveniments dels darrers anys —*«la columna vertebral de la independencia»*, li deia amb orgull el mulato Luis Felipe—, i fins i tot havien aconseguit un cert prestigi social. «Com el Titán de Bronce», va dir-se distret mentre pensava en l'Antonio Maceo, aquell general *mambí* de l'exèrcit alliberador que havia esdevingut un autèntic heroi per a tots els seus col·legues cubans. *«El que intente apoderarse de Cuba recogerá el polvo de su suelo anegado en sangre, si no perece en la lucha»*, li havia dit una vegada, tot pompós, en Reinaldo, repetint una famosa frase del Titán. *«Antonio Maceo nunca morirá, Miguel, porque vive en todos los cubanos»*. I en Miquel li responia rialler, *«refumeti!, Reinaldo, eres un poeta»*.

Però el sol d'aquell dia no havia nascut per a la poesia, i en Miquel no podia treure's el xicot haitià del cap. On serien ara els seus somnis, abruptament escapçats per aquelles sabates robades? «A sa terra d'enlloc, l'únic país on viuen es somnis d'aquests pobres palitrecos», va dir-se sentint-se ell mateix una mica poeta, encara que fos de poesia tràgica. Emperò, i tot i no ser un home d'embolics, i d'haver defugit sempre els compromisos polítics que havien provocat molts maldecaps a la seva família, les injustícies el ferien profundament. I certament allà, a la Francisco Sugar Company, coneguda com la Central Elia, n'havia vist moltes.

Ja feia més de dos anys que era a Camagüey, i des de

feia dos mesos, l'Engracieta era amb ell. Però la vida amb l'Engracieta no era com s'havia imaginat. El clima de l'illa li queia molt malament i s'estava tot el temps queixant-se, quan no es passava el dia sencer al llit. Va pensar que aquella doneta petitona que era una fura a Cadaqués s'havia pansit com si hagués perdut completament l'esma, i la tristor l'envaïa com si fos un núvol que la rondava sempre. «"Saupa i dona, tot l'any és bona", diu es ditxo, però sa meua dona, aquí, no és bona ni per un dia», i aquella idea l'amoïnava intensament. Sort que des de feia uns mesos el consolava la Rosaura, una mestissa de cul gros i llavis carnosos que un dia li havia dit, *«Miguel, me tienes alboratá»*, i des d'aleshores el protegia de la solitud i de l'enyor. A vegades es deia que allò no estava bé, que l'Engracieta no s'ho mereixia, però ell era un home i els homes tenien necessitats, i tots allà, a Elia, tenien una mulata que els apaivagava els fogots. Quan l'Engracieta va arribar es va sentir contrariat, com si volgués i dolgués, perquè estimava la seva muller i la volia amb ell, però alhora no s'imaginava la vida sense aquella dona bruna, de carns generoses, que li cantava cançons de negres i el bressolava com si fos un infant.

La vida al *ingenio* transcorria al voltant dels dos grans moments del sucre: el moment de sembrar, netejar i fertilitzar, que era el que anomenaven *tiempo muerto*, i el gran moment de la *zafra*, quan es tallava la matèria primera en els grans canyars i després es transportava fins a la indústria, on s'obtenia el sucre. La Central Elia formava part d'un triangle d'or del sucre que havia estat possible gràcies als americans, que a final del XIX havien construït un tren des del port de Guayabal fins a la central Francisco, la primera i la més gran de la zona. També era la que viuria les revoltes obreres més intenses. Després van fer una via de tren fins a uns terrenys propers, i quan van enllaçar el transport amb la línia «Cuba», que ja existia, van construir la nova central. Així va néixer un poblat nou, format per obrers cubans, però també per haitians, jamaicans, espanyols i fins i tot alemanys, que en general ocupaven càrrecs de direcció. Quan en Miquel va arribar a Elia, només feia vuit anys que existia la central, però quan la va veure per primera vegada li va semblar una mena de ciutat jardí, plena de flors i de fonts i amb uns bosquets tropicals d'un verd intens, amb unes palmeres enormes que li varen recordar la que tenia en Moisès de can Trenet, que ningú no sabia quan havia estat plantada, perquè fins i tot l'avi d'en Moisès l'havia vist sempre gran i majestuosa. El *batey* estava fet de cases paredades, pintat de blanc amb teulades d'un roig intens. Eren edificis construïts amb una mateixa línia arquitectònica, que trencaven la seva simplicitat amb alguns motius clàssics i un cert aire d'estil francès. Al seu costat, les grans calderes i les altes xemeneies recordaven que allò era un *ingenio* i que el sucre era el símbol econòmic de l'illa. «*Sin azúcar no hay país*», deia tothom en una mena de cantarella melodiosa. La terra era tan roja com les teules dels sostres i els canyars del voltant arrodonien una mena de territori que, si no hagués estat per la dura feina que s'hi feia, hauria semblat idíl·lic. En Miquel es va avesar aviat a l'estil de vida de la central sucrera, i fins i tot va arribar a sentir-se feliç. «Quan torni a Cadaqués enyoraré s'olor dolça des *guarapo* i es soroll de la *molienda* i, renoi, fins i tot enyoraré l'amargor de sa *cachaza*», es deia a les nits, tombat a la gandula de la seva caseta, després d'haver estat amb la Rosaura.

La Rosaura i en Reinaldo foren els seus puntals en els

mesos en què estava sol en aquella terra llunyana i l'Engracieta encara no havia arribat. Tenia més amics, perquè en Miquel era un home de natural obert i d'un tarannà bondadós que ben aviat li va fer guanyar la simpatia dels treballadors. Hi havia arribat com a capatàs, però aquell càrrec no fou un impediment per relacionar-se sense conflictes amb la gent que treballava al *ingenio*. A Elia hi havia alguns catalans més, però no estaven assignats a la seva zona, i no s'hi feia gaire. A més, un d'ells, en Josep Miró de Calella, era un home abrandat que participava activament en les lluites obreres de la zona i que havia estat clau en la vaga de més de trenta dies que, des de la central Jacobo, havia sacsejat tota la província d'Orient. La central propera Francisco també havia viscut vagues molt intenses i en Miró havia intentat, debades, que Elia també s'aturés, per bé que durant un dia, dos anys abans, ho havia aconseguit. També estava intentant que a Elia hi hagués una Unión de Trabajadores com la que s'havia creat a Puerto Padre, i ja havia organitzat alguns comitès molt actius. «Aquest Miró no para de tirar sa xarxi a veure què pesca», va remugar un dia que va passar davant del seu coterrani i el va veure xiuxiuejant amb un petit grup de treballadors. Un d'ells duia una estampeta de la Virgen Peregrina, que deien que era la verge davant la qual s'havia agenollat el Titán de Bronce abans de començar la seva guerra per la independència. En Reinaldo havia anat a algunes reunions i a voltes li parlava dels drets dels treballadors i de la lluita per les dotze hores, i dels drets que tenien a alguns extres, però no li agradava tot allò de la Revolució Russa, ni del comunisme, i per això es mantenia una mica allunyat, més seduït pel record insistent dels seus herois independentistes que pels somnis d'un futur revolucionari. «Per sort en Reinaldo no és un exaltat», es deia en Miquel per tranquil·litzar-se. Li feia molta por tot allò que estava naixent entre els obrers, per bé que no sabia molt bé què temia.

Un dia va conèixer la història del Big John, un tros d'home que, tot i l'edat, «més de vuitanta, segur», encara mantenia un cos imponent que, quan s'alçava, superava amb escreix el de qualsevol altra persona. Feia de bo per a tot a casa d'un dels directius de la central, una casa generalment buida on ell regnava com una ombra silenciosa. Era un home de poques paraules i amplis somriures, i quan en Miquel se'l mirava mentre el saludava, pensava que era difícil imaginar que darrere d'aquella pau que acompanyava el Big John hi havia una vida tan atzarosa. Era un *cimarrón*, tal com anomenaven els esclaus que havien aconseguit fugir dels seus amos i vivien gairebé com animals salvatges a les manigües i als boscos tropicals de la zona. En Big John tenia quinze anys quan va fugir, i no se sap ben bé quant de temps va viure a la selva, però tothom deia que més de vint anys. «Vint anys com un animaló, dormint en es arbres i menjant vés a saber... I aquest homo no és una cucala, que amb no res s'alimenta! Quina bona patacada en faríem a Cadaqués amb sa seua histori!». Però la història del Big John era tan explicada com poc coneguda, més farcida de xerrameques que no pas de la vida real, i cadascú que la contava n'afegia algun capítol nou. Quan en Miquel la va sentir, la història incloïa l'episodi amb un negrer a qui potser havia matat, i uns amors tardans amb la filla d'un *hacendado* que suposadament havien conduït la noia fins al suïcidi. L'Engracieta es va espantar molt quan va sentir la història del Big John, i sempre que caminava pel carrer i se'l trobava, girava cua esperitada, com si la perseguís el llop. A diferència d'en Miquel, que tendia a la incredulitat, l'Engracieta era molt impressionable i en general es creia totes les fantasies que li explicaven. Al capdavall havia nascut en un poble on les bruixes feien marso als llaguts i volaven en el llom de la tramuntana. Un dia que en Miquel en parlava amb la Rosaura, ella li va dir que tot allò era cert, i que els amors amb la Jacinta, *«Jacinta se llamaba la pobresita»*, haurien pogut encendre l'aigua dels pantanals, de tant de foc que hi havia. *«Pero le vinieron los demonios a la pobresita, y se tiró a la manigua. Así murió, ahogadita, la señorita»*.

Quan pensava en el Big John s'imaginava que ell també devia haver intentat fugir, que la fugida era l'únic ideal que podia tenir un esclau, que no hi podia haver cap altra fita a la vida. I aleshores recordava la seva infància a Cadaqués, lliure com un guiula, amunt i avall pels camps i les roques perseguint quimeres. En aquells moments de nostàlgia, quan l'olor de Cadaqués feria la seva imaginació, se sentia estrany en aquella terra humida i xafogosa que recollia les seves esperances però mai no els seus somnis. I aleshores pensava en el retorn. Però després, aixoplugat en els pits de la Rosaura, escampava les males boires i se sentia novament feliç.

Cuba l'havia acollit amorosament i ell li servava un sincer agraïment.

Mai, però, hauria imaginat que es trobaria la senyoreta Montserrat allà, a Elia, «vestida com una palitreca —va pensar esverat—, i parlant com si fos una exaltada, una ximple». Havia arribat a la central amb un grup de joves estudiants que volien reunir-se amb els comitès de treballadors que hi havia a la zona. Entre tots destacava un jove mestís de fesomia imponent que posseïa un notable poder de seducció i que feia callar tothom que l'escoltava. Era evident que es tractava d'un líder nat, i en Miquel va pensar que el destí d'aquell noi només podia acabar de dues maneres, o amb un tret al cap tirat en qualsevol racó, o dirigint el país. La Montserrat li va explicar que es tractava d'en Julio Antonio Mella, el dirigent revolucionari més jove i famós de l'illa, que acabava de ser expulsat de la universitat per les seves activitats marxistes. «Ell tot sol va crear una lliga anticlerical i és el president de la Unió d'Estudiants i també va crear la Lliga Antiimperialista de les Amèriques i ha estat un dels fundadors del Partit Comunista de Cuba. Senyor Miquel, és un home extraordinari, un autèntic revolucionari, i si em permet dir-ho sense escandalitzar-lo, és l'home que estimo». Després li va assegurar que la policia l'assetjava permanentment, que feia poc l'havien acusat d'intentar posar una bomba en el teatre Payret, «el teatre Payret, que no sé si sap que el va construir un català, en Joaquim Payret, un burgès d'aquests que va fer diners explotant el poble, com tants n'hi ha per aquí. Però en Julio no s'espanta, i sap què va fer, Miquel? Es va posar en vaga de fam, sí, com ho sent, i el van haver de deixar lliure, perquè ell no havia posat cap bomba, i tot era mentida. Que prou que ho saben tots aquests opressors, que les seves acusacions són mentida. Però no el podran doblegar, a ell no, en Julio és massa fort perquè el dobleguin».

Així va ser, d'aquella estranya i sobtada manera, perduts al bell mig de Cuba, com en Miquel va tenir la conversa més delirant de la seva vida amb la senyoreta Montserrat Ferrer, dels Ferrer que estiuejaven al Llané Petit, i que ell i en Nando i alguns altres amics havien anat a espiar de jovenets quan les noies es banyaven a la platja.

«Sa dona més bella que mai no havia vist», va pensar amb nostàlgia, i per això no es veia capaç de reconèixer la noia extraordinària de la seva adolescència en aquella dona que vestia de manera estrambòtica i impròpia, que deia fàstics de la seva pròpia gent i que li parlava de coses dels russos, com allò del marxisme, i la revolució. Va pensar que a Cadaqués hi havia comunistes i també liberals, però no coneixia cap marxista ni res de semblant, i la sola pronúncia de la paraula ja li va semblar una cosa aliena al seu món. No sabia quanta estona havien estant parlant, però va tenir la impressió que havia passat tota una vida perquè aquella dona que coneixia de Cadaqués i que havia retrobat al vaixell, ara era una perfecta desconeguda. Quan es va acomiadar de la Montserrat, va pensar que aquella noia semblava feliç, com si aquella vida desordenada i estranya fos la vida que volia, però també va pensar que era la felicitat d'una boja. «Miquel, no entris en barca que no coneguis», es va dir, i va fer com sempre que no volia embolics, allunyar-se d'aquella dona i d'aquells joves que havien vingut a Elia a revolucionar la gent. «Mala cosa per a sa feina», i remugant va tornar al seu despatx.

A la nit, a la llum d'un quinqué, va mirar el tros de paper que la Montserrat li havia donat, mig rebregat, abans d'acomiadar-se. Ell li havia preguntat, tímidament, què li havia passat i com era que estava amb tots aquells revolucionaris, gent que no era de la seva mena. I la Montserrat va agafar un paper i va escriure de memòria uns versos que feia poc que s'havia après. «Són d'un llibre que ha escrit el poeta Agustín Acosta. Parla del sucre i dels treballadors, i del patiment de la gent i de com hem de fer per revoltar-nos. En Julio diu que el poeta és poruc, que no és prou revolucionari, però a mi em sembla un magnífic cant de lluita. Senyor Miquel, hi ha molta gent que estem reaccionant i, no ho dubti, canviarem el món. Miri aquests versos, miri'ls i pensi. Potser gràcies a ells, Miquel, vostè m'entendrà millor i ens entendrà millor a tots nosaltres. Encara que ara no ho cregui, som el futur!»...

Quan en Miquel va començar a llegir-los —*«vedlos: son los colosos, los gigantes, los dueños.../ No son obra gloriosa de ideales empeños,/ sino la cristalización del latifundio...»*, i va continuar, *«son los pulpos diabéticos... los gigantes, los dueños...»*, i va llegir encara més, *«pido un gesto animal/ que excluya la sumisión.../ basta ya de sin razón/ que fuerza el acatamiento:/ la venganza está en el viento/ y la chispa en el tizón»*, va estremir-se tot ell, espantat i nerviós, com si el cervell s'hagués fet un garbuix i els seus pensaments fossin un caos. ¿Allò era la revolució, demanar gestos animals, atiar la venjança, trencar amb tot? Si allò era la revolució, a ell que no l'anessin a cercar, ell no destruiria res, no tiraria res a terra, no es venjaria de ningú. Només era un simple capatàs d'una central sucrera, un estranger en terres llunyanes, un home de mar al bell mig de calderes i xemeneies. Però si calia, defensaria aquella central amb ungles i dents. Ell pertanyia a aquell món, on les coses eren ordenades i les senyoretes eren senyoretes, i els obrers eren obrers i cadascú era al seu lloc i ningú no volia regirar la vida dels altres. «No, sa revolució és cosa de ximples, és una barca sense timó, i així acabarem tots ofegats a la mar».

Aquella nit va dormir malament.

ACTE TERCER

(Tres anys abans dels fets del carrer de l'Embut)

PLAÇA DE SANT JAUME
6 d'octubre de 1934

CATALANS:

Les forces monarquitzants i feixistes que d'un temps ençà pretenien trair la República han aconseguit el seu objectiu i han assaltat el Poder.

Els partits i els homes que han fet públiques manifestacions contra les migrades llibertats de la nostra terra, i els nuclis polítics que prediquen constantment l'odi i la guerra a Catalunya, constitueixen avui el suport de les actuals institucions.

Els fets que s'han produït donen a tots els ciutadans la clara sensació que la República, en els seus fonaments postulats democràtics, es troba en gravíssim perill.

Totes les forces autènticament republicanes d'Espanya i els sectors socials avançats, sense distinció ni excepció, s'han aixecat en armes contra l'audaç temptativa feixista.

La Catalunya liberal, democràtica i republicana no pot estar absent de la protesta que triomfa arreu del país, ni pot silenciar la seva veu de solidaritat amb els germans que, en les terres hispanes, lluiten fins a morir per la Llibertat i pel Dret. Catalunya arbora la seva bandera, crida tothom al compliment del deure i a l'obediència absoluta al Govern de la Generalitat, que, des d'aquest moment, trenca tota relació amb les institucions falsejades.

En aquesta hora solemne, en nom del poble i del Parlament, el Govern que presideixo assumeix totes les facultats del Poder a Catalunya, proclama l'ESTAT CATALÀ de la República Federal Espanyola, i, en restablir i fortificar la relació amb els dirigents de la protesta general contra el feixisme, els invita a establir a Catalunya el Govern Provisional de la República, que trobarà en el nostre poble català el més generós impuls de fraternitat en el comú anhel d'edificar una República Federal lliure i magnífica.

El Govern de Catalunya estarà en tot moment en contacte amb el poble. Aspirem a establir a Catalunya el reducte indestructible de les essències de la República. Invito tots els catalans a l'obediència al Govern i que ningú no desacati les seves ordres.

Amb l'entusiasme i la disciplina del poble ens sentim forts i invencibles. Mantindrem a ratlla tothom, però cal que cadascú es contingui subjectant-se a la disciplina i a la consigna dels dirigents. El Govern, des d'aquest moment, obrarà amb energia inexorable perquè ningú no tracti de pertorbar ni pugui comprometre els objectius patriòtics de la seva actitud.

CATALANS, l'hora és greu i gloriosa. L'esperit del president Macià, restaurador de la Generalitat, ens acompanya. Cadascú al seu lloc, i Catalunya i la República al cor de tots.

Visca la República i visca la Llibertat!
Barcelona, 6 d'octubre de 1934

Lluís Companys, president de la Generalitat.
Joan Casanovas, president del Parlament.

Els consellers: Joan Lluhí i Vallescà, Josep Dencàs i Puigdollers, Martí Esteve i Guau, Ventura Gassol i Rovira, Joan Comorera i Soler, Martí Barrera i Maresma, Pere Mestres i Albet.

UN CANTERANO

De tot allò en feia ja molts anys. «Tants!», va exclamar la Roser a punt de trencar el plor. Mai no havia estat una dona de llàgrima fàcil, però des que havia passat tot allò de la Montserrat, gemegava per no res i una mena de nostàlgia pesant l'acompanyava tothora com si l'hagués empresonada darrere d'un tel indestructible. Qualsevol cosa, la paraula d'algú, un quadre, un paisatge, un moble desat en qualsevol racó, tot era una excusa per tornar al seu record i al dolor que li provocava i que no era capaç de suavitzar. Aquell canterano, per exemple, que mai no havia estat gaire important i que ara regnava amb insolència en una paret de l'estança. Sempre que hi passava a prop, el canterano l'atreia com si fos un imant pervers, i no podia evitar acaronar aquella pell de banús d'un marró rogenc que brillava com el primer dia. Era un moble que formava part d'un conjunt de peces nobles de banús de la casa pairal de Manresa, i que havien transportat fins a Barcelona en morir l'àvia. Quan era petita va descobrir que el canterano amagava un calaix interior, amb un fons fals que s'obria amb una mica de dificultat, i des d'aleshores sempre hi amagava petits secrets. Però mai no hauria imaginat que també li seria útil de gran, com si fos el seu bocí de privacitat, el petit espai on posseir una mica de misteri en la seva vida sense misteri. Allà hi havia desat, onze anys abans, la carta de comiat de la seva filla Montserrat.

Acabava de complir els seixanta-quatre anys i en Pere en tenia setanta. Havia començat la davallada imparable, i va pensar que la vida era com una aixeta mal tancada, que degotava sense aturador fins a buidar la font. Quants anys li quedaven? Va mirar-se al mirall del canterano. Encara feia goig. Un goig elegant, el goig que podia fer una dona de la seva edat, si el bon gust l'acompanyava. Però la seva ànima havia perdut la brillantor d'altre temps, quan era una dona resolta i animada que sempre empenyia els altres i excel·lia en ànims i alegria. «Sí, he perdut per sempre l'alegria», i aleshores va pensar en totes les pèrdues que acumulava, la gent que s'estimava i que ja no hi era, els papàs, la rabiüda tieta Carolina, la seva gran amiga Maria. I també aquelles corredisses dels infants que havia tingut, i se li havien escapat, i les intenses converses a les tertúlies de casa, amb tots els amics de renom, els artistes, els arquitectes, els polítics.

Havien anat morint els grans amics, i amb ells havia mort el menjador de casa, aquell batec a través del qual bategava Catalunya. No feia ni dos anys que havia anat a l'enterrament d'en Ramon Casas, i en feia tres que havia mort en Rusiñol. I també en Francesc Viñas, no feia gaires mesos. Sempre recordaria aquella nit de *Parsifal* al Liceu! I en Gaudí, també en Gaudí, que havia mort d'aquella manera, com un parracaire qualsevol, esventrat per un tramvia i abandonat al carrer. Quan va anar al seu enterrament, va pensar que Déu es reia dels humans. Aquell arquitecte tan notable que estava alçant el temple de Déu més ambiciós del món moria atropellat com un gos, i ni tan sols era reconegut. I després li feien un enterrament de rei, amb tots els honors i tots els prohoms a la primera fila, i els periodistes fent grans elogis, i el món sencer lloant la seva figura. I ell, com un parracaire, amb roba vella, sense papers, la barba descurada... Va recordar la conversa que dies després va tenir amb el mossèn de Sant Felip Neri, l'Agustí Mas i Folch, el seu confessor i amic, i també el confessor d'en Gaudí. «Roser, l'Antoni no hauria volgut aquest enterrament. Ell havia fet la comunió amb Déu i era un home humil que només vivia per glorificar el Salvador amb la seva obra. Havia defugit les foteses de la vida terrenal, i no li interessava ni la fama, ni el fast. I així va morir, sense fast, ni ostentació. Déu li va donar el que volia». Aquelles paraules li ballaren molt de temps al cap i, tot i que s'estimava mossèn Agustí i li feia molt de cas, no podia imaginar que Déu volgués una mort com aquella...

El mirall li va retornar les arrugues de la cara i... la pena que les havia solcat. I allà dins, desat en el secreter del canterano, jeia indolent el motiu de la pena més gran, aquella carta de la seva filla que havia obert les portes de l'infern i els havia empès a un temps de neguit i foscor. Mai no la va ensenyar a en Pere, perquè va pensar que les seves pròpies paraules serien menys maldestres que les de la filla. ¿Com s'explica suaument la fugida d'una filla, l'abandonament d'una néta, l'adulteri barroer, el trencament de tot ordre social? Però ho va fer, va trobar paraules que no eren al diccionari, els vells mots de tota una vida junts, teixida amb amor i respecte, i així el seu marit va saber que la filla havia fugit a Cuba, que havia deixat el marit i la petita, que havia tingut un amant sindicalista i que deia que fugia per tal de poder ser feliç. I tot això ho va saber en el moment que la mort, com si fos un voltor olorant la sang, trucava a la porta, i els duia el cadàver del gendre assassinat. Mai no oblidaria en Pere desplomat al sofà, inert, com si l'empenta de vida hagués abandonat el seu cos i només quedés l'embolcall. I la mirada innocent de l'Agneta, que acabava de perdre el pare i la mare d'una volada fulminant. Fora de casa, el món s'enfonsava sota la bota de dictadors i pistolers, i dins de casa el seu redós de pau també s'enfonsava, sacsejat per la jugada cruel del destí.

Feia estona que estava palplantada davant el mirall del canterano. Ja havien passat onze anys de tot allò, però el record encara l'esquinçava com si la tenallés una daga. Va estar temptada d'obrir el calaixet interior i tornar a llegir la carta de la Montserrat. Però no ho va fer, perquè sempre que la rellegia li venia una amargor fonda que li regirava l'estómac i la feia allitar. Aquella carta era el darrer lligam, la darrera vegada que la seva filla li havia parlat. Després, res, el silenci. Mai més no s'havien tornat a veure, mai més no havia rebut cap carta seva, mai més no l'havia abraçada, ni besada, ni li havia dit que aquell vestit li quedava bé, ni li havia parlat de les seves cabòries, ni l'havia vist somriure. Una carta i mai més... res més...

Va observar la seva mirada cansada, que li tornava des del mirall com si no fos la seva, i aleshores va tenir un estrany pensament, va semblar-li que envejava la filla. Una enveja de boca petita, de dona que hauria volgut viure, per un instant, una vida més desordenada. La Dolors Monserdà li hauria dit que s'estava tornant revolucionària, i ella hauria rigut sorneguera, com si fos una miqueta veritat. Al capdavall, quina vida havia estat la seva? L'únic secret que tenia estava desat en aquell secreter del canterano, però fora de la carta de la Montserrat, no tenia res de seu, res de propi. Els secrets eren cosa dels homes, com aquella dona que ella sabia que en Pere visitava cada mes. «Ves quin secret, si ho vaig saber des del primer dia!». I va pensar que no era tan fàcil enredar les dones, perquè els homes eren més previsibles del que es pensaven. «Ells manen a les coses i a la política i a tot això, però nosaltres som les reines de les emocions», i estranyament aquella idea la va consolar. Però aviat va canviar de parer i va dirse que allò tampoc no era del tot cert, que la Montserrat havia acumulat molts secrets i que els havia tingut ben enganyats a tots. I aleshores li vingué el record de la seva filla quan era petita, «era tan dòcil, tan bona nena...», i tal com li passava sempre davant d'aquell canterano, quan els records la fiblaven i la ferien, va començar a plorar. Aquell canterano imposava la seva llei, i ella mai no s'escapava de la teranyina d'enyor que l'envoltava.

«On deu ser ara la Montserrat?», es va preguntar en veu alta, com si el mirall li pogués donar la resposta. Durant aquells onze anys havia rebut moltes notícies de Cuba, perquè en Cisquet li anava explicant tot el que sabia de la filla, però des que l'havia avisada que la Montserrat havia tornat a Barcelona, i d'allò ja en feia dos anys, no n'havia sabut res més. «Quina cosa, va pensar, sabia més coses d'ella quan era a l'Havana que ara que està a prop nostre», i la nostàlgia la va tornar a ferir. I com si fos la reencarnació de milers de mares abans d'ella que s'havien fet la mateixa pregunta, també ella es va preguntar quin mal havien fet com a pares, perquè la filla els tractés així. La torna amarga de la vida... Després se'n va anar cap a la cambra i s'assegué en el balancí que havien comprat feia uns anys, quan tot era més senzill i no hi havia canteranos que amagaven cartes que eren com punyals. Asseguda i amb aquell estat d'ànim que sovint l'aclaparava des que la filla havia fugit, va intentar imaginar com havien estat aquells onze anys de la Montserrat voltant pel món, vivint de qualsevol manera, deixant-se estimar pel primer que coneixia, com si fos una dona de la vida, una qualsevol. Aquella idea la visitava per les nits i l'emboirava com si visqués en un malson permanent. S'imaginava la seva filla en mans d'uns i d'altres, perdent l'honor i la dignitat en llits desconeguts, arrossegant el nom de la família pels pitjors catres. La seva filla, «tan dolça, tan educada i ara tan perduda... Déu meu, què li ha passat?...».

Va fer un gest amb el cap. No. No es deixaria dur per aquelles males idees. Preferia pensar en tot el que la Montserrat estava vivint, els països que visitava, la gent que havia conegut. En Cisquet li va dir que fins i tot havia estat a Rússia amb aquell home que l'acompanyava i que allà havien conegut l'Andreu Nin, que també corria per aquelles terres. En Cisquet ho sabia tot perquè, segons li deia, tenia molts amics en els serveis secrets cubans i els informes sobre aquells revolucionaris eren molt complets. «L'Andreu Nin!», va dir en veu alta, i aleshores va recordar l'estranya reunió que en Pere va fer a casa, feia just una setmana. Aquell dia va conèixer en Nin. «Una reunió de comunistes i revolucionaris!», va pensar, i, per primera vegada aquella tarda, va riure. A la seva casa hi havia sempre moltes reunions polítiques, però aquelles dues darreres havien estat més estranyes que d'altres, i encara no entenia gaire bé què havien significat.

Primer la reunió de la Lliga, feia pocs mesos, l'abril

passat. En Pere feia temps que s'havia apropat a la gent de l'Esquerra, sobretot des que s'havia fet amic de l'avi Macià i els de la Lliga estaven cada dia més a prop de la gent de la CEDA. «Aquesta gentussa d'en Lerroux i els de la CEDA són feixistes, Roser, feixistes!», i en Pere remugava que l'esperit catalanista de la Lliga havia anat desapareixent i que cada dia eren més de dretes i menys de Catalunya. Tot i així, encara mantenia lligams estrets amb els seus líders, i va pensar que podia fer d'home bo en el conflicte sobre la Llei de Contractes de Conreu que tant d'enrenou estava creant. «Si es descuida, a ell i tot el pengen del balcó», i va tornar a riure. Va recordar com els crits d'en Companys i d'en Cambó i també d'en Comorera i en Duran i Ventosa ressonaven per tota la casa com si fossin trons de tempesta, i en algun moment li va semblar que aquells homes podien arribar a les mans. «I aquell de la Unió de Rabassaires, el senyor Francesc Riera, quina veuassa i quina exaltació que duia!», va dir-se sense adonar-se que cada vegada parlava més fort, com si tingués una conversa. Però, com bé recordava, la reunió va acabar com el rosari de l'aurora i encara ara els de la Lliga no li havien perdonat a en Pere que intentés un acord que consideraven molt lesiu als interessos dels grans propietaris. «Això és una xarlotada!», li va dir en Cambó, abans d'anar-se'n amb un sec cop de porta.

Emperò la reunió amb l'Andreu Nin va ser encara més estrafolària, tant que no se l'havia treta del cap. No feia ni una setmana que, a l'hora del sopar, en Pere li havia dit, «demà vindran uns comunistes a casa. No t'empipis». Però es va enfadar, i molt. Mai no havia estat amb un comunista i la sola paraula la transportava a un món de caos i pistoles i dones de la vida i esglésies cremades, i tot el món ordenat que estimava queia sota la força destructiva d'aquella gent. Aquella nit va despertar-se moltes vegades, presa d'un gran enuig que li provocava taquicàrdia. Però no va gosar despertar en Pere i l'endemà va donar ordres a les noies que deixessin la casa polida com una patena. «Si han de venir comunistes a casa nostra, que vegin com vivim la gent respectable». I apressava les noies perquè s'esforcessin més que mai. A mitja tarda ja havien arribat la majoria, en Companys i en Carles Pi Sunyer i també en Dencàs, els germans Badia, en Coll i Llach i d'altres que la Roser només coneixia de vista, des que en Pere freqüentava tota aquella gent. També hi havia el senyor Escofet, que la Roser coneixia de Cadaqués i que alguna vegada havia vist amb l'uniforme dels Mossos d'Esquadra. Aquell dia, però, venia de paisà. Amb mitja d'hora de retard va arribar el grup d'en Nin, i quan la Roser va saludar el mateix Nin, no va poder evitar fixar-se en les seves ulleretes rodones que, juntament amb el seu cabell rinxolat, li donaven un aire pintoresc. «Tinc entès que el seu pare era sabater», li va dir la Roser, amb un intent maldestre de ser amable. I l'Andreu li va respondre, «i ma mare pagesa, i ja ho veu, jo sóc mestre, un mestre comunista», i només l'ampli somriure que l'Andreu li va dedicar va impedir que la Roser explotés de ràbia. Quan, en un revolt de conversa, va sentir la paraula revolució, va decidir que es tancaria a la cambra mentre durés aquella estranya reunió, i que després tindria unes paraules amb el seu marit. «Què caram pretén amb gent d'aquesta mena?», va dir-se, més enfadada del que era normal en ella.

I ves per on la seva pròpia filla, la Montserrateta, no només coneixia aquell home de les ulleres rodones que deia que era mestre comunista, sinó que, segons en Cisquet, havia estat amb ell a la Rússia dels revolucionaris que mataven reis. Hi va pensar un instant. Què feia la seva filla en aquell país llunyà i ple de bolxevics que volien destruir tot el que la Roser estimava? Sí!..., ella entenia en Cambó perquè, quan pensava en tots aquells revolucionaris, se li regirava l'estómac i notava l'alè de les males notícies, i els de la Lliga eren gent d'ordre, mentre que aquells d'Esquerra no eren de fiar, perquè anaven de la mà dels revolucionaris. I va dir-se que potser no estava bé que una dona no pensés com el seu marit, però no era ella la que havia canviat, sinó ell, i que Déu la perdonés, però algú en aquella casa havia de mantenir l'ordre i el seny.

No sabia quant de temps havia estat la Montserrat a Rússia, però en Cisquet li va explicar que després de Rússia havien viatjat cap a Mèxic, i que allà havien assassinat l'home que anava amb ella, «es veu que l'han mort els seus companys, són així de cafres, baralles entre criminals». I així va saber que aquell home, que es deia Julio Mella, havia rebut dos trets mortals quan passejava de nit, acompanyat d'una dona. «La Montserrat?», s'havia esglaiat la Roser en sentir-ho. «No!», va assegurar-li, i va afegir que aquella mena de gent tenia moltes dones, que millor que no preguntés gaire perquè no li agradaria el que sentiria de la seva filla, però que estigués tranquil·la, que la Montserrat no hi era quan l'havien mort.

I així, badant entre records, anava passant una tarda més, per bé que no era un dia qualsevol. El dia abans hi havia hagut vaga general i els de l'Aliança Obrera havien protagonitzat molts actes violents. Les minyones li havien explicat que hi havia tramvies que cremaven i que durant tot el dia se sentien trets. I l'Anita fins i tot havia vist l'assalt als magatzems El Siglo, amb la intenció que deixessin de treballar. «I davant del Barato han posat llambordes a la via, perquè els tròleis no puguin circular», i també parlaven de taxis requisats i de gent ferida, i fins i tot d'algun mort. En Pere li havia explicat que la manifestació de la tarda havia omplert les Rambles i que quan havien anat a la plaça de la República, molta gent s'havia quedat pels carrers del voltant, perquè no hi cabien. «En Companys ha rebut una comissió de l'Aliança. Sembla que els ha calmat», li havia dit en Pere a l'hora del sopar. Però aquella calma albirava tempesta.

Tot i així, la tarda passava lentament. L'Agneta se n'havia anat a casa de la Carmeta Garriga, a la classe de piano dels dissabtes, i en aquelles hores en què estava sola el temps li semblava pesant i inflexible. Sempre retornava, una i altra vegada, a les obagues doloroses del passat. Desvagada i alhora inquieta, va creure que no hi hauria ensurts. Però de sobte, uns trucs nerviosos a la porta la varen desmentir, i els records, com si fossin romanços, es varen esvair de sobte. Va sentir la veu neguitosa de la minyona, que parlava accelerada amb algú. L'instint, com un guardià dels sentits, la va posar en alerta. Passava alguna cosa.

LA PLAÇA

És dissabte. La plaça és plena de gom a gom i l'amalgama de gent que l'omple li dóna un color pintoresc. És com un paisatge de barreges exòtiques. Els mossos d'esquadra rodegen els edificis nobles i els seus uniformes competeixen amb l'aire encopetat dels burgesos, les gorres i espardenyes dels obrers, les camises verdes dels escamots d'Estat Català... N'hi ha molts que porten armes. L'atmosfera batega amb una il·lusió continguda i alguns encara mantenen l'eufòria de la manifestació d'ahir. L'expectació és absoluta. Els prohoms que han estat a la galeria gòtica vivint els darrers esdeveniments expliquen que en Dencàs i en Companys han tingut una fortíssima discussió, i que el conseller ha abandonat el palau molt enfadat. Després ha estat el president qui ha sortit per anar-lo a veure a la conselleria, i sembla que les aigües s'han calmat. El conseller encara no ha tornat. «En Dencàs vol l'estat català, ell sí que és un patriota!», crida un jove amb la camisa verda. Tothom espera que surti el president i faci una proclama històrica. Però la història que es vol conquerir no és la mateixa per a tots els que omplen la plaça de la República, i els somnis de la revolució es barregen amb els d'una

Catalunya lliure. En algun racó hi ha fortes discussions i només la transcendència del moment evita que vagin a més. En Pere acaba de sortir del palau, després d'haver estat amb alguns líders de l'Esquerra parlant amb el president. En Comorera li ha dit cofoi: «I tot això, Pere, va començar amb la meva Llei de Contractes de Conreu. Ja veus el que passa quan ens enfrontem als propietaris». Ell li somriu mentre pensa que en Comorera no deu saber que la seva família és propietària de moltes terres, i que aquella llei els afecta de ple. Però li ha donat suport des del principi, perquè és una llei justa. La Roser va posar el crit al cel quan ho va saber, «traeixes la teva família!», li havia dit amb una inusitada exaltació, però ara que hi pensa li ve un regust carinyós. És una dona d'ordre i és difícil que entengui les raons del desordre que estan construint. «Un desordre perquè tot sigui més ordenat», es diu convençut.

Ara que ja sap que passarà, desitja sort als que es quedaran, i surt de palau. En necessitaran molta, de sort. Ha fet avisar la dona que no l'esperi a cap hora, perquè la nit es preveu molt llarga i encara no se sap si serà gloriosa o tràgica, i ell no pensa anar-se'n fins que hagi acabat tot. En sortir a la plaça uns homes el criden, «què diu en Companys?, està decidit?», i uns periodistes que han estat desallotjats de l'interior del palau el bombardegen a preguntes. Tothom vol saber i, sobretot, tothom vol confirmar el que imaginen, i l'espera es fa eterna. Són quarts de vuit i el conseller Dencàs arriba rodejat dels líders d'Estat Català. L'acompanya una orquestra de crits i visques, i la seva presència augmenta els decibels de l'espera. Entra a palau i tothom sap que la sortida del president és imminent.

A l'extrem de la plaça, un home mira de fit una noia

que, uns metres enllà, porta una pancarta de l'Aliança Obrera. Li recorda algú que va estimar en el passat, però sembla molt diferent, com si fos la còpia barata d'aquella noia que molts anys abans li havia fet perdre el cap. Fa poques setmanes que ha tornat a Barcelona i els darrers anys de la seva vida a la Legión Extranjera han estat com un terratrèmol que ha sacsejat tot el seu interior. Els records, les conviccions, la lluita revolucionària, les velles amants, els amics morts, tot és llunyà i estrany, i ja no sap si és ell o el món, el que ha canviat definitivament. Ni tan sols sap per què és aquí, a la plaça de la República, esperant uns esdeveniments en els quals no creu, «i tot plegat —es diu— protagonitzat per uns burgesos que no són de fiar». Però és allà perquè un vell amic que s'ha trobat al matí i que ara està amb els de la Unió Socialista d'en Comorera l'ha animat a no perdre-s'ho. «Tant de temps fora, Tonet, i arribes just a temps. Avui la farem grossa». I aquí està, amb l'amic i les seves banderes, rodejat de gent que li resulta més estranya que mai, com si aquell no fos el seu país i aquella no fos la seva ciutat. Només manté intacta la ràbia. Però la dona retorna a la seva mirada, li esborra els pensaments, i sense poder-ho evitar l'atrapa en una teranyina de curiositat i d'enyor. Sent la necessitat d'apropar-se, i és així, amb aquesta idea fixa, que intenta fer-se camí entre la munió que el separa d'ella. Esforç debades. És gairebé impossible avançar i, per molt que ho intenta, només aconsegueix apropar-se unes poques passes mentre rep alguns sonors improperis. Decideix cridar el seu nom, però encara és més inútil, i el nom es perd devorat pels crits dels milers que esperen la proclama.

De sobte la gentada calla tota d'una, com si la dirigís un director d'orquestra, i a l'instant següent la plaça esclata. En Lluís Companys acaba de sortir al balcó acompanyat pel govern, i la follia rebenta entre els assistents, que gesticulen, branden banderes, mostren armes, aixequen pancartes i criden com si els hagués posseït el destí. El «Visca Catalunya lliure» esdevé el cant coral general i tothom vol sentir el president sense ser capaç, alhora, de deixar de cridar. En Lluís Companys demana calma. Finalment algú li entrega un document i durant uns segons la cridòria desapareix, engolida per un silenci expectant. El president mira la gentada que omple la plaça, s'atura, respira, i aleshores comença a llegir: «Catalans: les forces monarquitzants i feixistes...».

A molts quilòmetres d'allà, uns homes estan aplegats al voltant de la ràdio. La tensió talla el silenci i només se senten els seus batecs accelerats. La veu del president ressona poderosa a la gran estança, «el govern que presideixo assumeix totes les facultats del Poder a Catalunya, proclama l'Estat Català...», i l'alegria esclata en forma de visques i de crits. La munió demana silenci mentre algú plora d'emoció, i l'atenció dels presents torna a l'aparell, que esdevé una mena de font màgica d'on emana el nèctar dels déus. El casino és generós d'espai, però s'ha quedat petit, com si tot el poble s'hagués encabit en ell. La nit a Cadaqués és plàcida i contradiu la tempesta que es congria al cor dels que estan sentint la veu de la història. En Lluís ja fa tres anys que té plaça de mestre a Cadaqués i ben aviat s'ha sentit com si fos a casa. «Cadaqués és com l'Escala, però es capté com si fos una illa allunyada del món», ha escrit en una mena de dietari començat des que va arribar. Però dins de l'illa se sent respectat i estimat. «Bon dia, senyor Tasis!», li diuen els pescadors quan el veuen, i es treuen la gorra per saludar-lo. «A Cadaqués, oli i peix», diu el ditxo del poble, i és ben bé així, oliveres i xarxes de pescar, però també hi ha un esperit ensalvatgit i aventurer que el fascina i, sobretot, un insospitat amor pel coneixement. I per damunt de tot, el senzill codi d'aquesta gent, el «nós amb nós» que els aïlla de la resta de pobles però els referma entre ells. «És un nós amb nós que vol dir un, lo meu és teu», es diu convençut. I ara que és aquí, entre ells, vivint un moment tan emotiu, té la impressió que ha arribat a port. Ell no és com el seu gran amic, en Martí Rouret, que ha deixat l'ensenyament per dedicar-se a la República i ara és diputat. No. Ell anhelava ser mestre i ensenyar els nens a estimar la cultura, i volia fer-ho en un espai petit, acotat, on donar forma als ideals republicans, i Cadaqués ha estat la porta dels somnis. I mentre la veu de Companys va destriant els mots que canviaran el destí de Catalunya, mira al voltant i s'adona que se sent feliç. «En el comú anhel d'edificar una República Federal lliure i magnífica». Sí, magnífica!

No gaire lluny d'aquí, l'Engracieta prepara el sopar a la cuina de casa. En Miquel se n'ha anat al casino a cuitacorrents, quan l'ha vingut a buscar en Moisès, «ix, tafot!, encara ets a casa! Què no saps que en Companys està a punt de proclamar l'Estat Català? Au, som-hi, que encara farem marso»... I se n'han anat esperitats. «Es homos i ses seues coses», remuga mentre neteja la planxa amb la qual ha cremat el sucre de la crema. Avui és dissabte, i els dissabtes toca la crema cremada. El fill petit remena pel menjador, «quin tritxo està fet», pensa, i s'encaterina mirant-lo. Va fer els dos anys a bord del vaixell, només sortir de Cuba, i ara ja és tot un homenet. «Tres fills, santa Maria!», i pensa que la vida va més de pressa del que s'imaginava quan era una joveneta que es mirava en Miquel de cua d'ull. Per uns instants bada al bell mig de la cuina i el cervell viatja cap a la central sucrera, sent la xafogor, la por quan passejava entre aquells homenots negres, les dones que rondaven en Miquel... Però de seguida es treu les falòrnies del cap. «Barca parada cria llimacs», diu animosa, i frega ben fort la planxa del sucre.

La Montserrat està vivint els esdeveniments a primera fila. Observa la gentada que l'envolta i per un instant l'esguard es perd en la bandera que un xicot jove, d'ulls ametllats i bru de pell, branda amb passió. És l'emblema de l'Esquerra Comunista, el partit que l'acull des que va tornar a Barcelona i va anar a veure l'Andreu Nin. «Si no hagués estat per l'Andreu...», pensa amb un punt de malenconia, «quina solitud hauria patit...!». Però de sobte una imatge la retorna bruscament a la realitat. Està una mica lluny i tot passa tan de pressa, les persones, els moviments, els detalls, que en algun moment dubta. Però no, no hi ha cap dubte, l'home que acaba de sortir de Palau amb un posat seriós però serè, altiu i sempre elegant, és ell. Després d'onze anys, en una plaça envoltada de gent, a punt de viure un moment que s'inscriurà en la història, la Montserrat Ferrer acaba de veure el seu pare. Quan la veu fonda del president Companys ressona des del balcó de la Generalitat, «catalans, l'hora és greu i gloriosa...», ella encara tremola. Havia imaginat moltes vegades com seria aquest dia, què sentiria quan es retrobés amb els pares, quan la vida que ha abandonat des de fa anys li retornés i la confrontés sense pietat. Ploraria? Somriuria? S'hi abraçaria amb delit, com si tornés d'un simple viatge, com si res no hagués passat? I si li giraven la mirada, si no volien saber-ne res, com si fos una empestada, una qualsevol? Però el que no havia imaginat mai és que la trobada fos així, d'una manera tan inesperada, envoltats de gent, en una mena de llunyania propera, com si estigués a tocar i alhora fos impossible tocar-lo. Finalment, després de tant imaginar-ho, ja ha vist el pare, i tot ha passat com si res, en una simple volada d'aquest dia intens en què passen tantes coses. On és la transcendència de l'instant, la solemnitat que dibuixava mentalment quan el recordava? I aleshores pensa que la vida té les seves pròpies regles i que la transcendència no en forma part, tal vegada perquè no serveix per sobreviure. La transcendència pertany al territori tortuós dels sentiments, allà on couen les pors i les esperances, allà on les vides queden atrapades... Tant de pensar en el pare i aquí està, tan a prop i tan lluny. Ni tan sols l'ha vista. «L'arrogància de sempre...», es diu amb un mig somriure amarat d'una certa tendresa. I la diverteix observar que manté intacte el seu capteniment burgès. «No sembla que hagi envellit», se sorprèn, «és com si fos ahir, però ja no és ahir...». Just en el moment en què Companys acaba el seu discurs, «cadascú al seu lloc, i Catalunya i la República al cor de tots...», el pare desapareix de la mirada, com si mai no hi hagués estat. I abans que la plaça ensordeixi amb un aplaudiment retrunyidor, en Companys diu les darreres paraules, «Visca la República i visca la llibertat!».

LA DERROTA

Els dies següents varen córrer com si fossin els fulls d'un calendari que algú arrenca despietadament. Encara ressonaven, a tots els indrets de Catalunya, les paraules del general Batet.

«Catalanes y españoles, breve ha sido la jornada de esta noche. Esta misma Radio Barcelona, que durante toda la noche ha estado dando noticias falsas, os dice ahora, por mi boca, la verdad».

I la veritat del general Batet era la trista veritat del país: la rendició completa, l'empresonament de tot el govern de la Generalitat, dels membres del Parlament i el consistori de Barcelona en ple, llevat dels regidors de la Lliga que no havien secundat la revolta. I la veritat del general també era l'ocupació, per part de l'exèrcit, dels tres edificis nobles del poder català. En Companys, en Carles Pi i Sunyer i en Joan Casanovas havien estat traslladats al vaixell *Uruguay*, amb la resta de diputats, consellers i regidors. Després vindrien més detencions i més vaixells i així, amb la precisió d'un cirurgià, els genets de la repressió varen cavalcar per tots els indrets de Catalunya on quedaven espurnes de revolta. Corrien a la velocitat dels mals averanys. Fora del conseller Dencàs, que va fugir, i d'alguns altres càrrecs menors, tothom va anar caient, i la basarda es va instal·lar en el cor de la gent com un voltor que cerca la carronya. Lerroux no estava disposat a deixar cap càrrec públic al seu lloc, i així va anar desmantellant tot el poder català. Regidors, batlles, líders sindicals, presidents d'entitats culturals, prohoms, intel·lectuals, tothom que havia donat qualsevol mena de suport públic a la revolta seria empresonat i la xifra arribaria a les cinc mil detencions. L'Estatut fou suspès i la Llei de Contractes de Conreu definitivament anul·lada. També foren prohibides diverses publicacions, com el setmanari *La Rambla* i els diaris *La Publicitat*, *L'Opinió*, *La Humanitat*, *Solidaritat Obrera*..., i varen dissoldre més d'un centenar d'ajuntaments on ERC manava. Els diaris també asseguraven que havien pres l'Azaña i que els oficials que havien participat en els fets de Companys havien estat conduïts al Castell de Montjuïc, per tal de fer-los un consell de guerra. El comandant Pérez Farràs, el capità López Gatell, el tinent coronel Joan Ricart, el comandant Jaume Bosch, el capità Escofet...

Quan en Miquel va saber que el capità Escofet era un dels empresonats i que podia ser condemnat a mort, va sentir una ràbia feridora que li travessava les entranyes. Coneixia molt bé el pare d'en Frederic, el senyor Eladi, que era un dels empresaris que més sovintejaven Cadaqués i un home de bé. La seva família era molt estimada i en aquell moment tan dolorós en què novament Catalunya era vençuda, en Miquel va recordar la frase que li havia dit l'Eladi, quan el seu fill, arran de la dictadura d'en Primo de Rivera, va deixar l'exèrcit per ingressar al cos dels Mossos.

—Ho ha fet per lleialtat. Saps què m'ha dit, Miquel? «Pare, si callo, traeixo el meu poble. I si lluito per enderrocar la monarquia, traeixo el jurament que vaig fer com a militar. L'única manera de ser lleial a Catalunya i de no embrutir la paraula donada és deixant l'exèrcit».

I així fou lleial al seu país en l'hora en què la història li va exigir lleialtat. Va dirigir els Mossos d'Esquadra durant la proclamació de la República Catalana i va mantenir el cos fidel al govern català. Ara, aquell jove refinat i culte que ell havia vist tantes vegades pels carrers de Cadaqués estava detingut a Montjuïc, tota la família s'estava mobilitzant per salvar-li la vida, i ell se sentia, per primera vegada, partícip d'alguna cosa que el transcendia. Mai no havia estat un home compromès, només era un supervivent, una ànima humil d'un poble de pescadors, coneixedor de la llei implacable de la mar. Com deia la mare, «qui s'ha calat, que se la llevi!»..., i així havia anat fent, tenint cura del seu llagut, sense destorbar els altres, però tampoc sense entrar en les seves cuites. Però en aquells dies tràgics del seu país obert en canal i amb els seus amics de tota la vida empresonats al Castell de Figueres, tot se li havia capgirat i va començar a creure que havia arribat l'hora d'anar més enllà del clos de casa i d'ajudar a llevar el llagut de tots. I aquest pensament el va fer sentir més fort que mai, com si totes les malvestats fossin superables. No l'hi diria a l'Engracieta, perquè «ses dones no entenen les coses des homos», però volia pertànyer a alguna cosa noble, volia fer alguna cosa. El mestre Tasis li deia sovint als nens, «en el parlar net i noble es veu l'avenç d'un poble», i en pensar-hi es va veure amb cor d'afegir una idea pròpia, «i en es fer, en es fer net i noble es veu l'avenç d'un poble». Sí, havia arribat l'hora de llevar el llagut de tots, que estava dissortadament calat.

El mestre Tasis també empenyia el llagut, en el seu cas des que tenia consciència. En aquells dies no va parar de rebre males notícies, amics detinguts, d'altres fugits, en Martí Rouret, de qui no sabia res... Queien a milers, més de quatre mil detencions, deien les notícies, i devia ser cert, perquè només a Cadaqués s'havien endut vuit persones cap a la presó i deien que els jutjarien pel delicte d'auxili a la rebel·lió militar. L'Alexandre Contos, en Melitó Faixó, en Pere Duran, en Toribi Ballesta... «Cau la bona gent!», va dir-se, convençut que sempre era així quan guanyava la reacció. Ben aviat varen organitzar un comitè de suport als presos i ell mateix, acompanyat d'una representació del poble, va anar a veure l'Onofre Pont i Berga, que havia estat alcalde de Cadaqués i també president de la Diputació de Girona. Si algú podia ajudar els detinguts, era l'Onofre...

El Casino bullia de reunions i xerrameques. I tot i que aquella mena d'assemblea permanent en què posaven en comú les noves que arribaven li donaven una certa força, també notava una por interior que el tenallava i el deixava sense alè. Els seus profunds sentiments republicans l'animaven malgrat l'ensurt d'aquells temps, «no podran enfonsar la República, som molts, som el poble!», però quan s'ho deia pensava en la capacitat de repressió que tenia Espanya i que tantes vegades havia caigut damunt les espatlles catalanes. I se sentia abatut, trist, profundament trist. Al Casino les discussions pujaven de to, i alguns, sobretot els de la FAI, escridassaven els d'Esquerra i els deien que tota aquella repressió era culpa de les ximpleries d'en Companys, que eren uns revolucionaris de pa sucat amb oli, que només eren uns burgesos catalanistes. I deien penjaments de Catalunya, perquè la seva pàtria era el món, i no el redós minúscul de la terra catalana. Els d'Esquerra els contestaven amb virulència, els acusaven de ser uns caps escalfats i de conduir Catalunya a l'abisme. I més d'una vegada els crits arribaven a les mans. Quan sentia tota aquella remor de llengües abrandades, la tristor li augmentava i el deixava esmaperdut, com si les forces li fugissin sense remei. Catalunya ho tenia tot en contra, però mai no era capaç d'anar unida, i aquell odi creixent entre germans... no podia conduir a res de bo. A vegades, prop de la Riba, es trobava amb una dona delicada, la Rosa Leveroni, que sempre el deixava amb la mel d'un poema a la boca. Aquelles converses amb la Rosa eren un bàlsam, com un punt i a part, com si el seny i les emocions s'instal·lessin al bell mig de la barbàrie. La Rosa estava escrivint un poema sobre Ulisses i quan es trobaven li recitava algun bocí, «només desitjo/ el redós de la casa,/ l'esposa dolça/ i als ulls del fill els somnis/ de tots els meus viatges»... I li venia la pau...

També es distreia amb les converses impossibles amb la Lídia, que l'enlairava en un deliri oníric de passió amorosa i anhel intel·lectual. Quan li parlava del complot de la gent de Cadaqués, «es complot de ses cabres i es anarquistes», en Tasis pensava que la tramuntana creava genis, i que sens dubte la Lídia n'era el més genuí. Li tenia una certa confiança, «vos sou de lletres, mestre, no teniu es cap ple de llimacs com ses cabres d'aquí», i sempre que l'aturava li dedicava una estona. Amb aquell mestre educat i complaent, la Lídia se sentia respectada.

Però de totes les converses, les més sorprenents eren les que tenia amb el senyor Meifrèn, que sempre que s'esqueia badava per Cadaqués a la recerca d'un paisatge indòmit per convertir-lo en art. «Cadaqués és la font de tota inspiració», li havia dit quan el va conèixer, i sempre que el trobava ho recordava. El jove Dalí, que també pintava, un dia li va etzibar, «només es pot néixer a l'Empordà», i durant molt de temps va pensar que allò era una ximpleria. Però, vist com anava tot, potser sí que Cadaqués era el darrer territori lliure de l'ànima humana. Per bé que també a Cadaqués creixia la rancúnia, la baralla i l'odi. I arreu creixia la desesperança...

S'estava acabant el món que somiaven i delien? O només havia estat un altre entrebanc en un camí difícil, però no impossible? I, capcot i ferit, anava passant aquells dies tenebrosos.

No estava, però, inactiu, i fidel al convenciment que l'escola era l'autèntica ànima revolucionària de la societat, va animar els seus alumnes a enviar uns telegrames al president de la República i al president del govern amb la petició d'indult per als condemnats a mort Pérez Farràs i Frederic Escofet. El telegrama deia així:

«Vostra excel·lència té filles. Militars condemnats també. Pobrets! Pietat! Demanem fervorosament indult Escofet i Farràs estimadíssims. Cadaqués excel·lent bonesa. Nens Escola Nacional».

La iniciativa va fer soroll, i quan va llegir l'article elogiós que els va dedicar *L'Autonomista*, va sentir un orgull punyent i sincer: «... Els petits cadaquesencs —deia el diari— no varen voler ésser menys que els grans. Aquest gest, d'una bella espontaneïtat, demostra com són sensibles aquells escolars a la virtut del perdó, que és la més sublim de totes. [...] Heus ací un bell inici de ciutadania. Sens dubte llurs intel·ligents Mestres sabran treure d'aquest gest una lliçó viva d'humanitat, digna d'ésser imitada per infants d'altres poblacions catalanes...». Era ell «l'intel·ligent mestre», era ell qui els inculcava aquelles virtuts humanistes, era ell qui els volia agermanats i sensibles. I aquell article que va rellegir moltes vegades, en els dies que vindrien, li retornava l'esma que havia perdut i l'animava. Els amics eren al bell mig de la batalla política, batent-se amb duresa. Però ell era a la batalla dels infants, preparant-los per ser uns éssers humans complets. I aquella batalla no era menor.

La Roser també coneixia la Lídia, de les seves estades a Cadaqués, i el pintor Meifrèn, que n'era un bon amic, i també la família Dalí, per bé que no coneixia gaire el fill, un cap escalfat, li havien dit, i la Rosa Leveroni, que havia estat a casa moltes vegades. També coneixia la família Escofet. Però en aquelles setmanes embogides cap d'ells havia format part dels seus pensaments. No eren temps per a evocacions, ni per furgar en la memòria, ni per parlar de pintura o poesia, ni tan sols eren temps per a la nostàlgia. El fort instint de protecció que tenia s'havia disparat amb tota la seva força i només vivia per intentar treure en Pere de la presó. L'havien detingut tres dies després de la proclamació de Companys, i la ràbia que havia sentit aquell dia, amb els soldats entrant violentament a casa i enduent-se en Pere de mala manera, no l'havia abandonat ni un sol instant. El trauria del vaixell on l'havien entaforat com si fos un criminal, a ell, un home de la seva edat que mai no havia fet mal a ningú! I tot i ser una dona d'ordre, amiga de no moure gaire les coses, va pensar que alguna mena de revolució calia en aquell país enfollit, on manava gent sense escrúpols que posaven a la presó les persones de bé. «Aquell mal animal d'en Lerroux!», es deia una vegada i una altra, com si repetir insistentment la seva ràbia el pogués encalçar i el foragités d'una volada del poder. Els diaris parlaven d'un tal Franco, que la gent de la CEDA i en Gil Robles havien recompensat per la repressió de la revolta d'Astúries i havien convertit en cap de l'estat major. «Un altre mal cristià, segur, una altra mala persona!», i l'enuig l'ofegava com si fos la corda d'un condemnat a la forca. Però en aquelles setmanes de tràfec i de neguit, mai no va tenir por i mai no va fer res del que després s'hagués de penedir. «No em rebaixaré davant de ningú», li va dir un dia a la seva germana Quimeta. «El trauré de la presó sense rebaixar-me davant d'aquests fills de mala mare». I amb la Quimeta parlaven de la força de les dones de la seva família, de la besàvia Hermínia, que va quedar vídua amb vuit fills i es va fer càrrec de tot, dels fills, del patrimoni, del servei i de les cavallerisses i fins i tot va dirigir ella mateixa la fàbrica. I de la tieta Janeta, que va fer fora el marit amb una fusta de muntar a cavall, cridant des de la porta del mas, «mai més no tornaràs a aquesta casa, ves-te'n amb les teves barjaules!», i després van saber que l'oncle Horaci era un home de mala vida, que bevia i llençava els diners de la família en llocs de mala mort. I quan la tieta Janeta el va fer fora, la casa va tornar a florir. Un dia la mare de la Roser li va preguntar a la Janeta, «que t'ha aixecat mai la mà, l'Horaci?», i la Janeta va esclafir a riure com si li haguessin explicat el millor acudit del món. Va ser aleshores quan la Roser va saber que havia estat la Janeta, un dia que el va trobar begut sobre el llit, amb la roba impregnada de perfum barat, qui l'havia estomacat de valent. «Li vaig aixecar la mà, Roser, perquè havia ofès el bon nom de la família. I després el vaig fer fora per sempre». I no el va veure mai més.

La Roser pertanyia a aquella estirp de dones tan refinades i cultes com fortes a l'hora de prendre les regnes de la família. Autèntiques matriarques, posseïdores d'un fort instint de supervivència que amagaven darrere les fines teles, una ànima tan resistent com l'espart. I aquell instint familiar que li havia estat tramès de generació en generació era el que ara l'empenyia a lluitar pel seu marit. L'atmosfera era pesant i els mals averanys parlaven de llargues penes de presó, i fins i tot de penes de mort, però ella sabia que la detenció d'en Pere no es basava en res de concret, i que a l'hora de la veritat no podrien sostenir cap acusació. La Mariona Feliu, que era amiga de la infància, coneixia el governador que Madrid havia posat d'urgència per controlar Catalunya, el coronel Jiménez Arenas, i li va oferir d'anar-lo a veure. «Mai de la vida, Mariona, mai! No vull deure res a aquesta gentussa. El trauré sense demanar cap favor». I amb aquesta indòmita convicció, la Roser va aprendre a moure's pels complexos viaranys de la justícia amb la soltesa d'una dona de món, ella, el món de la qual eren les seves amigues, els esmorzars literaris, les tardes al Polo i les nits al Liceu. Però a una Andrade i Goeta, descendent de bascos de muntanya i catalana de la plana d'Osona des de feia tres generacions, ningú no li tocava el marit.

La Montserrat també se sentia forta. Però no era una fortalesa sobtada, sobrevinguda a causa d'uns esdeveniments dramàtics i inesperats. La seva força s'havia anat forjant passa a passa, batec a batec, ella havia anat notant com li creixia a l'interior i com era, cada dia més, capaç de tenir el control de la seva vida. Li havia costat molt arribar fins on era. Emperò, on era realment? I la pregunta, que es feia sovint, mai no tenia una resposta precisa. Era cert que no estava en el millor dels mons, allotjada i mig amagada a casa d'uns amics de l'Andreu Nin, amb tot per fer i tanmateix sense saber gaire bé què fer. Des que s'havia anat implicant amb els ideals comunistes havia anat alliberant-se del món anterior, i tots aquells lluitadors que anava coneixent la tractaven com si fos una germana, una dels seus. I se sentia forta, perquè ara tenia una utopia per la qual lluitar, una alta fita, i pel camí l'acompanyava la gent que ella havia escollit. Tot el que tenia ho havia aconseguit sola, rebutjant els innobles privilegis del seu bressol. I ara estava al bell mig del seu propi territori i del seu propi temps. Havia conquerit la seva vida.

Però a voltes se sentia una mica perduda, i quan la burxaven els dubtes, la ment viatjava cap als records de Cuba i d'en Julio i també de la seva vida a Mèxic. Estranyament, tots aquells anys intensos la calmaven com si fos un bàlsam i no sentia tristor, sinó impuls i energia. Li agradava en especial de recordar una conversa amb una estranya dona que l'havia captivat com cap altra que hagués conegut. Era la Frida Khalo, a qui va conèixer en una festa organitzada a casa seva. En Julio Mella era amic del marit, el pintor Diego Rivera, i li havia insistit molt d'anar-hi. Quan van arribar, els jardins de la casa eren plens de gom a gom, intel·lectuals, artistes, revolucionaris, i després de saludar gairebé tothom, la Montserrat va sentir una necessitat irrefrenable d'estar una mica sola. Sempre l'havien atabalada les reunions amb massa gent, i a vegades li venia una nostàlgia estranya, que l'entristia sense motiu. En un racó del jardí hi havia unes camèlies molt obertes, que desprenien una olor suau, i es va quedar allà una estona, com si el soroll humà que l'envoltava no existís. I com altres vegades, va tenir la impressió que es tornava aigua, i que el seu cos corria pertot arreu, indòmit i incontrolable. La Frida se li va apropar pel darrere, tan suaument que no la va notar, i gairebé com si xiuxiuegés li va dir, *«las flores son la sonrisa de la tierra»*, i li va explicar com anava reinventant el jardí. Després, de sobte, com si fossin amigues íntimes i no unes desconegudes, li va agafar la mà i la va convidar a sortir al carrer. *«¿Paseamos un rato?»*.

Aquella dona estranya... Semblava lletja, amb les celles molt fosques i atapeïdes, i la cara sense cap detall femení. Tenia la mirada tèrbola, inquisidora, inquietant. Però, tot i ser tan estranya, la Montserrat va pensar que alhora era bella, d'una bellesa fora de tot paràmetre, reptadora i misteriosa. I agafades de la mà varen caminar pels carrers de Coyoacán, amb la Frida parlant-li de la casa blava dels seus pares on sempre havia viscut, i també del seu pare, Guillermo Khalo, que era un fotògraf jueu d'origen alemany. Però sobretot li va parlar de la revolució, de les idees que tenia sobre la revolució individual de cadascú, tan important o més que la revolució col·lectiva. *«Dar alitas al pájaro que tienes dentro»*, li va dir amb un ampli somriure, i aleshores, de retorn a casa, en un raconet del carrer Londres, d'una manera tan sobtada que no sabia ni com havia passat, la Frida la va empènyer suaument contra la paret i li va fer un petó.

Després en vindrien molts més. Retornada a Barcelona, en un paisatge que era el seu però que desconeixia, com si hagués de tornar a néixer a la mateixa ciutat però amb la mirada d'una altra persona, la Montserrat pensava sovint en aquells dies i en aquells petons. Mai no havia imaginat que besaria una dona i tampoc mai no n'havia conegut cap que fes petons a altres dones. Un dia, en una província de la Cuba interior, en una d'aquelles nits denses i caloroses en què en Julio i ella jeien a la gandula i s'endinsaven en converses inacabables, en Julio li va parlar de les dones que estimaven dones. Li assegurava que formava part de la llibertat, que la sexualitat no tenia gènere, sinó que podia abastar totes les possibilitats, que l'única frontera eren el respecte i el desig. Quan ella li va preguntar si havia tingut alguna experiència d'aquelles, en Julio li va regalar un ampli somriure. *«Mis deseos empiezan y acaban en ti»*. En ella i en moltes més com ella, va pensar, però aquella era la manera d'estimar dels revolucionaris, i la Montserrat no només no sentia cap gelosia, sinó que se sentia alliberada dels neguits que acompanyen l'amor, finalment propietària d'ella mateixa.

L'experiència amb dones va començar i acabar amb la Frida, i recordant-ho de Barcelona estant, amagada a la casa dels companys, amb la ciutat ocupada per l'exèrcit i els amics caient com mosques en la xarxa de la repressió, la Montserrat va tenir la impressió que aquells petons eren la llibertat. Tot i la foscor del moment, els llavis humits de la Frida eren una font de llum, un bàlsam, un meandre de pau en el riu atzarós en el qual intentava navegar.

I mentre ella pensava en els llunyans i dolços petons d'una dona estranya, en Tonet intentava sobreviure en el jaç d'una casa humil, al barri del Clot, amb el cos esventrat. La ferida de l'estómac regalimava una sang fosca, i al seu voltant hi havia dones que feien una pregària. Va intentar parlar, explicar que no volia cap déu opressor en el seu moment final, que no volia haver lluitat tota la vida per la revolució i acabar morint en nom de Déu. Odiava aquelles dones fosques, aquelles pregàries fosques, aquella alienació fosca. «No!», xisclava amb totes les seves forces. Però les paraules li havien fugit de la gola i només repicaven a l'interior del cervell. No recordava com li havia entrat la bala, només el soroll dels trets, la gentada que corria esfereïda, els cavalls que cavalcaven en la fosca, i de sobte res. Quan va recuperar el coneixement ja era allà, en aquell llit on bategaria per darrera vegada. Quan va deixar anar l'alè final, no va pensar en la Montserrat.

I mentre Catalunya s'aterria i plorava, ferida per una urpa implacable que l'esbudellava, la Lídia restava a casa, aliena a cap altre soroll que no fos el del seu propi cap, definitivament fugit a contrades llunyanes. Era a Cadaqués, allà mateix, entre cabassos de peix i llagostes i musclos, però havia estat ferida per la paraula d'aquell jove que havia atès a la fonda i li havia canviat la vida. «Mirin la Lídia, que ben plantada que és!», li deia quan la veia mentre fixava el seu monocle amb una certa dolenteria. I durant el temps en què va allotjar aquells joves lletrats i educats, d'una bellesa que ella mai no havia imaginat, perquè no era la bellesa dels homes sinó com la bellesa dels déus, la Lídia va saber que es podia ser feliç. Ara, tants anys després, encara recordava la frisança que sentia quan remenava les maletes d'aquells forasters, plenes de llibres estranys, escrits en idiomes també estranys. «Nietzsche», li va dir el jove Eugeni mostrant-li un d'aquells llibres i parlant-li amb aquell aire de llenguatge en cursiva. L'Eugeni era tot un dandi, un home impostat i solemne que no perdia la impostació ni quan demanava un arròs de cabra, «està escrit en alemany, Lídia», i tot i que ella no va entendre res de les paraules que va pronunciar solemnement en llegir el títol del llibre, li va semblar que allò era veritable poesia. Estava, definitivament i rendida, del tot enamorada.

I va ser així com la Lídia va passar els dies d'aquells

temps convulsos, venent les llagostes i els crancs i les escórpores i els musclos i llegint els vells articles de l'Eugeni d'Ors, cada volta més allunyada del món que l'envoltava i més propera al territori dels miratges, allà on habiten els éssers innocents. Un dia que l'Eustaqui la va trobar pel carrer i la va avisar, «vigila què fas, Lídia, que aquest hivern tindrà mal govern», ella li va respondre que només les cabres i els anarquistes havien de tenir por. Ella no en tenia, la protegia el seu escriptor.

No gaire lluny d'on ella s'estava, i en aquells mateixos temps de convulsions i espants, un veí de la Lídia estava escrivint a Portlligat les darreres paraules del seu llibre de la vida. Dies després el *Sol Ixent* en feia el relat precís: sorprenentment, l'home havia aconseguit penjar-se d'un cep... Quan en Lluís Tasis ho va saber, va pensar que només a Cadaqués algú podia tenir la pensada de penjar-se d'un cep. I va exclamar, «país extraordinari!».

UN HOME PENJAT D'UN CEP

Els nostres lectors diran: ¿Com és possible que un home pugui penjar-se d'un cep? Doncs sí senyors: En Pere Lagresa (a) Rabotega va posar fi a la seva vida penjant-se d'un cep. El trià baixet i rabassut, amarrà en ell un cap de la corda, lligant-se l'altre cap al coll amb el corresponent nus corredor, adelantà el pas i caigué en un pou que hi havia allà a la vora, on deixà d'existir.

Que la terra li sigui lleu al finat i el nostre condol a la seva atribulada família.

«*Sol Ixent*», 1934

LA CONXITA

Anava sovint amb el pare a retre homenatge al govern català davant del vaixell *Uruguay*, al port de Barcelona, allà on els tenien empresonats. Però aquell dia els havien traslladat al penal de Santa María sota una condemna de presó perpètua, i, reclosa en la seva cambra, el dolor que va sentir era tan agut que no li permetia respirar. I potser per aquest dolor, o per l'amor intens vers el seu president, o perquè a la seva edat el cor s'abrandava i s'encenia i ella no el sabia controlar, per tot es va posar a escriure un poema. I a mesura que les paraules impregnaven el paper, el cor s'amorosia de l'amor que sentia per aquell home que els representava a tots i lentament s'alleujava la pena que l'envaïa...

... i ha vist unes cares tristes
d'uns homes molt honrats
que, per defensar un poble,
estaven allí tancats.
I la claror, tafanera,
per satisfer sos afanys
ha descobert que allí hi havia
el president Lluís Companys...

Aquell dia en què va escriure un poema al president Lluís Companys, empresonat al Puerto de Santa María, la Conxita Julià tenia tretze anys.

ACTE QUART

(Quatre mesos abans dels fets del carrer de l'Embut)

HOMENATGE A CATALUNYA

George Orwell, 1937

El pitjor d'una ciutat com Barcelona, quan la policia et busca, és que tothom obri tan tard. Quan dorms a la intempèrie sempre et despertes de matinada, i els cafès de Barcelona no obren fins poc abans de les nou. Vaig haver d'esperar hores per poder prendre una tassa de cafè i ferme afaitar. Feia un efecte estrany de veure, a la barberia, el cartell anarquista encara a la paret, explicant que les propines eren prohibides. «La Revolució ha trencat les nostres cadenes», deia el cartell. Em van venir ganes de dir als barbers que aviat tornarien a portar les cadenes, si no vigilaven.

Vaig tornar cap al centre de la ciutat. Les banderes vermelles dels edificis del POUM havien estat esquinçades i substituïdes per banderes republicanes, i grups de guàrdies civils armats n'ocupaven els portals. En el centre del Socors Roig de la cantonada de la plaça de Catalunya, la policia s'havia divertit trencant la majoria dels vidres. Els quioscos del POUM havien estat buidats de llibres i el diari mural de més avall de la Rambla havia estat tapat amb una caricatura contra el POUM, enganxada —la que representava la careta i el rostre feixista a sota—. Al cap-

davall de la Rambla, prop del moll, em vaig topar amb un estrany espectacle: un rengle de milicians, encara esparracats i coberts de fang del front, estenallats, exhaustos, en les cadires situades allà per als enllustradors de sabates. Vaig comprendre qui eren —fins i tot en vaig reconèixer un—. Eren milicians del POUM que havien arribat del front a la vigília per descobrir que el POUM havia estat suprimit i havien hagut de passar la nit al carrer perquè llurs domicilis havien estat escorcollats. Tots els milicians del POUM que tornaven a Barcelona en aquella època havien de triar entre amagar-se o anar a la presó, una rebuda no gens agradable després de tres o quatre mesos a la línia de foc.

EL LLEÓ

El port de Tampico era ple a vessar de gent que el volia rebre. Era un gran esdeveniment que tenia un ressò internacional, però la Montserrat el vivia com si fos un acte privat, gairebé íntim, com si els seus motius per ser allà fossin molt més intensos que els de la resta. Com si el mateix Julio estigués amb ella, esperant-lo. Feia just un any que havia tornat a Mèxic, convençuda que Barcelona ja no seria mai més la seva ciutat. Allí es trobava estranya, inquieta, com si la ciutat hagués esdevingut una perfecta desconeguda, ara que ja no era la noia que, anys abans, hi havia nascut. Havia esdevingut una estrangera entre la seva gent, la seva classe, la seva ciutat, i el delit per tornar a les terres on havia après a ser lliure la va empènyer a pujar novament a un vaixell i travessar l'oceà. Aquesta vegada no viatjava rumb a Cuba, perquè Cuba havia estat el punt de partida de la seva vida renovada, però fou a Mèxic on es va sentir plenament feliç. I allà hi havia els amics més propers, el moviment comunista més pur, la Frida... A més, Cuba sempre seria el redós del seu amor amb en Julio, i tornar a l'illa sense ell hauria estat massa dolorós. Mèxic, en canvi, era un paisatge amable on podia retrobar-se amb ella mateixa, definitivament desarrelada de la Montserrat que un dia fou. Fins i tot parlar en català la neguitejava, perquè era l'idioma de l'altra Montserrat, la que havia estat casada amb un home d'ànima negra, la que va ser criada entre cotons i sedes i domassos, sense embrutar-se mai cap dit de la mà. La que vivia dels privilegis i se n'enorgullia i menyspreava les classes baixes perquè no eren refinades. «Com em vaig poder formar entre tanta misèria moral, entre tan poca misericòrdia?». I aleshores, quan pensava en la seva infància, el record dels pares s'acompanyava d'una agror que el feia repulsiu. Sabia que en el seu interior els estimava, però aquell sentiment havia quedat soterrat per moltes capes de lluita per la superació, l'autoafirmació, el renaixement. Per reconstruir-se de nou i ser la dona que volia ser, la Montserrat havia hagut de matar moltes vegades els pares. Els pares i... també l'Agneta... Tenia una filla, però quan alguna vegada la consciència l'agafava amb les defenses baixes i pensava en ella, la filla esdevenia una mena de ressò llunyà, com si fos el lànguid espectre d'alguna cosa que un dia fou. Ni tan sols sabia quin aspecte tenia, ni feia cap esforç per endevinar-ho. A l'època de Cuba, en Cisquet li havia mostrat algunes fotos que la mare enviava, amb el fallit intent de remoure els seus sentiments. Però després no l'havia vist mai més, i la filla que un dia havia abraçat i abandonat va anar perdent el seu caràcter físic per esdevenir una simple idea. I al final, ja només era un miratge.

I a més, hi havia tot allò de les baralles internes, l'odi entre companys, la violència entre revolucionaris, i Barcelona bullia com cap altra ciutat d'aquest odi entre germans. Comunistes contra comunistes i comunistes contra llibertaris, i tots ells contra els burgesos i els imperialistes.

A Mèxic ja ho havia viscut amb les cruents esgarrinxades que en Julio tenia amb els del Komintern mexicà, que volien imposar la línia dura del camarada Stalin. La Montserrat recordaria sempre la impressió que li havia produït aquella frase brutal que en Vittorio Vidali li va etzibar a en Julio, allà al local del carrer Mesones, quan van tenir una forta discussió. *«No lo olvides nunca: de la Internacional se sale de dos maneras, ¡o expulsado o muerto!»*. I un mes després moria assassinat... Per bé que deien que l'havien assassinat els agents cubans d'en Machado, ella sempre va creure que aquell monstre d'en Vidali havia estat realment qui havia donat l'ordre, i quan pensava en ell li venia la cara de la mort, i aleshores odiava aquella part de la revolució que era tan malvada com els contrarevolucionaris.

Recordava bé la trobada amb en Trotski, de quan havien estat a Rússia, en el viatge que havia fet amb en Julio, i on també havia conegut en Nin, «quin àngel, quin home meravellós!». En Julio li deia que aquell rus imponent era *«la dínamo de la Revolución»*, i a ella li havia semblat tendre dins de la seva fortalesa. Ara era allà, al port de Tampico, amb la Frida i en Diego Rivera, esperant que el gran lleó baixés del vaixell. En Trotski arribava a Mèxic, i en aquell 9 de gener del 1937, la Montserrat va tenir la impressió que la llum il·luminaria aquella terra magnífica on tanta gent volia canviar les coses. En Trotski era un líder, un cabdill de la revolució, un far en la tenebra de les baralles que sagnaven el moviment. Molt sovint, quan en parlava amb en Nin a Barcelona, l'Andreu li deia que no tots els revolucionaris eren bona gent i que n'hi havia que tenien el cor d'un assassí. «Montserrat, són assassins que només es diferencien pel color de la trinxera des d'on maten». I allà, en un dia clar i suau, bo i esperant l'arribada d'en Trotski, va pensar que també l'Andreu podria córrer perill, perquè era un home bo i entregat a la causa, i aquella bondat i aquella entrega feien por als vigilants del sagrat greal del comunisme. I si el mataven com havien matat en Julio? El mateix Trotski, que havia endegat la Revolució Russa, havia estat empresonat, perseguit, deportat. De segur que fins i tot també ell corria perill. I durant uns instants va percebre una confusió aterridora que la va paralitzar. No hi havia res de bo en cap idea? La maldat ho impregnava tot? Valia la pena lluitar per una utopia que també matava? Però va ser un instant de trasbals que va fugir tot just va veure el cos imponent d'un home que saludava la gent des de dalt del vaixell, a punt de baixar a port. L'esperava el tren presidencial que l'havia de dur a la Casa Azul de la Frida, a Coyoacán. Conquieririen Mèxic i, amb ell, el món sencer. No!, res no els aturaria, perquè els lluitadors que lluiten per uns ideals són invencibles. I amb aquella idea lluminosa es va apropar al gran home amb el delit de donar-li una gran abraçada. Per ella i per en Julio...

Les setmanes s'encavalcaven com una cursa del temps, i en aquella cursa indomable la Montserrat va tornar a ser feliç. Lluny retrunyien els canons de la guerra del seu país, que dia a dia era més sagnant i més desesperada. Però a Mèxic, amb els amics i les tertúlies polítiques i les manifestacions aguerrides i els llits fugaços, i sobretot amb el lent i inesperat amor per un home solitari i brillant que sobtadament va aparèixer en el seu camí, amb tot allò la Montserrat va viure una època intensa i dolça. «*La felicidad es como el agua cuando corre libre*», li va dir un dia a la seva amiga Frida, mentre badaven pel jardí. Feia temps que no hi havia petons entre elles, massa entretinguda la Frida a dedicar les seves atencions a l'amic rus, però l'amistat profunda entre ambdues no va parar de créixer. I en aquelles converses desmenjades i despreses, la Montserrat tenia la impressió d'entendre l'alè més profund de la vida. Amb la Frida tot tenia un sentit. I, des de feia un temps, també tot tenia sentit amb ell...

Ell es deia Giancarlo, i era un italià nascut a Roma que havia hagut de fugir d'Itàlia després de ser apallissat pels camises negres dels feixistes de l'Italo Balbo i d'en Mussolini. Després va fer tombs per arreu on hi havia focus revolucionaris i fins i tot va viure uns mesos a Rússia. Camí de Mèxic, va passar per Barcelona just quan començava la guerra, i durant un temps va plantejar-se lluitar al front amb les milícies internacionals. Però el dia que, acompanyat d'uns amics catalans del partit, va visitar un hospital amb ferits del front, va patir una basarda tan gran en veure aquells cossos mutilats i aquelles ferides esgarrifoses que va decidir fugir ben lluny. Era certament un revolucionari, havia llegit tots els llibres, havia anat a tots els congressos que va tenir a l'abast, havia cremat les nits en debats inacabables, fins i tot havia debatut amb els líders més reconeguts del comunisme. Però, amb tot, era un revolucionari de pa sucat amb oli, temorós de qualsevol brogit que recordés la violència. Una guerra era el territori més hostil que podia imaginar, però si hagués estat un home valent, s'hi hauria quedat en defensa dels ideals. Emperò no ho era, i la seva profunda i reconeguda covardia el va convidar a fugir oceà enllà, on les violències i les guerres europees no arribarien fàcilment. Al capdavall era un fugitiu d'ell mateix, un nàufrag dels seus propis desigs, i l'única manera de sentir-se a port era fer rumb cap a aquell paisatge calm on podria lluitar sense haver d'agafar una arma. Quan la Montserrat el va conèixer, en una festa a casa d'uns companys del partit, va pensar que era un noi misteriós, poc sociable, fins i tot taciturn, però que amagava un univers interior fascinant. I va decidir que li venia molt de gust anar a explorar aquell territori d'emocions inexplorades. Un dia en Poncio, un home gran que cuidava el jardí de la Casa Azul i que sempre remugava i gemegava penes i dissorts, li va etzibar, *«este chamaco esconde un secreto oscuro»*, i lluny d'espantar-la, aquella idea la va divertir.

I així va anar passant el temps, amb els ressons de la guerra llunyana de la seva gent, que es vivia amb intensitat a les interminables converses on es debatia el futur de la revolució i, pel camí, es feien més insondables les brutals diferències entre els companys revolucionaris. La figura d'en Trotski s'imposava altiva i seductora a una àmplia banda de la família comunista, però a l'altra banda els odis es covaven amb delit. S'albiraven tempestes de sang i, quan la Montserrat era amb el gran líder rus, en aquelles nits infinites on la revolució prenia la paraula, ella sentia el perill. «Els poders de bruixa de la tieta Cisqueta», es deia entre atemorida i divertida. Perquè, en realitat, allò no li feia cap gràcia. Sempre que els mals averanys la rondaven, passaven coses dolentes. Abans de l'assassinat d'en Julio havia estat dues nits somiant en corbs negres que picotejaven la teulada d'una caseta. Dues vegades el mateix somni i després el varen matar. I ara aquell neguit quan veia en Trotski, per bé que tothom sabia que corria perill, de manera que la Montserrat no tenia clar si aquell neguit era l'avís de males notícies o el resultat de la por que es respirava entre tots els que el rodejaven. Sempre anava acompanyat dels seus guardaespatlles, uns homes de mirada fosca que gairebé mai no parlaven. I en veure'ls, la Montserrat no tenia clar si eren protectors o algun dia serien botxins. En aquells temps estranys, els amics podien ser els pitjors enemics.

La guerra d'Espanya sortia tothora a les converses i alguns parlaven d'apuntar-se a les Brigades Internacionals per tal d'anar a lluitar contra el feixisme. Quan ho sentia, l'esgarrifança la sacsejava com si fos una baldufa llançada a terra. La sola idea li feia pànic. Tornar a Barcelona! Ni pensar-hi. I no només per la guerra —no era capaç d'abastar tota la magnitud d'aquella tragèdia, però sí intuir-la—, sinó perquè era tornar a una vida que havia abandonat definitivament. I en una d'aquelles tardes xafogoses, estirada al llit amb en Giancarlo acaronant-la, va mirar fixament el ventilador que voltejava indolent damunt dels seus cossos, i va dir en veu alta: «No tornaré mai més».

EL DESCAPOTABLE VERMELL

L'Engràcia va alçar la mirada en veure aquell cotxe de Barcelona tan luxós que entrava per la plaça. Des que havia estat a Cuba, ja no es quedava embadalida mirant aquelles meravelles que corrien com els llampecs i feien sonar la botzina. Als carrers de l'Havana se'n veien alguns dels més impressionants, com aquell Packard de l'Eligio Sariñas, un famós campió del món de boxa que era conegut com Kid Chocolate. Deien que el seu cotxe era una rèplica exacta del Packard que feia servir el president dels Estats Units Herbert Hoover. Però a l'Engràcia, que no sabia de presidents, ni de boxadors, la impressionava molt més l'Hispano Suiza descapotable, d'un roig intens, que conduïa una bellíssima dona de vida lleugera que deien que era amant dels homes més influents de la ciutat. Un dia la va veure, asseguda al volant del descapotable, parlant descaradament amb el senyor Sarrà, un dels homes més rics de l'illa. La Fulgència, que li duia un farcell, li va dir, «*mírela usted, ahí va La Macorina, tan bella por dentro y tan oscura por fuera*», i totes dues es van senyar, com si haguessin d'espantar el dimoni.

Hi va pensar molt sovint, en aquella dona, quan vivia

a Cuba i tenia massa temps per badar. «Avui fot una calor que estossa!», li va dir en Miquel una tarda tan xafogosa que només respirar ja era un esforç ingent. I no va saber com, ella, que mai no hauria imaginat que podia fer una pregunta com aquella, li va dir com si res, «aquestes dones de mala vida com aquella Macorina de l'Havana, com són?». I la pregunta va quedar dansant en l'aire, carregada de la impertinència que tots dos sabien que contenia. L'Engràcia sempre havia sabut que en Miquel anava amb dones d'aquelles, perquè ho feien tots els homes, i, a més, li havien explicat allò de la mulata... Aquell dia en Miquel es va quedar sense paraules, ell que era un home que tot ho sabia, i amb un gest malhumorat la va endegar a dida. «Ix!, ja és ben cert es ditxo que sense ses dones i es vents no hi hauria tants turments. Me pensi que avui portes molt de briqueti a sobre, tafot!», i se'n va anar empipat a remenar per fora. L'Engràcia es va quedar amb un mig somriure veient com el marit sortia, i va tenir la impressió que en aquell precís moment havia guanyat un petit avantatge en la partida sempre fallida entre homes i dones. Ja sabia que ella era poca cosa davant d'en Miquel, que era un home que llegia i escrivia i sabia de números. A més, ella era tota menudeta, tant que alguna vegada, de petita, les tramuntanades d'hivern l'havien feta caure, i encara ara tenia feina! I ell, en canvi, era un tros d'home, altiu, ben fornit, més alt que la majoria dels nois del poble. La Marteta sempre li deia que s'havia endut el més formós. «Ja ho veus, nena, va ser per a tu». Però aquell dia, ella, que era menudeta i no sabia de lletres, havia estat més llesta que ell. I se'n va anar a dormir amb una inesperada satisfacció.

Un cop d'aire fred la va fer retornar dels seus llunyans

pensaments. Des que havia arribat a Cadaqués, el cap li marxava molt sovint cap a Cuba, i durant una estoneta perdia l'oremus. El cotxe va travessar la plaça de Ses Herbes rabent, i ella va pensar que un cotxe com aquell a Cadaqués, i enmig de tots els embolics de la guerra, era una cosa ben estranya. Feia temps que no veia un cotxe luxós pel poble, per bé que algunes de les famílies de Barcelona que hi estiuejaven n'havien passejat en el passat. Però des que havia esclatat la guerra els carrers no estaven per a luxes i la gent més rica havia fet una passa enrere, com si s'hagués tancat a dins de casa amb forrellat. Com devia ser viure de ric? Però no es podia queixar. Ella tenia un marit amb feina, i uns fills que creixien sans, i menjar a taula. A casa no passaven gana, ni ara que la guerra obligava a restriccions. Però mentre hi hagués unes bones anxoves que ella mateixa salava, i els ous de les gallines, i la llet que en Manelet anava cada matí a cercar al Mas vell, i també les quatre coses que pescaven, no passarien fam. Emperò, si no passaven gana, sí que eren temps per passar molta ànsia, i més ara que en Miquel era el secretari de l'Ajuntament, i anava a reunions polítiques, i quan era a casa se'l veia malhumorat i capcot. Saber de lletres li havia servit per tenir una bona feina, però l'Engracieta temia que aquell treball, en aquelles èpoques convulses, li pogués representar un perill. És clar que és molt millor ser el secretari de l'Ajuntament que no pas pescador, es va dir cofoia. Va mirar cap al Casino, on badoquejaven alguns pescadors sense gaire esma, i va dir-se, «es mes de gener, sa xarxi a es galliner». Mala cosa, tots aquells homes desvagats, bons per a no res, i menys en aquells temps de guerres i traïcions.

En passar per la Riba, el record de l'avi Macià quan va

visitar Cadaqués la va entendrir. Recordava aquell dia amb molta precisió. La Riba plena a vessar, la gent emocionada abraçant-lo, petonejant-lo, tocant-lo, l'eufòria de tot el poble. Va pensar en aquella nena tan bufoneta, la Núria Bascu, la néta de l'Esperanceta Pont, que l'avi va agafar i es va posar a collibè, i després la nena explicava que l'avi Macià feia olor de net. Aquell home sí que era un home de bé, un gran senyor, i tot i que ella no hi entenia gaire d'aquelles coses, li va semblar que era un bon català i que amb ell les coses anirien millor. Després va saber que l'Esperanceta, que era una gran seguidora de l'avi i que tot i que tenia molts anys era una fèrria militant d'ERC, havia fet aturar les campanes de la catedral de Barcelona quan en Macià va morir. La Quimeta del Cesquet l'hi va explicar: «Ses campanes repicaven perquè era sa vigília de Nadal, i va l'Esperanceta i se'n va cap a la catedral a parlar amb es canonges i els diu, "pareu ses campanes, que el president s'està morint aquí mateix. I ara he vingut tota sola, però si no les atureu, vindrà el poble a fer-ho". I nenes, es canonges les van aturar, i tant que les varen aturar!». La idea que una àvia de Cadaqués hagués fet aturar les campanes de la catedral de Barcelona, en senyal de dol per la mort de l'avi Macià, la va posar de bon humor durant un instant. I, sense voler-ho, li vingueren al cap els darrers versos del recordatori de la mort d'en Macià que tothom s'havia après de memòria. I fou així com l'Engracieta es va trobar caminant per la Riba de Cadaqués, en un dia fred de gener, recitant en veu alta, ella que no era de lletres, la darrera estrofa del poema «La mort de l'avi»:

Ara enterren el nostre avi,
Tot el poble va exclamar.

Però el poble no t'oblida,
I recordant-te cridarà:
Visca Catalunya lliure
I el nostre avi Macià.

«Déu vos guard, Engracieta!», li va dir en Tomeu en creuar-se amb ella, i la salutació la va rescabalar d'aquelles estranyes enyorances, ella no era gaire amatent de perdre el cap. De camí cap a casa va mirar en direcció al carrer del Call i va sentir una fonda enyorança. No era una rossegacapellans i menys amb el marit que tenia, que no els estimava gaire.

Sempre que es creuaven amb el mossèn pel carrer, en Miquel li engegava en veu forta, per tal que el sentís, «passa un capellà, quin mal temps que farà!». Ella sempre s'avergonyia, però respectava el pensament del seu marit, que li deia que els capellans s'aprofitaven de Déu per manar i remenar en les coses dels homes. Tanmateix, sense ser un cul d'església, a vegades anava a pregar a la Mare de Déu de l'Esperança quan no hi havia ningú al temple i tot estava recollit. Era com si tingués un diàleg, com si la mare del bon Jesuset l'escoltés. I empesa per la pau que aquella idea li transmetia, va tenir el desig de fer camí cap a l'església de Santa Maria. «Com devia ser s'esglesi quan el Barba-roja la va cremar?», es va dir, però ràpidament va defugir el pensament. «Ix, fuig, també va cremar mig poble, aquell mal homo!!», i va recordar els aventis que la mare li explicava de pirates que entraven per la badia de nit i violaven les dones i cremaven les cases. La paraula *pirata* l'aterria, tot i que ni la seva mare, ni l'àvia, ni la besàvia, ni ningú que recordés no n'havia vist mai cap, però Cadaqués era un poble petit i tancat i qualsevol nit podien tornar i fer malifetes. Com les bruixes, que encara que en Miquel deia que no existien, ella sabia que sempre rondaven, sobretot quan bufava la tramuntana i volaven damunt d'escombres. Ella n'havia vist alguna, quan era petita. I la Lídia..., què era la Lídia sinó una mala bruixa que esperava el seu moment per caure damunt de tots ells? Sempre se senyava quan es creuava amb ella, per si calia defensar-se d'algun mal d'ull.

A l'església, però, no hi havia mals d'ull, sinó una profunda pau. Sempre que veia l'imponent retaule de l'església se sentia petita i vulnerable, però alhora protegida, com si la mare del bon Jesús l'embolcallés amb la seva capa i la lliurés de tot mal. Però aquell dia, en mirar cap al Call, va sentir una profunda tristor. Ja no podia fer camí cap a l'església per poder tenir el seu petit diàleg amb la Mare de Déu de l'Esperança. Havien confiscat el temple només començar la guerra i ja no es podia veure el retaule, perquè l'havien tapat. En Miquel li havia explicat que en Pere Canals tenia por que algú la cremés i, tot i ser comunista, va ordenar tapiar el temple per preservar-lo. Certament eren temps dolents per a les esglésies i, fos quin fos el pensament de cadascú, la gent de Cadaqués havia de salvar el seu tresor de les temptacions incendiàries.

I allà, palplantada davant el carrer del Call, l'Engracieta va sentir un calfred que la va esfereir. Ja no tenia on anar per rebre una mica de calma i, en pensar que la mare del bon Jesuset estaria amagada, i l'església profanada amb armes i estris de guerra, va sentir-se tan abatuda que, sense adonar-se'n, va començar a sanglotar. Veia ben clar que la Mare de Déu de l'Esperança ja no els podia protegir del que havia de venir. I amb aquell neguit involuntari, que la va deixar capficada i neguitosa, se'n va tornar cap a casa.

La vida, tanmateix, li passava de pressa. No era una dona que es fes embolics, ni es barallés amb grans idees, perquè sabia molt bé que a casa, amb els fills i la cuina, regnava sense destorb. Aquell era el seu món, el seu territori, on tot tenia un ordre conegut, regit per un conjunt de rituals i d'horaris que marcaven el ritme com un rellotge suís. A les tardes, quan les amigues venien a prendre la garnatxa, ella actuava com si fos una reina amatent i majestuosa i tenia cura de tots els detalls. En el seu món acotat i íntim tot era minúscul, tal vegada humil, però era perfecte. Tot i així, també aquell univers clos i feliç començava a caure sota les urpes de les males notícies. La mort havia trucat a la porta d'algunes cases de Cadaqués, i havia passat tot allò de l'Onofre i altes veïns assassinats pels milicians prop de Figueres. Quanta gent de Cadaqués havia de morir encara en aquella guerra salvatge! No quedaven homes joves a la vila, alguns havien fugit cap a França en saber-se perseguits, d'altres havien anat cap al front, i algun havia mort com una guilla, disparat en un racó qualsevol d'un camí qualsevol. Però tot i saber que aquelles coses passaven a les guerres, la mort del marit de la seva gran amiga, l'Enriqueta Bou, la va deixar molt trasbalsada. Només tenia vint-i-un anys, però tenia empenta i bon cor i es va allistar com a voluntari. Va morir «com una oreneta malferida», li deia la mare abraçant-se a l'Engràcia. I aleshores va saber el que era realment una guerra. Fins a aquell moment li havia semblat una cosa llunyana, gairebé intangible, i per bé que hi havia restriccions de farina i d'altres aliments, i tothom anava armat, i els nanos jugaven a matar el general de l'Àfrica, i en Miquel havia girat l'humor, i havien matat l'Onofre i més gent, amb tot ella sempre ho havia viscut com una mala inclemència del temps. Com una llargada d'hivern, d'aquelles en què bufa la tramuntana durant quinze dies, i les xemeneies udolen com si fossin llops i les bruixes festegen, i les nits són aterridores. La guerra era com una gran tramuntanada que, igual que havia vingut i escombrava tot el que trobava, se n'aniria de sobte i deixaria l'atmosfera ben neta. Però la mort d'en Tibau, tan jove, la va deixar esmaperduda, com si de sobte s'hagués adonat de l'horror que havia de venir.

Una tarda, després d'haver-se reunit per fer unes pregàries per la seva ànima, l'Engràcia va convidar les amigues a casa. Parlarien del Tibau, i de com ajudarien l'Enriqueta, «sort que no està embarassada!», i d'aquelles coses terribles que passaven. Però quan va sentir-les barbollar retrets perquè el xicot havia anat voluntari a la guerra, «tenia es cap ben escalfat», «ja en portava de briqueti al damunt», «tenia es cervell com un papanell»..., l'enuig la va emmalaltir.

«Prou!», va cridar com si li anés la vida en el crit, i d'aquell cos petitó en va treure una ràbia insospitada que va fer fugir totes les dones que hi havien anat a passar la tarda. Després va començar a plorar com mai ho havia fet, i va ser aleshores, vinclada en ella mateixa, en aquella tarda que ja fosquejava, sense poder parar de plorar, quan es va adonar que aquella guerra no seria una simple tramuntanada.

Va ser aleshores quan va començar a pregar.

En el cotxe hi havia la Roser, l'Agneta, la tieta Mariona, el xofer i la senyora Rosario, que els acompanyava a tot arreu des que la nena vivia amb ells, en fugir la Montserrat. Era una dona resolta, de carn generosa, que sempre duia un monyo que recollia amb cura els seus cabells grisosos. No havia perdut mai l'accent sevillà, però el barrejava amb paraules catalanes que la dotaven d'un cert exotisme. Era la dona de confiança de tota la família i amb el temps havia esdevingut indispensable. La Roser li tenia més estima que a molts dels seus parents, i cada dia era més incapaç de fer res quotidià sense preguntar-l'hi a ella. També era molt important per a l'Agneta, a qui havia fet de dida, de mare, d'amiga i fins i tot, ara que era una joveneta, de confident. Petites confidències sense malícia, pròpies d'una noieta de setze anys de bressol fi. Però la Rosario no se'n refiava, perquè el que havia passat amb la Montserrat, que també era una senyoreta ben educada i bé que s'havia perdut, els havia alertat a tots. Sovint li deia a la senyora Roser que vigilés amb qui es feia, «aquesta nena, pobreta, *hay que protegerla mucho, señora Roser, que ya sabe que* el cap *se puede perder por* un home», i sempre que li deia coses com aquelles, se senyava, no fos cas que l'escoltessin els dimonis que ronden l'amor. Sentia una devoció profunda per l'Agneta, i si no fos perquè mai hauria gosat tenir aquell sentiment, hauria pensat que ella era com una mare. Un dia, quan la nena tenia nou o deu anys, li va fer una pregunta que la va glaçar, «per què no m'estimava, la mamà?», i va afegir que sabia que se n'havia anat perquè no volia tenir-la de filla, que potser era una nena dolenta i l'havia fet enfadar molt. Aquell dia la Rosario va plorar a la nit com mai no ho havia fet i, tot i ser una dona alegre, es va sentir molt desgraciada. Però a la nena la va abraçar amb força i li va dir unes paraules tan boniques que després ella mateixa no sabia d'on les havia tret. *«La* mamà *te quería mucho, Agneta, pero a veces las* mares *no saben cómo* estimar *a las nenas»*, i li va explicar una història d'uns animalons i uns llops i després li va cantar una cançó de la seva terra. Però a la nit, al llit, va plorar tant que es va assecar. *«¡Maldita niña egoísta, Montserrat, que solo te quieres a ti, maldita, maldita!»*. I aquella nit gairebé no va poder dormir.

Cadaqués no li agradava a l'hivern. Les dones del poble li havien explicat que hi havia bruixes que rondaven a les nits, sobretot si bufava la tramuntana, i que si escollien una casa baixaven per la xemeneia i tocaven amb l'alè els estris que volien embruixar. Si ho feien amb una olla, el menjar es cremava, i si encantaven les gallines, ja no ponien ous. El pitjor era quan endimoniaven una xarxa, perquè aleshores el pescador ja no tornava a pescar fins que li feien un exorcisme per treure-li el mal d'ull. «En Tetus era es millor, nena. Si t'havien marso, ell que venia amb es llibre d'exorcismes i per setze duros de plata cada oració, bé que et treia es sortilegi. Però, ai, que ara en Tetus és mort, ja ningú no ens protegeix de ses bruixes», li explicava la Quimeta amb un to tètric. I tot i que li deien que ja no passava com abans, la Rosario vivia la temporada que passaven a l'hivern a Cadaqués amb una por que la dominava dia i nit. Quan alguna vegada es creuava amb la Lídia, es posava a tremolar i començava a pregar en veu alta, com si així estigués més protegida. Aleshores la Lídia li cridava i li enviava tota mena de renecs, i la Rosario fugia cap a casa, encara més espantada.

La casa dels senyors Fuster era de dos pisos, i al segon tenia uns finestrals amples des d'on es veia el mar. A la Rosario li agradava posar-se a cosir veient aquella platja calma a recer de la tramuntana que penetrava pel finestral i omplia la casa d'olor de sal. El Llané no era gaire bo per prendre banys de mar, perquè estava ple d'algues i era pedregós com la majoria de platges de Cadaqués, però sovint a l'hivern, en dies càlids, es treia les sabates i xipollejava una estona, i aquella fredor de l'aigua la posava de bon humor, com si li refresqués l'ànima. També la divertia anar, a final d'agost, just abans de la verema, a veure com s'inflaven les bótes de vi a la riba del Poal, omplint-les d'aigua de mar per tal que les dogues resseques es botessin i no perdessin el most que ficarien dins. Totes aquelles enormes bótes arrenglerades plenes d'aigua li recordaven els temps de la infància, i no pas perquè conegués el món del vi, que no conreaven al seu poble, sinó perquè tot allò tenia sabor de terra. I ella era una dona de la terra.

Però aquell gener de 1937 res no era com sempre. No havien anat a Cadaqués a passar uns dies desvagats, amb la casa plena d'amics, els senyors Pichot, els Rahola, els Escofet, els Dalí, el senyor Marquina, que era escriptor i estava casat amb la Mercè de la família Pichot... Quan el senyor Ricard Pichot, que era deixeble predilecte de Pau Casals, tocava el violoncel, ella s'amagava darrere la paret que donava al menjador i es quedava embadalida sentint aquella música que era tan delicada malgrat sorgir d'un instrument que li semblava groller. La senyora Roser li havia explicat que en aquella família tots eren músics, el senyor Ricard, el senyor Lluís, que era violinista, i sobretot la senyoreta Maria, que era una contralt que cantava per tot el món. Però a ella el que la commovia era el violoncel del senyor Ricard, aquell instrument tan groller...

Després de tocar-lo, les converses es feien més animades i gairebé sempre en Pepito Pichot parlava de l'altre germà que tenien, en Ramon Pichot, que era pintor impressionista i vivia a París. «El meu germà és es culpable que es vostro fill pinti, Salvador, perquè aquells dies que va passar en el Molí de la Torre, amb en Ramon, li varen posar el cuc de la pintura. I ja veieu que se'n sortirà prou bé. Ep!, però vaig ser jo qui li vaig dir que era genial, i només tenia deu anys!». Però d'allò ja en feia molt de temps, perquè després, quan hi va haver aquell escàndol tan sonat, pare i fill van deixar de parlar-se i ningú no va poder tornar a nomenar el jove Dalí davant del seu pare. La senyora Roser l'hi havia explicat. Tot havia passat per culpa d'aquella russa que havia conegut en una trobada a Cadaqués amb uns poetes estrangers. Després van comprar una barraca a Portlligat per viure junts. Un dia, passejant amb la Quimeta, van arribar fins al lloc i la Rosario va quedar esglaiada que un pintor que anava per tot el món venent quadres visqués en aquella mena de cova. El pitjor és que vivien com uns degenerats, i aquella russa havia abandonat el marit per estar amb ell, que era molt més jove, i després els amics que tenien, tots igualment immorals.

«Pobre senyor Dalí», li deia la Roser, «ell que és notari i un home de bé, i li ha sortit aquest degenerat!». Malgrat algunes provocacions sonores, la terrible vergonya per a la família Dalí va arribar quan els diaris van publicar que el jove Dalí havia fet un dibuix del Sagrat Cor de Jesús amb un text en francès, que la senyora Roser pronunciava de manera impecable, abans de traduir-l'hi: *«Parfois je crache, par plaisir, sur le portrait de ma mère»*. «Escopir en el retrat de la mare morta, Déu del cel!», i la Rosario se senyava horroritzada del que sentia. Deien que el senyor Dalí havia demanat una satisfacció pública i que el jove s'hi va negar, i aleshores el va expulsar de casa de manera molt violenta, el va desheretar i li va prohibir que tornés mai més a Cadaqués, i va demanar que ningú li donés allotjament. Fins i tot va denunciar la russa per tràfic de cocaïna. Però res no va impressionar el fill, que es va comprar la barraca de Portlligat i s'hi va instal·lar amb Gala. Tot allò havia passat feia set o vuit anys, però a Cadaqués encara en parlaven. I un dia que la senyora Roser estava molt xerraire li va explicar que el xicot li havia enviat un preservatiu usat, «Rosario, allò que fan servir els homes als prostíbuls, i ple del seu suc..., i li va dir al seu propi pare, "té, ja no et dec res!"». El dia que va sentir tot allò, la Rosario va creure que mai més sentiria res més greu, i quan es trobava el jove Dalí per algun racó de Cadaqués, sempre el mirava amb menyspreu i li etzibava algun renec. Ell li responia divertit, «ets la donzella més bonica de l'Empordà», i se n'anava rient. Deien que s'havia casat feia tres anys amb la russa, però que no era un casament de veritat, sinó un d'aquells maleït per Déu, que no havia beneït la cerimònia. *«Los hijos...»*, remugava sovint la Rosario, *«más vale tener cabras, que puedes comértelas»*.

Però tot allò ja no tenia gaire sentit, perquè la guerra era una realitat més poderosa que els escàndols d'un jove pintor i les seves vergonyes. En un altre any qualsevol, si es donava el cas que estaven al gener a Cadaqués, haurien pujat amb el poble a Sant Sebastià, allà dalt del Pení, per retre compliment al sant. Sempre l'emocionava el tritlleig de les campanes de l'ermita que obria la festa. I després aquella missa, amb tothom que podia ben apinyat a l'interior, i els goigs de Sant Sebastià i les sardanes... I en acabar, la gent del poble desplegada per les feixes de la finca i tothom fent petits focs per cuinar els arrossos... I no s'acabava encara la festa, perquè després venien les patacades, i tots es posaven en cercle, pobres i rics, senyors i pescadors, ella mateixa i la senyora Roser, tothom al voltant d'algú que improvisa aquells versos picants i una mica malintencionats. Era com ballar una sardana, però sense ballar-la, només escoltant la patacada. A la Rosario li agradaven especialment les que feien referència a gent del poble, o a fets que ella coneixia, i quan això passava no podia parar de riure, com si estigués contemplant una malifeta. Un any, mentre en Moisès anava recitant la seva patacada, en Tino de cal Palet se li va apropar i li va dir que algun dia la voldria treure a ballar, però ella va defugir aquella proposició, i des d'aleshores, quan trobava en Tino, abaixava el cap i apressava el pas.

On s'era vist, a la seva edat! Però sempre va recordar aquell dia, i algunes nits, quan se sentia desanimada, es repetia les paraules d'en Tino i sentia un pessigolleig. «*Es bonito que te quieran*», es deia, i s'adormia calma. Va pensar en els goigs i de sobte es va trobar recitant el fragment que més li agradava i que s'havia après de memòria, ella que no hi entenia gaire...

Els devots que en Vós confien
us reclamen de bon cor
los curau de malalties
i dau consolació:
de un Sant de gran hassanya
s'és feta invocació:
en Pení, aspra muntanya,
oh! que consolació.

Com serien els goigs d'aquell any tràgic, si fessin la festa? Però ningú no estava per festes en plena guerra i la negror que envoltava aquell temps de malvestats li va ennegrir l'ànima. Va mirar-se al mirall gran del menjador i a la manera de Cadaqués va dir-se, «Rosario, sembles una melba», de tan poc ànim que tenia. Després es va apropar al finestral, i en mirar cap al Llané va veure l'Amàlia i l'Adita que anaven amb *es curull i es dolls* al cap, a cercar aigua, i va pensar que fins i tot enmig de la guerra la vida es feia camí...

EL VIOLÍ D'EINSTEIN

Aquella música... Deien que un home ben estrany, un estranger, estava tocant el violí a Sa Plaça i que s'havia fet una rotllana de gent per escoltar-lo. Ella s'hi havia apropat silent i, quan el va sentir, va notar com l'ànima se li esglaiava, presa d'una mena de por estranya, que l'atreia i alhora temia. S'hi va quedar durant tot el temps que l'home va tocar l'instrument i, quan va acabar i el varen aplaudir, ella va fugir emocionada i alhora esperitada, com si aquella joiosa música fos la porta de l'infern. Durant dies va tenir deliris onírics en què l'Eugeni d'Ors li cridava el seu nom mentre aquell home forà tocava el violí amb una intensitat folla. I després es rebolcaven pel terra i Ors li deia que era la seva estimada, i el violí tocava i tocava, i ella s'esparracava les faldilles i es feria les cames amb els rastells dels carrers per on s'arrossegaven, fosos en una abraçada infinita. Es despertava nua i molla, suada de peus a cap, i en aquelles nits de sexe oníric el món del Cadaqués que ella menyspreava, niu de «ses cabres i es anarquistes», inculte i groller, incapaç d'entendre la grandesa del seu amor, desapareixia com si una gropada l'hagués purificat. Algunes vegades es despertava amb sang a les cames, i aleshores sabia que havia estat amb ell realment i que aquell era el seu secret, que feia l'amor de nit amb el poeta sobre els rastells de Sa Plaça, mentre un forà tocava un bell instrument. Aleshores va saber que l'infern que ella intuïa en sentir la música d'aquell home no era res més que el paradís de la temptació i la voluptuositat, un territori ignot exclusivament reservat per a les bruixes. «La mare cavalcava damunt de s'escombra a sa velocitat des vent, i jo cavalco damunt des senyor de Barcelona, al ritme d'aquesta beneïda música. Es temps de ses escombres s'és acabat, arriba es temps des poetes!». I quan aquests pensaments l'envaïen, se sentia alegre i es mirava al mirall i s'adornava els cabells amb trenetes.

Un dia, mentre venia el peix, la Quimeta li va dir que aquell estrany que havia tocat el violí a Sa Plaça era un savi famós que havia arribat d'incògnit per fer una estada a Cadaqués, i que li agradava tocar l'instrument al carrer per a la gent que passava. En sentir-ho va mirar-la amb uns ulls sagnosos i va cridar-li com una posseïda, convençuda que aquella dona envaïa el seu secret i, en envair-lo, l'embrutia, «barjaules de Cadaqués, que dueu una bergassada que Déu n'hi do! Xerreu i xerreu i mai no sabeu què dieu. Sou com un barberol que destrossa ses barques. Sort que es grops ja s'arronsen i s'enduran tots aquests papanells. Déu del cel, què hi faig en aquest poble de cabres i palitrecos i patotes i barries que no s'amoïnen de res! Sóc Na Lídia, la dona que ha lloat es més gran escriptor que mai no ha viscut a sa terra, i no he nascut per estar entre xarxis i gòbits i serrans, o esperar s'homo a prop de sa ximenera sentint com xuixa. No sóc una sanfasó, ni una xurxera. Sóc sa dona des poeta, es seu model, sa seua mussa», i després de cridar tots aquells renecs, va agafar el cove de peix i el va llançar damunt la pobra Quimeta, que s'havia quedat palplantada i glaçada mentre ella cridava com una folla. Mai no va saber quin havia estat el seu pecat, i quan va fugir d'allà esperitada, la Lídia la va mirar amb un menyspreu profund. Des de la talaia on venia el peix va poder observar l'escena sencera, la Quimeta cridant i plorant, la Rosario que passava per allà i s'hi va apropar per consolar-la, altres dones que arribaven, totes mirant-la des de lluny, indignades i atemorides. Els ulls se li n'anaren als peus d'aquelles dones i, amb un desdeny profund, va dir-se, «quins aixerracs que duen!». I aleshores, alçant-se per damunt del seu propi cos, gairebé levitant, va començar a cridar amb una veu que les dones de Cadaqués explicarien que era la veu sorgida d'una gola de llop: «Es vent es canvia com es pensament de la gent, i prou que sabeu que ben aviat arribarà es meu moment i ses cabres i es anarquistes de Cadaqués lloareu sa meua figura i tindreu pena de no haver-me glorificat com mereixo. Sí!, hi haurà un dia en què faré es terno i us guanyaré a tots, i llavors us miraré amb menyspreu i riuré d'aquestes vides de suc de doll, d'aquestes cares de pixota, d'aquestes quiques, que sou bones per a no res. Qui té paciència va a la vela, i sa meua ja és a sa plaja, a punt de salpar. Jo, la Lídia, l'amor de l'Eugeni d'Ors, la Ben Plantada, us maleeixo».

El senyor Tasis, que acabava d'arribar i va tenir temps de sentir les darreres paraules de la Lídia, va mirar l'escena amb una certa tendresa i va pensar, «quina sort que té la Lídia, que ni els brams de la guerra l'arrenquen del seu món d'amors i de somnis!». I aleshores es va apressar a consolar i sobretot calmar totes aquelles dones que s'havien aplegat al voltant de la Quimeta i parlaven de folls i de bruixes i d'esperits endimoniats, i volien que les autoritats hi fessin alguna cosa. Per sort, va veure que arribava en Melitó amb l'alcalde, i va sentir-se salvat. Era un bon mestre per a la canalla, però mai no havia excel·lit en l'art d'entendre les dones i allà, en aquella corranda de veus excitades, desafinava com ningú.

CARTA A L'AMIC MARTÍ ROURET

Estimat Martí,

El temps passa a Cadaqués com si els brams de la guerra no li esgarrapessin l'ànima. Alguns xicots del poble han fugit, d'altres han anat al front i també hem patit algunes morts. Però tot batega com si fos alliè a aquest indòmit país, en una mena de món paral·lel que només altera els vilatans en comptades ocasions. Les xarxes surten a pescar, les dones caminen ben dretes, amb els seus dolls al cap, la verema reclama el seu temps, els nens fan xerinola i la bellesa d'aquest poble ho inunda tot, com si la mort i la dissort no envaís les nostres vides.

Si us plau, no pensis que no em sento feliç. Ben al contrari. Sóc el que sempre havia volgut ser, un mestre de poble, un guia de tota aquesta canalla que és el nostre futur, la nostra esperança. Ho vaig escriure al *Sol Ixent*, poc després d'arribar: «Hi ha res més bonic que modelar les intel·ligències dels infants i fer-los homes?». Així ho crec. La tasca de mestre és ben gran, és immensa, i des que he arribat no faig altra cosa que lluitar per aquests nens que són el futur de Catalunya, i als quals vull deixar un llegat durador. Ja saps que crec fermament en les tècniques pedagògiques d'en Celestin Freinet, i que he rebutjat el llibre de text i totes aquestes falòrnies que no fan sinó anul·lar la personalitat dels alumnes. Ho fem tot junts, mestre i alumnes, la planificació de la feina, la biblioteca escolar, els tallers, les decisions més importants. Si veiessis quines assemblees! Com el dia que vam decidir què posaven en els telegrames per demanar l'amnistia per l'Escofet i en Pérez Farràs. T'hauries fet creus de la intel·ligència i el seny de tota aquella quitxalla. I els dies que sortim a les cales i fem allò que en Freinet en diu el «tempteig experimental», no saps el que és això d'aprendre de la pròpia experiència. Martí, no estic educant nens, estic formant ciutadans, ciutadans amb valors morals i amb sentit de la cooperació i el deure. Ciutadans lliures per a la nostra pàtria que també serà lliure.

Però, amic, no t'escric per explicar-te com m'estimo la professió de mestre, que bé que ho saps, sinó perquè avui em sento més sol i abatut que altres vegades. Quins dies tèrbols, Martí, aquests que estem vivint! Tinc por, molta por. I no és per la guerra, que segur que la guanyarem, ningú no ho dubta. T'imagines per un sol instant que guanyessin els feixistes? Però, fuig!, que diuen aquí, no guanyaran pas. És inimaginable que guanyessin les forces reaccionàries, inimaginable. Ho destruirien tot, la feina modernitzadora de la República, els valors, els drets, la llibertat... I no em vull imaginar què passaria amb la nostra estimada Catalunya, dissortada pàtria en mans d'aquests copistes que ens volen tant de mal! Però aquestes cabòries, que a vegades em vénen, les faig fugir de pressa, perquè és un pensament malaltís i inútil. El feixisme no guanyarà! En canvi, no sé si guanyarà la República. Ara em diràs que això és una contradicció, un joc de paraules d'aquells que fèiem al Tècnic de Girona, te'n recordes? Deixa'm que t'ho expliqui. Vull dir que, si bé els feixistes no tenen res a fer, tampoc no sé si la República sobreviurà a aquestes baralles internes entre germans, els que volen fer la revolució comunista, els que la volen fer llibertària, els que volen crear l'estat català, els que ho volen tot alhora... No notes l'odi entre germans? Tenim l'enemic comú a la trinxera, però a casa nostra hi ha una altra trinxera més cruel, més sinistra, més sagnant. Martí, noto que Catalunya s'està trencant pel mig, com si fos un peix obert en canal i les entranyes li sortissin. Em sembla que la violència interior, la violència a la rereguarda, creixerà i molta gent ha de morir. Quan hi penso, sento terror, un terror negre que ho devora tot.

Crec que ja et vaig dir que sóc el president dels Socors Roig Internacional d'aquí, de Cadaqués. Fem molt feina, sobretot d'ajuda als més petits, i també enviem llibres i roba al front. A més, m'han nomenat jutge municipal suplent, i he acceptat, perquè és una forma de comprometre'm amb l'equitat i la justícia. I en cal tanta, d'equitat, en aquests temps de fanatisme i violència! Tinc la impressió que els pares dels nens i en general la gent del poble em tenen en molta estima. M'ho fan notar sempre que poden. Continuo amb la militància a la FETE de la UGT, però tot i les meves simpaties, no m'he fet militant d'ERC. No sé ben bé per què. Tal vegada perquè vull mantenir el principi republicà per damunt de partits, per bé que saps que les meves simpaties estan totes amb l'Esquerra. Recordes aquells somnis compartits a les tardes al Tècnic, amb en Pagès Costart, que sempre ens animava, i en Porcioles i els altres companys? La República era el més alt anhel de tots, i somiàvem que repetiríem els ideals de Prat de la Riba i del noucentisme, encara amb més voluntat de justícia social. Però, estimat Martí, no transitem per aquesta ruta... Hi ha molt d'odi també en el nostre bàndol, molta violència, i també els nostres maten sense pietat.

Aquí mateix, amic, en aquest lloc tan idíl·lic, ja s'ha vessat molta sang que no s'hauria d'haver vessat. Estan passant coses molt lletges, massa lletges, que ens embruten a tots, i aquests voltors d'odi arriben arreu del país. Ho noto cada dia, les mirades, les denúncies, les cases confiscades sota el títol de «propietari desaparegut», que és la manera que tenim de parlar de les persones assassinades. Allò que va passar al principi de la guerra, el 22 d'agost, renoi, mai no oblidaré aquella data..., allò va ser tan monstruós. I se'n deia milicians, d'aquells barruts que van arribar amb autobús i van començar a detenir tot de gent del poble. Saps que encara no coneixem quantes persones es varen endur? Com que alguns han fugit a altres indrets i fins i tot a França, no està gaire clar quants en varen detenir, però com a mínim sé que van matar vuit cadaquesencs aquell mateix dia. Com gossos, Martí, en un racó del camí cap a Figueres, només perquè eren de la dreta, sense judici, ni càrrecs, ni cap mal acte conegut, només perquè tenien propietats i eren gent d'ordre. Deien que eren facciosos, però jo que me'ls creuava pel carrer i havia parlat molt sovint amb ells, i et puc ben assegurar que només eren persones ben situades, algunes més tradicionalistes, però bona gent. Fins i tot van matar el senyor Onofre Pont, que havia estat alcalde de la vila i que ens va ajudar molt per poder treure de la presó tots els empresonats de Cadaqués arran dels fets d'octubre. El pobre Onofre! Se'n va ben preocupar, dels presos, i vam aconseguir treure'ls tots, i després van venir aquests i el varen matar com un gos, només perquè havia estat l'alcalde de la dreta i era un home de molt bona posició. I també van matar el seu pobre fill, en Manel, i en Moisès Seriñana, i el seu fill Demetri, i en Miquel Vila, i l'Arseni Pont, i en Joaquim Nadal, i en Ferran Costa, i... I després l'Ajuntament n'ha confiscat les cases, amb aquell eufemisme mancat de qualsevol pietat, «propietari desaparegut»... Quina manera de riure's de la mort! Quina esfereïdora manca de pietat!

Amic, és una atmosfera pesant, asfixiant, la que respirem des que va esclatar la guerra i aquests líders revolucionaris s'han fet amos del carrer. Aquí han organitzat milícies que ho controlen tot, fins i tot les entrades i sortides del poble, i vigilen les passes de qualsevol que els sembli facciós. No saps la por que té la gent, molta por. És com si no en tinguéssim prou amb el ferotge enemic feixista a l'altra banda, i volguéssim tenir l'enemic a casa. En què serem diferents dels facciosos, si matem la gent d'aquesta manera salvatge, només perquè tenim els fusells i el poder d'usar-los per matar persones? Quina diferència, amic, digue'm quina diferència tenim amb ells, si matem així?

L'altre dia vaig tenir una discussió molt dura amb un de la FAI. És un de l'Escala que ja coneixia d'abans, em sembla que també el coneixes. Ara està destinat a la zona de Roses i l'havia enviat l'organització a mirar de muntar la FAI a Cadaqués, perquè els preocupa no tenir representació al poble. Aquí només n'hi ha quatre, d'anarquistes, i no són prou gent per estar organitzats. Ni de la CNT no n'hi ha, tres o quatre a tot estirar. I el molt ximple va venir al Casino a parlar amb la gent, i va començar a bramar sobre la via revolucionària armada i la necessitat de netejar el poble de facciosos, «com s'ha de fer i ja hem fet en aquest poble, ja està net de rates», referint-se a les matances de l'Onofre i de la resta de cadaquesencs. Ho va dir així, «netejar» i «net de rates», no parava d'ensenyar l'arma, com un simple pinxo de la Barceloneta, aquella mena de gent que no són res a la vida però a la guerra ho són tot. Suposo que va ser la paraula «netejar», que usada amb la idea de matar persones em va semblar especialment repugnant. T'imagines..., «netejar» el poble de persones? Com si fossin brossa, pura deixalla, rates de claveguera, simple soguer desat a la xarxa. I ja em coneixes, sóc de tarannà tranquil, però si em burxen en aquell indret de l'ànima que guarda els valors, amic, aleshores em troben. No s'hi pot jugar, amb els valors! Som els valors que defensem o no som res! I amb una fúria impròpia de mi, li vaig etzibar, cridant, «tu no ets un revolucionari, tu ets un simple assassí». Es va posar com un boig i va dirme que la gent com jo som tots uns reaccionaris embolcallats de republicans, i que som l'enemic, «sou tan enemics com els feixistes», em va dir com si m'amenacés, i no saps quantes coses més em va etzibar cridant. Però no vaig callar, perquè homes així embruten i destrueixen tot el que estimem. Si la República perilla, Martí, serà per ells. L'Ulisses em va dir, quan sortia, «vigili, senyor Tasis, que aquests treuen s'arma i maten com si res. No són pas bona gent». Però no els tinc por. Si aquests em fan callar, quin significat té res?

Saps que estimo la República amb un amor intens, com estimo la meva dolça Catalunya. Però ara és un amor dolorós, que em cisella les entranyes i em fereix i em posa en guàrdia. Aquest matí he passat per la plaça de Frederic Rahola, on hi havia una de les cases de l'Onofre, i l'he vist plena de milicians. Confiscada per «propietari desaparegut»... He sentit tant de fàstic! Fàstic dels meus, de la meva gent, dels meus ideals, que també estan tacats de sang. Ai, amic, quina solitud que sento! Quina fonda tristesa!

D'aquí pocs dies canviaran l'alcalde. Serà en Joaquim Batlle, un bon home del PSUC. Fins ara hem tingut un seu company, en Pere Canals, que em sembla un home de molt de seny. Saps que el primer que va ordenar va ser tapar l'altar de l'església perquè a ningú no se li acudís cremar-la? És veritat que no han deixat ni una cadira dempeus i que ara la tenen tancada sense permetre que es faci servir per a res, per bé que també cal entendre-ho, no és el moment per a esglésies! Però han tingut la bona pensada de salvar aquest magnífic altar barroc de més de vint metres d'alçada esculpit per Pau Costa al segle XVIII, que corona esplèndidament l'església de Santa Maria. Quan van decidir tapiar l'altar, en Pere Canals, amb molta solemnitat, va dir, «no es tracta de Déu ni de sa religió, es tracta des nostro patrimoni». Magnífica expressió pròpia d'aquest poble que estima la cultura. I ens deu haver anat d'un pèl, perquè, amic, n'hi ha en el nostre bàndol que no respecten res, ni vides, ni obres d'art, res. Però en Canals va tenir cap i tot el consistori amb ell, i aquestes coses són les que m'animen, perquè em recorden el sentit de la nostra lluita.

És cert que els que han vingut a matar cadaquesencs no són d'aquí. Van venir de fora i no, no t'ho dic perquè m'estimi aquest poble com si fos el meu. És que és la veritat, i et puc ben assegurar que la matança ha fet esglaiar la majoria de republicans del poble. Crec que la idea del «nós amb nós» els relliga a aquest paisatge i a la seva gent d'una forma atàvica, gairebé màgica. Per això no imagino que es matin entre ells. Però són temps tan absurds i capgirats, tan malvats...

Ara ja no tenim aquelles tertúlies magnífiques a casa dels Fuster o dels Pichot o d'en Víctor Rahola. S'ha acabat el temps de la conversa i el gust per fer el badoc. Tots estem atrafegats, neguitejats, empesos per una mena de dimoni que ens obliga a córrer tots els minuts del dia, com si fóssim les busques d'un rellotge, obligades a un ritme constant i inaturable. La pau ha fugit del nostre país i m'ha fugit de l'ànima...

Estimat Martí, no sé res de tu des de fa mesos. I moltes vegades, quan sóc aquí, a tocar de la finestra que contempla aquest mar intens, a vegades calm, a vegades salvatge, penso en els nostres dies al Tècnic de Girona. Les il·lusions per una Catalunya lliure, culta, feliç. La força que ens empenyia a implicar-nos en aquesta magnífica tasca de construcció d'un país digne, jovencells com érem, tan plens d'empenta i entusiasme com mancats de sentit del risc. Però ara tot això s'ho ha empassat la gola fosca del feixisme que ens ataca, i lluny de treure de nosaltres el millor que tenim, també hem desvetllat els nostres propis dimonis. No sé què em fa més por, si el feixista de l'Àfrica que ens ataca o els companys del nostre bàndol que congrien violència i malvestats. És una altra forma de feixisme, per bé que és un feixisme revolucionari. Aquesta gent, amic, ens farà mal, molt de mal.

Però no t'amoïnis per mi. Suposo que estic com la majoria, cansat, abatut, desanimat. A Cadaqués diuen que «l'hivern té mal govern», i potser sí que són les gropades enceses del gener, que m'aclaparen. Saps bé que sóc un home de cultura, un guerrer de la paraula que intenta vèncer la batalla de la ignorància per poder assolir l'ideal de la llibertat individual. Quan contemplo els nens que m'envolten i em cisellen a preguntes, em sento fort perquè crec que tenim un fang extraordinari per modelar. I quina noble tasca la de poder-ho fer amb principis morals! Però he perdut el sentit de la paraula i sovint ja no tinc resposta a les seves preguntes, cada dia més punyents. Ells són com una coral de fiscorns i jo desafino com si fos un mal aprenent de Stravinsky. Amic, quanta fatiga a l'ànima, quanta tristesa, quanta, quanta guerra!

Espero que estiguis bé. A vegades m'arriben notícies teves i això em tranquil·litza. Sé que no trigarem a retrobar-nos, quan tot això hagi passat, i haguem aturat el feixisme, i tornem a treballar per una República catalana i lliure. M'has promès que vindràs a Cadaqués i t'agafo la promesa, sota pena de no perdonar-te si no la compleixes. Quan vinguis, si és el temps, anirem a fer una garotada a la punta de Codera, que segons la dita són unes garotes que s'han de menjar amb cullera, de tan plenes que estan. I coneixeràs les caletes i les platges de Cadaqués, i les escultures rocoses que la mar, el temps i el vent han esculpit com si fossin els millors escultors.

Tinc tantes ganes de veure't, amic! I sé que quan ens veiem, quan finalment ens retrobem i parlem de les nostres coses, tots aquests mals vents de ponent hauran passat i tornarem a albirar l'esperança.

Una forta abraçada del teu amic.

Lluís Tasis i Parnau, mestre de Cadaqués

UN CARRER DE BARCELONA

Des que li varen dir que la Montserrat havia estat a tocar d'ell, a la plaça, escoltant en Companys com proclamava la República, no s'havia tret del cap la idea que podia trobar-se la seva filla en qualsevol racó de Barcelona. D'allò ja en feia tres anys, i no n'havia sabut res més. De fet, feia anys que no en sabia res, des que la Montserrat havia abandonat Cuba i havia viatjat per mig món. Va saber per la Roser que fins i tot havia arribat a Rússia, i aquella idea l'esfereïa enormement. «A Rússia, Déu meu!». Era un home cabal, d'una bona família, avesat al bon tracte i la bona educació, i mai no s'hauria imaginat que la seva filla, la seva única filla, acabés com una dona qualsevol perduda pel món, una revolucionària de pa sucat amb oli. Havia après a oblidar-la, tot i que era una mentida que es repetia per tal d'enganyar-se i no respirar dia a dia per la ferida. A més, l'Agneta l'ajudava a passar aquell tràngol de perdre una filla, o pitjor que perdre-la, veure com s'havia perdut, rodolant per un pendent que queia fins a l'infern. «Un dia apareixerà morta», es deia sovint, i quan li venia aquesta idea al cap, sentia una certa calma, com si aquell pensament no fos tan tenebrós com semblava. Perquè la mort d'una filla era una idea terrible, però tenir-la morta en vida, no era pitjor? I quan pensava d'aquesta manera, s'odiava a si mateix, però alhora es justificava. «És ella, ella, aquesta mala filla, la que em fa pensar així, ella, malnascuda, desagraïda, ingrata!», i si no hagués estat un home de tanta posició i rellevància, amb un nom de pes en la societat barcelonina, i amb un orgull que li venia de generacions d'alta nissaga, hauria plorat com un ximplet. Però els homes com ell no ploraven, i era així com en Pere Ferrer i d'Arnius s'empassava la tristor i la convertia en un ostentós menyspreu i una fonda indiferència. La Roser sabia, però, que darrere l'escut hi havia un home ferit d'una ferida que mai més no es guariria.

A Barcelona tot s'havia capgirat d'una manera cada vegada més perillosa. Per això havia enviat la Roser i l'Agneta cap a Cadaqués, un lloc molt més segur que qualsevol indret de la ciutat. Així no haurien d'anar pels carrers amb por de trobar-se milicians armats, ni de patir cap mal pas. A més, no sabia ben bé com evolucionaria la guerra i ja havien tingut alguns ensurts. De fet, ben mirat, havia trigat massa temps a enviar-les cap a Cadaqués, massa, i tot per la tossuderia de la Roser que no el volia deixar sol a Barcelona. «Sol!, com si n'estigués gaire, de sol en aquests dies». I es va sorprendre rient a boca plena, pres d'alguna mena d'eufòria que devia venir de la fatiga i del neguit. Acabava de parlar per telèfon amb en Llano de la Encomienda, a qui considerava un gran amic, i que havien nomenat cap de l'Exèrcit del Nord. Pobre Francisco, on s'havia ficat! Tothom sabia que les relacions entre l'Euzko Gudarostea i els exèrcits d'Astúries i de Cantàbria eren gairebé inexistents, i a més l'enfrontament entre els batallons anarquistes i socialistes amb els batallons del Partit Nacionalista Basc eren molt cruents. «No sé pas com s'ho farà per controlar aquell guirigall», va dir-se amb un cert enuig, especialment preocupat pel seu amic.

Tenia molta estima per en Francisco Llano de la Encomienda. Era un militar seriós, d'una gran prestància física i d'unes maneres exquisides, que va conèixer poc després que el fessin capità general de la regió militar catalana, a final del 1935. Després es veurien sovint, i en algun moment, no sabia ben bé quin, hi va haver una forta connexió. Es tractava d'un general atípic, amb forta personalitat i idees liberals, que el feien especialment singular. Havia nascut a Ceuta, però en Pere sempre li deia que se li havia empeltat la ceba catalana, i que era més català que ningú. «*Uno de estos días te veré bailando sardanas*», i en Francisco somreia sorneguer. I fou així com aquests dos homes, nascuts per no entendre's, el primer un militar espanyol que havia ingressat a l'Acadèmia amb només catorze anys, i el segon un convençut catalanista de forta militància, van acabar teixint una complicitat estreta i sincera que els duraria tota la vida. Aquella complicitat seria clau en el moment en què en Francisco Llano de la Encomienda necessitaria ajuda.

«Sabeu molt bé que ha fet el que ha pogut, trucant a tots els regiments perquè no s'afegissin als militars sediciosos. Fins i tot l'han encanonat, i quan ha arribat el colpista Goded l'ha destituït i l'ha fet detenir. Per l'amor de Déu, l'han tingut pres fins que els hem vençut i han depositat les armes!». I així insistia en Pere a tothom del govern que el volgués sentir. Eren les primeres setmanes de la guerra, i tot i la clara negativa del general a donar suport als militars sediciosos, el govern republicà no se'n refiava del tot. Un dia, en una conversa airada amb el conseller Espanya, en Pere va alçar la veu...

—Josep Maria, em coneixes de fa molts anys. Creus que donaria la meva paraula en favor d'algú en qui no confiés plenament?

—Pere, són temps perillosos. Un general és un general. No li hem fet pas res, però posar divisions de l'exèrcit sota les seves ordres... no et sembla que és massa risc?

—De quin risc em parles? Vosaltres, que esteu governant amb comunistes del PSUC i amb anarquistes de la CNT, em parleu de risc? I els esteu deixant fer el que volen, barbaritats, matances. Però quina xarlotada és aquesta? En Llano de la Encomienda és un home cabal, un republicà convençut, un home d'honor. I no en tenim gaires, d'homes d'honor. Ja voldríeu tenir més homes d'honor al govern! Tenir-lo a la reserva, bo per a res, és una vergonya per a la República, ara que necessita la seva millor gent.

—Parla-ho amb els d'Espanya, caram!, que ja m'has tocat el voraviu! Nosaltres no hi podem fer res, són decisions de Madrid. És l'exèrcit, renoi, l'exèrcit, que no ho entens, Pere?

—A mi no me la fots. Ets el conseller de Governació. Escriu a qui toqui i dóna bones referències. En Francisco és un gran home, un patriota republicà. Saps què em va dir un dia, no fa gaire, quan ja tots sabíem que hi hauria la revolta dels feixistes? «*Pere, sabes que me identifico con la Unión Republicana, pero si tengo que escoger entre el comunismo y el fascismo, no lo dudes, siempre me inclinaré por el comunismo*». Imagina't, pel comunisme abans que el feixisme, què més voleu!!!

Mai no va saber si les seves pressions van ajudar a desencallar la situació del militar, però el cert és que acabava de felicitar-lo pel seu nomenament. La República tornava a confiar en ell, i allò, per al seu amic, era molt més que la restitució d'un càrrec. Era la restitució de l'honor.

Va mirar per la finestra i va dir-se, en un to d'exclamació, «gener del 1937!». Quants mesos feia que estaven en guerra? «Massa», va pensar, i va recordar l'eufòria dels primers dies, quan semblava que allò seria un passeig i amb dos dies acabarien amb els colpistes. La mirada es va fixar en la còmoda butaca que presidia el saló gran i on feia pocs mesos el mateix Frederic Escofet havia estat assegut, acompanyat d'altres homes de confiança, fent l'esborrany de l'estratègia de defensa de Barcelona. Feia un dia que l'havien nomenat comissari general d'Ordre Públic de la Generalitat, i es van reunir a casa. En pensar-ho va tenir un punt d'orgull, «sempre acaben venint tots a casa», va dir-se cofoi, i va pensar que allò també passava amb el seu pare, la casa del qual va esdevenir un centre neuràlgic de la vida de Barcelona. Com el dia que es varen reunir amb en Valentí Almirall, a l'època de la revolta de les Quintes, quan la campana de Gràcia va tocar avisant de l'arribada del general Bum-Bum, fins que els canons que disparava l'exèrcit espanyol des del passeig de Gràcia la varen esquerdar. «I va passar el 1870! Aquests malparits d'espanyols no han parat mai de bombardejar-nos!», va dir-se amb un gest de ràbia. I després de la revolta, quan l'exèrcit ja havia saquejat la vila i Gràcia s'havia rendit, alguns prohoms vinculats al republicanisme federalista havien fet cap a la casa del pare d'en Pere, i allà va néixer la primera idea del setmanari *La Campana de Gràcia*. El pare li havia explicat la conversa de l'Almirall amb en López Bernagosi, en la discussió pel nom del setmanari, que naixia com a homenatge als revoltats: «No t'apuris. Titula el nou periòdic *La Campana de Gràcia*, i deixa'l anar, que farà forrolla».

En Valentí Almirall! I tants d'altres que al llarg dels anys havien passat per la casa de la seva família per tal de parlar, pensar, conspirar, decidir, acordar... qualsevol verb que ajudés a desenvolupar la plenitud de Catalunya. «Puc mirar enrere amb orgull», va dir-se amb un deix d'estranya solemnitat, en un ritual dedicat a la seva sola persona. I aleshores, en veu alta, com si allò atorgués encara més categoria, hi va afegir, «tota la meva família ha servit sempre els interessos dels catalans. Som el fil roig de la lluita per la llibertat de Catalunya!». I la lluita per la llibertat a casa seva, en aquells mesos terribles, havia passat per les reunions amb l'Escofet i la preparació de la defensa de Barcelona.

«Quin gran cervell militar, l'Escofet! Sort en tenim d'ell. I pensar que ens el volien matar!». Aquell dia l'Escofet era el més calmat de tots, i probablement aquella va ser la trobada més difícil de governar de totes les que en Pere havia viscut a casa. Hi havia eufòria i por, impetuositat i neguit, i un cor de veus xiscladores que gallinejaven com si de cadascú d'ells depengués la salvació de la República. Entre tots, l'Escofet callava, escoltava i, quan agafava la paraula, el silenci era immediat i solemne. Havia previst tots els moviments possibles dels sediciosos amb una intel·ligència pròpia del gran militar que era. I amb la serena calma de la seva reconeguda autoritat, va anar explicant el pla que volia desenvolupar.

—Sortiran per les casernes de Pedralbes, això és segur. I també estic segur que voldran fer convergir els regiments que els donin suport a plaça Catalunya, i d'allà voldran controlar la Comissaria General, el Palau de la Generalitat i la Capitania. Ja sabem com ho van fer el 6 d'octubre, i no serà diferent. I també sembla que volen portar el general Goded amb un hidroavió des de les Illes i destituir en Llano, perquè saben que no els donarà suport. La clau és saber què farà el general Aranguren i el seu cos de la Guàrdia Civil. És molt important que no donin suport als colpistes. Els de la CNT tenen vigilades les casernes per donar l'alerta si els soldats surten, i en Companys ha donat l'ordre que les sirenes de les fàbriques i les dels vaixells del port sonin si hi ha moviment sediciós. Es faran barricades en els llocs més estratègics i jo disposaré els guàrdies d'assalt i els mossos en els punts més neuràlgics: al final del Paral·lel, perquè no puguin arribar a Capitania, a plaça Catalunya, perquè no puguin dominar el centre de Barcelona i no puguin assaltar la Telefònica, al Pla de Palau, per protegir Governació, i al Cinc d'Oros, que és el pas de les casernes de Pedralbes i de Gràcia. I no cal dir que disposaré de les reserves per defensar el Palau de la Generalitat i la seu de la Comissaria General, on hi tindrem en Companys, si la revolta esclata.

En pensar en aquell dia de juliol, en Pere es va estremir. Feia pocs mesos de tot allò, però alhora era molt llunyà, com si fes molts anys que la guerra durava. I va pensar que sempre devia ser així, que les guerres estiraven el temps com si fos de goma, i el feien més pesant, més durador. Alhora, tot passava de pressa, massa de pressa, a una velocitat que impedia controlar els esdeveniments, i la suma d'aquells dos sentiments ambivalents i contradictoris li va donar la dimensió del drama: dolor i descontrol. Per això el temps era pesant i veloç, perquè era un temps dolorós i estava descontrolat. I en pensar-ho, la seva vella ànima noucentista, amant de l'ordre i del rigor, es va estremir. Havia anat evolucionant cap a l'Esquerra, des dels seus orígens de la Lliga, però mantenia intacte l'amor per Prat de la Riba i el somni de la Manconumitat. «Trigarem molt a tenir un govern com aquell», i aquella idea el va afligir profundament. Des del saló gran de la seva casa burgesa, situada al rovell de l'ou de la Barcelona més altiva, el carrer semblava calm, com si no hi hagués una guerra on es dessagnava el país i morien els seus joves, com si no hi hagués una rereguarda caòtica i violenta, que també feia vessar la sang. Com si tot fos com hauria de ser, el paisatge humà d'una societat pacífica i digna.

En mirar cap enfora li va venir, sense saber per què, el record dels centenars de guàrdies civils que van desfilar per la Via Laietana el dia de la revolta, posant-se a les ordres del general Escofet i saludant el president Companys en senyal de fidelitat. El colpista Goded havia trucat feia unes hores al general Aranguren, i la negativa del general a sumar-se a la revolta va ser clau per salvar Barcelona. «Mare de Déu, si l'Aranguren arriba a fallar-nos, estaríem tots morts». Es va aturar un moment en aquells dos militars tan semblants i alhora tan contraposats. Tots dos eren homes de carrera, «d'honor!», va dir en veu alta, com si alçar la veu accentués l'exclamació del pensament. «Dos militars de carrera, valents, d'ordre, que han jurat fidelitat a la bandera..., però quina diferència de fidelitat, d'idea del que és la fidelitat!». I aleshores va pensar en Goded, un fanàtic de la dreta espanyolista, que havia participat en totes les conspiracions contra la República, especialment en la Sanjurjada del 1932. «Anaven cridant "*¡Viva España única e inmortal!*", els malnascuts. Sempre estan igual, amb l'Espanya una i imperial, i sempre obsessionats amb Catalunya. Però s'ho va ben menjar, el bord d'en Goded, quan va haver de reconèixer per ràdio la derrota dels colpistes». Recordava amb precisió les paraules de Goded, no endebades havien estat el clau que reblava la victòria de Barcelona:

«*La suerte me ha sido adversa y he caído prisionero; si queréis evitar que continúe el derramamiento de sangre, quedáis desligados del compromiso que teníais conmigo...*».

I tant que li fou adversa! Empresonat al vaixell *Uruguay*, «com en Companys, quines voltes que fa la vida!». I en menys d'un mes, consell de guerra, condemnat a mort per traïció i afusellat... En Pere va somriure inconscientment, i en adonar-se de l'alegria que la mort d'en Goded li representava, va tenir una mal regust, tal vegada derivat dels seus principis cristians. Però va pensar que era la guerra, i que els altres feien el mateix, i que la llei era implacable per als traïdors. «Si guanyessin els feixistes, segur que afusellarien l'Araguren o en Francisco, no els perdonarien pas...», i aquella idea li va tranquil·litzar la consciència, però li va empitjorar l'ànim.

En un revolt de la memòria, va pensar en Bonaventura Durruti. Gairebé no el coneixia, només dels dies en què es va estar preparant la creació del Comitè Antifeixista amb en Companys. «El tocanassos d'en Durruti ens va ben entabanar, amb la creació d'aquest comitè. Ara manen ells i no la Generalitat. Tenim un comitè caòtic i una Generalitat de paper». Però es va penedir d'aquell pensament agre, perquè no feia ni dos mesos que havien matat en Durruti a la batalla de la ciutat universitària de Madrid, i també havien caigut molts altres anarquistes, com l'Ascaso, el gran amic d'en Durruti, mort els primers dies... «Són uns ximples, uns revolucionaris que ho volen desfer tot, però, renoi, són valents». I va pensar que en Durruti s'hauria pogut quedar a la rereguarda fent tasques de comanament, però va voler anar a combatre els feixistes en primera línia, i ara era mort. «I la columna Durruti..., pobres!». I aquell sentiment d'una certa commiseració, malgrat les moltes diferències que tenia amb aquells homes, el va entristir encara més del que ja ho estava.

Se'n sortirien, tots plegats? I quan haguessin eliminat els revoltats facciosos, se'n sortirien amb la República? I si se'n sortien de tot, se'n sortirien amb Catalunya? I com feia sovint quan estava trist, va anar al despatx, va obrir el calaix de la taula de cedre que li havia regalat l'oncle Antoni quan es va casar, «ha vingut d'Hondures, Pere, és bona fusta», i va agafar el llibre de notes on, des de feia molts anys, escrivia els seus pensaments, quan la basarda, la tristor o l'alegria l'envaïen i no tenia altra manera d'asserenar el cor. I com sempre que ho feia, va començar amb el ritual de llegir la primera entrada del llibre, amb els primers mots que havia escrit un 29 de novembre de 1899:

Començo aquest llibre de notes, seguint la tradició del meu pare, que la va seguir del meu avi, que l'havia seguit del meu rebesavi, amb la intenció de teixir un fil conductor de generació en generació, perquè els nostres fills i néts i besnéts sàpiguen qui som, qui són ells, i d'on vénen.

I, per començar, res millor que anunciar que avui la meva dona, la Roser Andrade i Goeta, m'ha fet pare per primera vegada. Ha nascut una nena a la qual posarem de nom Montserrat.

També avui ha nascut una idea esportiva que, amb el

temps, podria engrescar molta gent, encara que mai no se sap. El bon amic Bartomeu Terrades m'ha dut fins al Gimnàs Solé per reunir-nos amb en Pere Cabot i en Carles Pujol i un tal senyor Hans Gamper, i d'altra gent que no conec, tots esportistes, per crear un club esportiu. S'anomenarà Futbol Club Barcelona. No estic segur de fer-me'n soci. No sóc gaire esportista.

També avui ha vingut a visitar-nos la iaia Manuela. Va néixer poc després del final de la Revolució Francesa i ja té cent un anys. Noble nissaga, la seva!

I en pensar en la iaia Manuela i en Gamper i en tanta d'altra gent propera, la mort va tornar a l'estança com si fos la parca grega que tot ho envaeix, i el va tornar a abatre...

En Gamper... S'havien fet força amics, des d'aquell primer dia al Gimnàs Solé. Va ser ell qui el va convèncer de fer-se soci del Barça, i totes les alegries que li havia donat aquell club, des dels primers temps al Velòdrom de la Bonanova, era gràcies a en Hans. Com aquell partit amb l'Hispània, l'any 1900! Va ser la primera vegada que va emocionar-se de debò amb el futbol, per bé que l'afició ja li venia d'abans. I els anys de glòria, amb l'Alcàntara i en Zamora i en Samitier..., quines golejades d'aquell filipí magnífic! Però quan el Barça li va guanyar el cor de manera definitiva va ser en aquell partit amb el Júpiter, en l'homenatge a l'Orfeó Català, quan tot el camp va començar a xiular la Marxa Reial que tocaven sobre la gespa, en plena dictadura d'en Primo de Rivera. Encara l'emocionava aquell moment, amb la gent dempeus xiulant, i els músics atabalats, i els sicaris del dictador nerviosos, amb males cares i jurant venjança. I tant que es varen venjar! Sis mesos amb el camp tancat i el pobre Gamper convidat a sortir del país... Però ni la repressió de la dictadura ni res no esborraria mai l'emoció d'aquella munió de gent plantant cara al feixisme. Catalunya era sorprenent, «fins i tot un camp de futbol esdevé el crit d'un poble!», i novament va sentir la fiblada d'orgull que el seu vell país li motivava.

Però en Gamper feia sis anys que s'havia suïcidat, empès per una fonda depressió. No ho havien dit a ningú, i als diaris no va sortir el motiu de la seva mort, «un suïcidi!, no es pot fer publicitat d'un suïcidi!». I també era mort en Josep Sunyol, que l'acabaven d'assassinar en traspassar, sense saber-ho, les línies enemigues. «Han sabut que era el president del Barça i no l'han deixat viure ni un minut més», i amb l'ànima encongida va pensar en aquell jove entusiasta que sempre estava disposat a encapçalar projectes de tota mena. Amb només trenta-vuit anys havia estat diputat a Corts diverses vegades, havia impulsat el diari *La Rambla*, havia estat president de la Federació Catalana de Futbol i ara era president del Barça. I també ho havia estat del RACC, on en Pere l'havia conegut feia uns anys i li havia causat una gran impressió. I, de sobte, aquell noi entusiasta i coratjós havia mort de qualsevol manera. «Assassinat en un camí qualsevol de la manera més roïna, males bèsties, que Déu no els perdoni mai».

D'allò no en feia ni cinc mesos, i les notícies encara eren confuses, i no tothom situava l'assassinat al mateix lloc, «la serra de Guadarrama», deien com a lloc fiable, però la seva mort estava confirmada. I d'entre totes les morts que el rodejaven, el record de l'assassinat del jove Sunyol va disparar el darrer ressort de l'abatiment. Així va ser com en Pere Ferrer i Darnius, un matí fred de gener de 1937, al saló gran de la casa del carrer Rocafort, sol i profundament entristit, es va deixar caure en el sofà proper al finestral i va començar a plorar com mai no ho havia fet. Tenia setenta-sis anys, i pel camí d'una vida ja llarga i plena d'ensurts i derrotes, mai no havia estat capaç de plorar per les pèrdues que l'havien acompanyat. Però aquell dia, en pensar en l'assassinat del jove Sunyol, va començar a plorar. I va plorar per la seva filla Montserrat, que era viva però era morta. I per tots els familiars morts des de feia temps. I pels amics caiguts en mans dels facciosos. I va plorar pels coneguts i saludats, també assassinats. I va plorar també per tanta, tanta gent desconeguda, que moria al front i a la rereguarda de la manera més inútil. Va plorar per la mort, que colpia el seu temps i la seva gent i omplia el seu país de sang.

Va plorar i plorar i plorar, tot sol al saló gran, prop del finestral, abandonat al sofà com un estri rovellat. I quan ja no li quedaven llàgrimes, va tornar a plorar una altra vegada i una altra. Després, com si s'hagués netejat d'un llarg camí polsós, va respirar fondament, es va allisar la barba canosa i, alliberat d'un pes feixuc, va agafar el llibre de notes i va començar a escriure.

Barcelona, gener de 1937

Fa sis mesos que els feixistes ens han declarat la guerra.

Catalunya es manté forta i la República aguanta. Al front es combat amb valentia i amb orgull. Però estem immersos en una mena de guerra dins la guerra, que ens sagna per dintre mentre els facciosos ens sagnen per fora. La violència no s'atura i no és només la violència del front, sinó la que patim a l'interior de casa nostra. Les patrulles de control de la FAI estan sembrant el terror per tot el país. En Companys ens ha dit que han mort més de quatre mil persones aquests darrers mesos, assas-

sinats per les patrulles. Capellans, burgesos, membres de la CEDA, de la Lliga, carlistes... I cremen esglésies i destrueixen obres d'art, i actuen com si fossin hordes de salvatges.

On anirem a parar! Des que ha dimitit en Joan Casanovas, incapaç de controlar el caos que ens han imposat des de la CNT i la FAI, tot va a pitjor. Són ells els que manen de fet al Govern. Fins i tot, per imposició de la FAI, no poden dir-li Govern de la Generalitat, sinó «Consejo de la Generalidad». «Consejo», i en castellà! I han obligat el conseller de seguretat, l'Artemí Aiguader, a estar sota les ordres d'en Dionís Eroles, que és més dolent que la tinya. L'Eroles, tot un pistoler de la FAI convertit ara en el màxim cap de la seguretat de la Generalitat! Els seus homes, «els nois d'Eroles», maten a tort i a dret, sense ni tan sols preguntar la culpa de les seves víctimes. Arriben als pobles i maten la gent que no els agrada, sense cap judici, sense control, sense res... És el caos!

Diuen que volen fer la revolució mentre fan la guerra. Però en realitat imposen la llei de la jungla. S'aprofiten de la feblesa del govern i, si no recuperem aviat el control, ens destruiran abans que ho faci l'enemic. Tenim grans ideals i grans homes i tenim una pàtria per defensar, però també tenim el mal al nostre interior i l'hem d'arrencar com una mala herba, abans que ens devori.

Han vingut molts joves de tot el món a defensar la República. Com els xicots de les Olimpíades Populars que s'han quedat amb nosaltres. I el jove atleta austríac, en Mechter, que va morir els primers dies. Gent vinguda de molts països, que vol ajudar-nos a vèncer el feixisme. Vénen per la llum de la llibertat, i nosaltres els estem donant ombres.

Espero que aquests mots desanimats i desemparats que ara escric no tinguin cap sentit quan els llegeixi d'aquí a uns anys. Seran només un malson, perquè haurem vençut el feixisme i haurem vençut la nostra pròpia violència. Sé que serà així. Però mentre no passa el temps esdevé un cisell que talla l'aire i no deixa respirar, i el terror fa niu al cor dels ciutadans. Beneïda República, estimada Catalunya, vencerem? Vull creure que sí, fermament, sense dubtes ni pors, vull creure que vencerem l'enemic que vol destruir-nos, perquè el nostre ideal és noble i just i el feixisme no pot guanyar. Però quan veig tant de caos i tanta sang vessada, una ombra sinistra m'omple de mals averanys. Que Déu ens beneeixi!

Va tancar el llibre amb una lentitud feixuga, com si li pesés el que havia escrit. I amb l'ànima encara adolorida, va dir-se que sí, que tot aniria millor. Que la Generalitat recuperaria el control i el caos esdevindria ordre, perquè així havia de ser el relat de la història. O era així, o Catalunya no tenia història. I, empès per un sobtat alè d'ànim, va tornar a pensar en els joves estrangers que havien vingut a defensar la República, i molts d'ells hi donaven la vida. «Quina noblesa!». Aleshores va recordar l'himne dels brigadistes internacionals, que en Xumet havia traduït al català feia uns dies i li havia passat en un pentagrama. Va remenar el calaix on desava alguns paperots i el va trobar. I posat dempeus, bo i mirant cap al carrer Rocafort, va alçar el paper i va començar a taral·lejar aquella cançó de combat:

Hem nascut en una terra llunyana,
la portem al nostre cor.

Però no hem perdut la pàtria,
la nostra pàtria és avui davant Madrid!
Però no hem perdut la pàtria,
la nostra pàtria és avui davant Madrid!
Els germans d'Espanya són a les barricades,
els germans d'Espanya són pagesos i obrers.
Endavant les Brigades Internacionals,
amunt la bandera de la solidaritat!
Endavant les Brigades Internacionals,
amunt la bandera de la solidaritat!

En acabar, pres d'un bon humor que feia temps que no tenia, va apropar-se al mirall i va repassar la seva figura. Encara mantenia el cos ben dret i una mica de l'atractiu que l'havia fet famós entre les senyoretes. Va agafar el barret i l'abric i, amb pas lent però ferm, va fer camí cap a Via Laietana, on hi havia la Comissaria General d'Ordre Públic. Volia saber les darreres novetats del front.

ACTE CINQUÈ

(6 de maig de 1937, dia dels fets del carrer de l'Embut)

CADAQUÉS, BELL CADAQUÉS...

Una vela sobre el mar,
Una galta enrojolada,
Darrere del campanar,
La muntanya i l'estelada.

Vols venir a Cadaqués
A fer-hi llarga passada?
Tu no saps encara el que és,
El viure meravellada.

Dormiràs damunt del mar
En la barca fondejada,
Per guarda, el vell campanar
I per llànties, l'estelada.

Cadaqués, bell Cadaqués,
De la dolça anomenada,
Si no saps, amor, el que és,
Vine a fer-hi una passada.

VÍCTOR CATALÀ

EL MAR CABREJA

El dia ha començat serè, però a la tarda s'ha aixecat un fort llebeig que omple d'escuma blanca el mantell blau de la mar. «El mar cabreja», diu cofoi, com si el llebeig li humitegés l'ànim i l'esperonés. A Cadaqués s'estimen més la fortor seca de la tramuntana, que neteja els pulmons i aclareix la ment. Però avui, en aquesta tarda de maig, la pesantor d'aquest vent humit li ve de gust. «Un dia més de guerra i encara som vius», li diu al fill d'en Nòrio, que l'acaba de saludar. «Ix!, ja ho pots ben dir, Miquel. Segons es vent, tremparem veles». Així ha estat sempre a Cadaqués, poble de supervivents.

Fa camí cap al Casino. Ha quedat amb en Pere Jordà i d'altres amics a la Societat la Benèfica, per jugar a la manilla, saber les darreres noves de la guerra i fer-la petar una estona. Des que l'han fet ajudant de l'Ajuntament, té la impressió que el seu paper al poble és més rellevant. Com si se'l miressin d'una altra manera, amb més respecte. Saber de lletres sempre l'ha ajudat, «i sempre t'ajudarà», li diu el senyor Tasis, quan en parlen. Però, quins temps per fer de secretari! Sort que ell és un home prudent, que mai no ha buscat brega. «No entris en barca que no coneguis», li deia la mare de petit, i així es capté, fent la seva via sense molestar els altres. A més, prou sap que en aquests temps tèrbols qualsevol que el miri amb mal ull li pot etzibar una bala. No creu haver-se significat gaire, per bé que té les seves idees republicanes, però mai no se sap...

Tanmateix, defuig els pensaments foscos, i anima't pel seu tarannà optimista i pel llebeig que l'ha reviscolat, obre la porta del Casino i saluda els amics amb alegria. «Mireu-vos ben agrumats. Sembleu cagarrells. Avui us fotré una pallissa a la manilla».

No gaire lluny del Casino uns homes caminen de pressa, emparats per la foscor. Són forasters que fa poca estona han arribat a Cadaqués, i un xicot del poble els guia pels carrers tortuosos de la vila. Porten una llista de noms i el primer de la llista viu a la casa on ara truquen. «Lluís Tasis i Pernau, obriu!», criden, mentre piquen a la porta amb insistència. A la casa troben el mestre Tasis acompanyat del seu amic Joan Aradas, amb qui està passant l'estona. «Sou el mestre nacional Lluís Tasis i Pernau? Heu d'acompanyar-nos per fer declaracions. Esteu detingut». I tant el mestre com l'amic, sorpresos i espantats, responen alhora, «per quin motiu?». L'Aradas pren la iniciativa i, amb la força de ser autoritat a l'Ajuntament, els diu amb contundència que estan cometent un error. «Què esteu fent, ximples, que no sabeu que en Tasis és un gran antifeixista, un republicà de soca-rel, un home de bé! Esteu incomplint la llei. Aneu a l'Ajuntament i mireu el *Diari Oficial*, cometeu un delicte segons els decrets del govern. No ho veieu, que això no ho podeu fer! Qui és el cap de l'escamot?». Però la resposta dels milicians no deixa lloc a la discussió, «prou que sabem qui és, i no us hem d'escoltar per a res. Tenim ordres i les seguireu de bon grat o si us plau per força. Voleu que fem servir les armes?». I adreçant-se a en Joan Aradas, «i vós calleu, si no voleu venir també amb nosaltres!». Així és com en Lluís Tasis i Parnau segueix, silenciosament i corprès, els homes que el detenen. Fan via cap a un edifici del passeig que havia estat propietat de la família Pont i que va ser expropiat després de l'assassinat de l'Onofre Pont i del seu fill: la recent seu de les Joventuts Llibertàries de Cadaqués. Allà el deixen custodiat per homes armats, i se'n van a la recerca d'altres noms de la llista. En Miquel surt del Casino acompanyat de la resta d'amics. Són les deu de la nit, «hora d'anar a sa casa, a veure l'Engracieta», i tothom riu. En avançar unes passes, sent l'ordre d'una veu coneguda. És un jove milicià del poble, que arriba acompanyat d'uns homes armats. Se li adreça amb veu imperativa, «tu, Miquel, i tu també, Pere Jordà, heu d'acompanyar-nos al local de les Joventuts Llibertàries per fer unes declaracions». I l'escena repeteix, amb més veus i més enrenou, la que s'ha viscut fa poc a casa d'en Lluís Tasis: preguntes, gestos d'enuig i sorpresa, algun intent desesperat d'evitar la detenció, i finalment els homes detinguts, que segueixen l'escamot, esmaperduts i espantats. En passar per la cantonada del passeig de la República, troben les germanes Anita i Esperança Escofet, que, en veure el seu cosí Miquel en aquelles condicions, li criden, «no els segueixis pas, no vagis amb ells», però la raó de vuit homes armats no atén a consells. Quan arriben a l'edifici de les Joventuts, en Miquel fa un darrer intent i demana autorització per arribar a casa i comunicar als seus que aquella nit es retirarà tard. Però la resposta és agra, «au, va, sense contemplacions i segueix cap endins», i el milicià de guàrdia de la porta, tocant-li l'esquena, li diu, «entreu i no patiu, que res no us passarà». Donen la contrasenya i la porta s'obre. A l'interior, en Miquel veu dos veïns del poble que semblen estar amb els milicians. A penes se saluden. I en un racó, amb una pal·lidesa extrema que contradiu el seu rostre bonhomiós i generalment tranquil, hi ha el senyor Tasis. És aleshores, quan el veuen pres d'un fort nerviosisme, quan s'adonen que ha arribat la seva hora. No sortiran vius d'aquell cau.

Mentre tot això passa, la nova de les detencions comença a córrer pel poble. «Acaben de detenir es teu germà Pere i també en Miquel, i diuen que també han detingut el mestre Tasis. Fuig, Manel, fuig!», xiuxiueja una veu a l'altra banda de la finestra mig oberta de la casa dels Jordà. I just pocs minuts després, sense gaire temps per pensar, sent com piquen a la porta. «Manel Jordà, obriu!». Encara té temps de sentir un segon truc, però el cervell va més ràpid que la por i, esquitllant-se pel darrere de la casa, s'esmuny pel cable del parallamps fins a la riba de Portdoguer, i després corre com si els esperits el perseguissin. Quan en Manel troba la barca que l'ha de menar cap a França, els homes que el volen detenir encara no saben què ha passat.

Ningú, però, no ha avisat la família Pomés, i l'escamot els sorprèn a punt d'anar al llit. «Nicolau Pomés i Bertrand i Nicolau Pomés i Moret, són a casa?», pregunten amb energia a la dona que els ha obert la porta i els mira esglaiada. «Què voleu des meu marit i es meu fill a aquestes hores?», respon amb espant, i d'una empenta i sense respondre l'aparten i entren dins la casa. «Vosaltres dos, Nicolau Pomés, pare i fill, acompanyeu-nos al local de les Joventuts Llibertàries. Us hem de fer unes preguntes. Esteu detinguts». Pel camí, un milicià els diu que potser no veuran la llum del dia, «fotuts reaccionaris», i riu a boca plena.

Amb els noms dels Jordà, la llista s'acaba. L'escamot porta els darrers detinguts a l'edifici del passeig, i allà comença el tètric ritual que ha de segellar la mort. Els homes pregunten de què se'ls acusa, retrets, indicacions, juraments, precs, però cap resposta, i entre tots la fonda indignació del mestre Tasis, que explota de ràbia, malgrat el terror que el paralitza. «Com podeu detenir un antifeixista com jo, un lluitador de la llibertat, un mestre republicà, com podeu!», però un cop de colze a l'estómac el fa emmudir. Després ja no parlarà ningú durant molta estona, i en el silenci d'aquell cau ombrívol, el batec accelerat dels cors esdevé un cor de rèquiem. En Miquel, que només pensa en com escapar d'aquella mort segura, ha demanat anar als serveis i l'hi han concedit. Allà s'ajusta el cordó de les espardenyes i estreny amb força la corretja del pantaló, per si en algun moment té l'oportunitat de fugir. Fugir, fugir és tot el que pensa, el que ocupa la seva ment, els seus ulls, el seu cos immòbil però atent. I el temps passa amb una lentitud tan pesant que els minuts són l'instrument invisible d'una tortura. De sobte, un dels homes, el més corpulent, engrapa pel darrere un jove, «a mi no, que sóc dels vostres!», crida esporuguit, i aleshores, mirant en Miquel, treu la pistola i l'encanona,«vinga, mans enlaire i surt enfora. Tu seràs el primer, ja que estàs dret». Caminen unes passes fins a un cotxe proper i ordena a en Miquel que hi pugi. I és en aquell moment quan la vida esdevé un sol instant de llum durant el qual tots els sentits actuen en una harmonia perfecta. Mig ficat al cotxe, es revincla i intenta colpejar l'home que l'encanona mentre crida amb totes les seves forces, «tingueu compassió de mi, que sóc un home honrat i pare de quatre fills, el més gran només té dotze anys». Quatre fills, ell que només en té tres: la por multiplica la descendència.

El milicià li clava un cop de puny a la cara i, tapant-li la boca, mana que no cridi més, «calla, cabró, que ens compromets!». Però els instints d'en Miquel tenen l'agudesa de la desesperació, i en el forcejament amb l'anarquista aconsegueix clavar-li el colze al coll i fer-lo caure a terra mig ofegat. I aleshores, com un animal salvatge que fuig dels caçadors, corre a la velocitat de les guilles, corre, corre, corre, com si mai més no pogués aturar-se. Darrere seu els perseguidors criden, «tireu, que fuig, mateu-lo!», i les llanternes intenten enfocar el seu cos. Al poble no hi ha enllumenat públic perquè els milicians l'han fet apagar, no endebades les seves accions fugen de les mirades alienes. Sent la descàrrega de trets que li adrecen, però triga molt a adonar-se que la sotragada que ha sentit a la cama esquerra és la fiblada d'un tret que li ha traspassat el tou. No sent dolor, només el pessigolleig de la sang que cau per la cama. Travessa veloç el passeig, i en passar per les voltes d'Es Podritxó, una veu li etziba, «alto, on vas?», i amb la serenor pròpia del pànic, en Miquel respon, «em retiro a casa, vaig a dormir». La nit de gola de llop es fa aliada de la seva fugida. L'engany li surt bé, i l'home l'acomiada convençut d'haver-se trobat amb un veí qualsevol, i se'n va cap a una altra banda. En arribar prop del carrer de l'Embut, nota un mig desmai i s'atura, es recolza contra la paret de les cases. Amb el mocador del coll, el suèter i la caçadora, intenta embenar la cama ferida, que ja sagna en abundància.

I és així com en Miquel Escofet i Quirch, casat amb

l'Engràcia Llorens i Punsà, pare de tres fills que un dia de pànic en foren quatre, antic emigrant a Cuba i que ara feia serveis a l'Ajuntament de Cadaqués, es queda en samarreta a quarts de dotze de la nit del 6 de maig de 1937. Té la cama ferida i el terror al cor, però l'empeny l'instint de supervivència. Arrossegant la cama, mig de genollons, gira per l'estreta cantonada del carrer de l'Embut, i només fer-hi cap, sent una ràfega de trenta trets. Al cap de dos minuts, sent una nova descàrrega igual d'intensa que l'anterior. I deixant-se caure damunt dels rastells freds del carrer de l'Embut, ensangonat i abatut, pren consciència que acaben de matar tots els seus amics. La certesa que també el mataran quan el trobin li cau al damunt com si fos plom roent. Emperò, encara té força per arrossegar-se uns metres i picar la primera porta. Però les portes dels pobles de pescadors, les nits en què cavalquen les bruixes, no s'obren a ningú, i es deixa caure definitivament vençut.

No s'obren a la nit. Però a la matinada cal llevar les nanses llagosteres. I quan la porta d'en Nòrio s'obre en despuntar l'alba, en Miquel recupera una espurna d'esperança.

JA EN TRAGINES DE SOGUER!

Els han tret a empentes de l'edifici i n'han situat dos davant de la paret. Tres homes els apunten amb pistoles i tres més se situen davant en posició de tir. Porten fusells. Un dels detinguts somica suaument, com si fos un plor espantat, que no gosa plorar gaire. L'altre demana clemència, plora, riu, panteixa... Les ràfegues trenquen el silenci de la gola de llop: la bèstia s'ha despertat.

Els altres dos observen l'escena aterrits. En veure els amics estesos a terra, amb el cos trinxat de bales, saben que ha arribat el seu moment. Per què els maten? I la pregunta decora la foscor de l'absurd. En un caprici estrany del terror, en Lluís Tasis recorda una dita molt usual a Cadaqués, «ja en tragines de soguer!», i en un rar segon li ve un somriure. Però aquells homes no traginen soguer, sinó fusells, i quan és davant la paret, a tocar de la sang que han deixat els companys assassinats, el miratge d'un so conegut li amoroseix els darrers instants de vida. És el tible del pare, que assaja la sardana a la casa del carrer Major de l'Escala. Ell té tretze anys i somia a ser mestre...

ACTE SISÈ

(Un dia qualsevol)

LA BALLARINA

La vida sempre triomfa i fa bona la dita que en Miquel havia après de la seva mare, que ho havia après de la seva, que ho havia après de la seva: «Mai no ha plogut tant que no hagi mancat». Havia mancat. Els dies de perill havien passat, i tot i que va estar un mes a l'hospital en qualitat de detingut ferit, i durant les primeres setmanes va témer per la seva vida, ja feia vint-i-quatre hores que les autoritats republicanes havien recuperat el poder a la vila i havien foragitat els milicians. Durant aquells dies infernals, la gent de Cadaqués va viure aterrida pel rumor que hi havia una llista de quaranta-cinc persones en perill de ser assassinades. Els motius eren qualsevol motiu, i quan responien la pregunta, tots esmentaven el mestre Tasis, «que l'han mort perquè es va discutir al Casino amb aquell anarquista de l'Escala, i res, només per això li han foradat s'estómac», «també perquè va salvar l'altar de s'esglesi, que prou que va molestar els anarquistes», «i ves, tafot, que no sigui perquè es va oposar a la requisa de la collita d'oli, que bé recordeu l'enrenou, i si no hagués estat per ell, hauríem passat bona cassussa». Però també podia ser perquè era molt respectat al poble, símbol de la pedagogia més avançada, home d'esquerres, catalanista, republicà, però enfrontat amb els violents. Per tant, un enemic a batre... I si ell havia estat a la llista, qualsevol hi podia ser. Més de cent veïns varen fugir del poble.

A casa seva, amb l'Engracieta que li havia preparat un brou calent i li havia fet un arròs de cabra de llepar-se els dits, en Miquel va tornar a donar gràcies a Déu pel miracle d'haver sobreviscut. I va dir-se que escriuria tot allò que havia patit, perquè el poble recordés sempre el que havia passat aquella nit tràgica. Els fills es varen asseure a taula amb l'enrenou inconscient de la quitxalla, i en sentir-los va percebre la força de la vida. Era allà, amb els seus, i no en una cuneta qualsevol de la carretera de Figueres on devien haver llençat els cossos dels seus amics, tirats com una burilla. I aleshores el record del mestre Tasis i del seu amic Pere Jordà i dels altres que mataren el va tornar a enfonsar en el pou de tristesa del qual maldava per sortir. L'Engracieta se li va apropar i, a cau d'orella, li va dir, «beu es brou, que et refaràs».

Lluny d'allà, a milers de quilòmetres, la Montserrat es balancejava en una gandula, indolent i feliç. Amb en Giancarlo havien pres la decisió que feia temps que els rondava, i ara se sentia alliberada del dubte, reforçada per l'ideal que l'empenyia. Dos dies després viatjarien cap a Cuba per tal d'ajudar els companys comunistes que lluitaven en la clandestinitat. La causa revolucionària que els motivava mereixia el risc que correrien, farts de viure a Mèxic una vida de militància tranquil·la, només atuïda per les baralles internes. L'hi devia a en Julio, que havia fundat aquell partit que volia canviar el destí de Cuba. I l'hi devia també a l'ideal, perquè era una causa noble i justa, i la justícia mereixia el sacrifici dels més conscients. I en aquella tarda xafogosa de maig, la Montserrat es va sentir més animosa i activa que mai. La revolució venceria.

Si alguna cosa li feia por a la Roser era justament que la revolució vencés, sobretot si ho feia a Catalunya. En Pere sempre li havia dit que els feixistes no tenien res a fer i que no guanyarien la guerra, per bé que podien arribar a causar molt de mal. Però els revolucionaris, en canvi, tenien molta força i, tot i que ara estaven amb la República, vés a saber si després no alçarien les armes en contra. Era una dona d'ordre, sempre ho havia estat, «massa d'ordre, sembles encarcarada», li deia en Pere amb to burleta. Però no era el seu sentit de l'ordre, sinó el caos que la rodejava, el que li donava la raó. Havia viscut aquells dies de sang a Cadaqués amb el mateix terror que tots, però hi havia afegit una fonda indignació. En Pere podria haver estat un dels de la llista, i encara ho podia ser a Barcelona, i tots els seus mèrits a favor de la República no haurien impedit que el matessin. Ans al contrari, potser haurien avalat el seu assassinat. I fou en aquell punt exacte del pensament que la por es va fer més conscient i més física que mai, com si ja pogués veure el seu marit davant d'una filera de fusells. «Si guanyen els revolucionaris, el poden matar. Però si guanyen els feixistes, també el mataran. El poden matar uns o altres». I per primera vegada a la vida va començar a pensar que calia preparar una fugida. «Un dia o altre ens n'haurem d'anar de la nostra estimada Catalunya».

La Lídia acabava d'ordenar el peix damunt del cove. Un dia de maig qualsevol. Els serrans feien bona fila, i també tenia corballs i un mero que feia caure d'esquena. I tot i que era peix menor, les guiules i les senyores d'aquell dia eren tan fresques que gairebé es movien. I les llagostes, que feien de bon mirar. I unes bones cabres per fer arròs. Sabia que tenia el millor cove de peix de tot Cadaqués, i per això anaven a comprar-n'hi les comares, tot i el menyspreu que li tenien. La Quimeta de cal Coix li va dir que en Manel ja era a casa, «ja l'han deixat sortir, es pobre homo, quina por devia passar!», i d'altres dones li van parlar de la resta de veïns, tots assassinats. L'horror i la por acompanyaven les converses, però ella restava estranyament silent, com si hagués perdut la seva natural loquacitat. Sabia què havia passat aquella nit. Abans dels trets dels botxins, els gats havien miolat amb uns esgarips esgarrifosos i un udol llunyà els havia acompanyat. Va saber de seguida que aquella nit s'obririen les portes de l'infern i va encendre unes espelmes. Després, quan tot va passar, va encendre el llum tènue de la tauleta de la cambra i, vestida amb una llarga camisa de dormir, va agafar el feix de papers on hi havia les gloses d'Eugeni d'Ors. Aleshores es va pentinar amb cura, va tossir suaument per aclarir-se la gola, i amb la solemnitat que havia après d'en Xènius, va començar a llegir un dels fragments que més li agradaven:

Aquesta és una noia que ha vingut al poble de la Ben Plantada, a ballar. Ahir era a Badalona, a ballar. Demà serà a Argentona, a ballar...

Ho té privat del metge, el ballar.
Ho té privat del confés.
Ho té privat dels seus pares.
No li agrada la música.
No li agrada la conversa.
No vol casar-se.

No ha estimat mai, ni estimarà mai.

No és vanitosa.

No és capritxosa.

Li repugnen els homes.

Balla, perquè el ballar és la seva llei. I extenuar-se fins a morir, ballant, és la seva sort...

Balla, per la mateixa raó que tu, poeta, fas versos.

Balla ara. Ballant, tanca els ulls. El ballador, vulgaríssim, desapareix de la seva vista. Inclina el cap al costat esquerre. Respira profundament. Té els llavis sense sang i dues roses encara enceses a les galtes. El seu front groc perleja de suor. Els seus ulls s'encerclen de violeta... Balla, balla...

Balla amb el Destí...

I ballant al so d'una música ideal, la Lídia va passar la nit...

ADDENDA HISTÒRICA

—El 10 de juny de 1937, els guàrdies d'assalt, acompanyats d'un gos ensinistrat, van trobar els cossos de les quatre víctimes enterrats a la platja de Portlligat.

—A mitjan mes de juny de 1937, Pelai Prats, que ja feia de mestre de Cadaqués, fou designat oficialment substitut del gran pedagog Lluís Tasis i Parnau.

—El dia 20 de juny de 1937 se celebrà a Cadaqués un multitudinari homenatge pòstum als caiguts. Hi va assistir tot el poble, a banda de nombroses autoritats acadèmiques i polítiques, i també amics i familiars de l'Escala. Els acompanyava una orquestra que interpretava himnes antifeixistes. Varen recórrer els principals carrers del poble i després es varen aturar en un carrer central, i varen descobrir una placa que, des d'aquell dia, batejava el carrer amb el nom d'Avinguda dels Caiguts el 6 de Maig de 1937. Enric Giró i Dalmau, president d'ERC de Cadaqués, va dir: «Aquesta làpida recordarà a tots, petits i grans, el bon cor, el patriotisme i amor a la vila dels caiguts per les bales criminals d'uns assassins que es feien anomenar "guardacostes", i també les penúries dels que hagueren de fugir a la muntanya o mar enllà per escapar de les urpes dels que es deien defensors de la llibertat».

Després, la comitiva va continuar en lenta marxa fins a les noves escoles, situades a la Torre Colom, que varen rebre el nom de Parc i Grup Escolar Lluís Tasis. Allà hi va haver diversos parlaments. Entre d'altres, el del representant del sindicat d'ensenyants de la UGT, que va glossar la personalitat del mestre: «Varen matar en Tasis perquè la seva tasca, el seu treball intens, era una acusació a la seva ganduleria; varen matar en Tasis, despitats al veure que era estimat de tothom i respectat de tots sense imposar aquest respecte, i això era per a ells una acusació als seus baixos instints, que malgrat apoiar-se amb la força de les armes, els feien despreciables a tothom; varen matar en Tasis per covardia al veure que els infants d'avui, educats pel seu Mestre, serien acusadors seus i dels seus procediments i que el domini de la força bruta que ells representaven cauria a la primera envestida de la generació nova que el company Tasis anava formant... La FETE s'inclina davant el company caigut. Creu que el millor homenatge que podem fer tots, és seguir les petjades del Mestre i del ciutadà, que fou assassinat pel delicte d'ésser un bon Mestre i un bon ciutadà».

I va tancar l'acte l'exalcalde Pere Canals: «Justícia implacable per a aquests vulgars assassins, que han omplert de dol el seu poble nadiu, la seva vila estimada. Una vegada baixaren els llops a Terra Baixa, però d'ací endavant la Terra Baixa no consentirà la seva presència».

A la tarda es féu un acte al Teatre, on el meu avi, Manel Rahola i Albert, que juntament amb Manel Jordà, que va fugir, va sobreviure als fets, va dir unes sentides paraules.

—Varen sortir nombrosos articles d'elogi de la figura de Lluís Tasis i de rebuig d'aquells fets; entre d'altres, diversos reportatges i editorials al diari *L'Autonomista*, propietat dels germans Rahola, familiars del meu avi.

—El dia 23 de gener de 1939, l'aviació franquista va bombardejar l'Escala. Van morir 15 escalencs. Entre d'altres, l'única germana de Lluís Tasis, Laura Tasis, que tenia trenta anys i estava embarassada de sis mesos.

—Joan Ballesta, gran amic de Lluís Tasis, seria el darrer batlle de Girona abans de la desfeta. El seu altre gran amic, Martí Rouret, seria conseller de la Generalitat i sotssecretari del president Companys, i acabaria els seus dies a l'exili mexicà.

—El 25 d'agost de 1939, el president gironí de la Comisión Depuradora del Magisterio, Ignacio Puig Bayer, va signar un edicte al diari *Pirineo. Diario al Servicio de España y el Caudillo* en què citava a comparèixer davant la comissió, en un termini de quinze dies, un total de vuitanta-dos mestres republicans per tal de ser depurats i jutjats. A la llista hi havia el nom de Lluís Tasis i Parnau.

—L'any 1975, el primer ajuntament democràtic de Cadaqués va dedicar un carrer al Mestre Tasis.

—L'any 2009, Rafel Bruguera i Batalla va escriure el llibre *Escalencs assassinats durant la Guerra Civil*, on dóna molta informació biogràfica del mestre Tasis. Aquest llibre m'ha resultat d'una gran utilitat.

—Vuit anys abans, l'any 2001, el gran doctor Moisès Broggi va escriure les seves memòries. En elles va dedicar aquest paràgraf al mestre Tasis: «Davant d'aquesta casa, hi havia la d'un fuster molt modest que tenia un fill que era un xic més gran que jo i amb qui ens férem molt amics. Era amant de la lectura i de l'estudi, i jo vaig poder ajudar-lo amb els pocs llibres de contes d'infants que havia portat de Barcelona. La major aspiració dels fills de cases humils amb inquietuds intel·lectuals era la d'estudiar per a mestre, ja que era una carrera curta, de poc dispendi, i que representava una sortida de l'ambient tancat en què es trobaven. Així és com aquí, a Catalunya, es va crear una generació de mestres que han contribuït moltíssim a elevar el nivell mental del nostre país, i Tasis, que així es deia, va ser un d'aquests. Volia estudiar per a mestre, cosa que després va fer amb molt aprofitament...».

REFERÈNCIES

El text del sopar «relativista» amb Albert Einstein s'ha obtingut de l'article d'Emma Sallent del Colombo i Antoni Roca Rosell «La cena "relativista" de Barcelona», Universitat Pompeu Fabra, *Quark*, 2005, núm. 36. La carta de Manuel Archs al seu fill, de l'article de Manuel Aisa i Pàmpols «Los Archs. Dos generaciones y un mismo ideal», Barcelona, *Revista Orto*, anys 90. El poema «Paternal», de Joan Maragall, se cita segons l'edició de Glòria Casals i Lluís Quintana de la *Poesia completa* (Labutxaca, 2010). La cançó «La Macorina», d'autor desconegut, era cantada per Abelardo Barroso. El fragment d'*Homenatge a Catalunya*, en traducció de Ramon Folch i Camarasa, prové de l'edició de Labutxaca del 2012.

SUMARI

ACTE SEGON

Cuba, uns anys abans dels fets del carrer de l'Embut

ACTE TERCER

Tres anys abans dels fets del carrer de l'Embut

ACTE QUART

Quatre mesos abans dels fets del carrer de l'Embut

ACTE CINQUÈ

6 de maig de 1937,
dia dels fets del carrer de l'Embut

ACTE SISÈ

Un dia qualsevol